U0011061

瑪格麗特．愛特伍談作家與寫作
劍橋大學文學講座

MARGARET ATWOOD

與死者協商

NEGOTIATING

WITH THE

DEAD

A WRITER ON WRITING

瑪格麗特．愛特伍 著

嚴韻 譯

燕卜蓀講座

燕卜蓀講座是以偉大學者和文學評論家威廉·燕卜蓀爵士（Sir William Empson, 1906-84）命名，由劍橋大學成立，內容涵括各種文學及文化議題。在劍橋英文學系及劍橋大學出版社的贊助下，此系列講座邀請具有國際聲譽的傑出作家學者，以深入淺出的方式廣泛探討文學、文化之相關主題。

眾人坐在桌旁，一名賓客提議每人各說個故事。之後新郎
對新娘說：「輪到妳了，親愛的，妳總有些東西可講吧？
大家都說了故事，妳也來說說。」新娘說：「那麼我就說
個夢。」

〈強盜新郎〉，出自格林兄弟蒐選的故事集 [1]

……要知道，
故事得照錄，我不管是壞是好，
要不然，就是對我的材料摻假。
所以如有哪一位不愛聽的話，
盡可把書翻過去另選個故事……*

傑弗瑞·喬叟，《坎特伯雷故事》 [2]

此刻憑藉想像，他登上
另一個星球，更清楚地
以單鏡頭視野觀望這片大地——
它的完整面貌，每一聲玄妙的滴答
所有言談，所有伎倆，無跡可循的一切——這些，
這些他都想寫進書裡！

A·M·克藍，〈詩人風景繪像〉 [3]

註釋

1　〈強盜新郎〉(The Robber Bridegroom)可在任何標準版的格林童話集中找到。此處英譯出自我手筆。這段摘錄中，女主角假託說夢，敘述的其實是真事。

2　Geoffrey Chaucer, "The Millers Prologue," from *The Canterbury Tales*, lines 3173-7, F. N. Robinson (ed.), *The Works of Geoffrey Chaucer* (London: Oxford University Press, 1957). 這幾句是作者在建議讀者，若不喜歡這個故事，大可改讀別的東西。

3　A. M. Klein, "Portrait of the Poet as Landscape," *The Rocking Chair and Other Poems* (Toronto: Ryerson Press, 1966), p. 55.

獻給另外那些人

目次

導讀：穿梭於幽明之間　單德興　　　　　　　　13

導言：進入迷宮　　　　　　　　　　　　　　27

楔子　　　　　　　　　　　　　　　　　　　41

第一章　定位：你以為你是誰？　　　　　　　47
　　　　「作家」是什麼，我又是如何成為作家的？

第二章　雙重：一手傑齊爾一手海德，
　　　　以及滑溜的化身　　　　　　　　　　79
　　　　為何雙重性必然存在

第三章　專注：文筆大神　　　　　　　　　113
　　　　阿波羅 vs. 財神：作家該皈依何者？

第四章　誘惑：普羅斯佩洛、奧茲巫師、
　　　　梅菲斯托一干人等　　　　　　　　155
　　　　是誰揮動魔杖，操縱戲偶，
　　　　在惡魔的書上簽名？

第五章　交流：從誰也不是到誰也不是　　193
　　　　永遠的三角關系：作者，讀者，做為中介的書

第六章　向下行：與死者協商　　229
　　　　是誰到地府一遊，又為了什麼？

參考書目　　267
致謝　　277
索引　　281

【導讀】

穿梭於幽明之間

——略論愛特伍《與死者協商》

單德興
中央研究院歐美研究所特聘研究員

　　加拿大國寶級作家愛特伍（Margaret Atwood, 1939- ）寫詩起家，以長篇小說聞名國際，也從事其他類型的書寫。《與死者協商：瑪格麗特・愛特伍談寫作》（*Negotiating with the Dead: A Writer on Writing*, 2002）原為二〇〇〇年應英國劍橋大學之邀所發表的燕卜蓀系列講座（The Empson Lectures），兩年後由劍橋大學出版社出版。根據該社官網，此系列講座「為紀念偉大學者暨文學評論家威廉・燕卜蓀爵士（Sir William Empson, 1906-84），〔……〕由英文學院及劍橋大學出版社共同主辦，邀請世界知名學者，以深入淺出的方式廣泛探討文學、文化之相關主題。」本書因主講人為著名作家，特增加「作家」（"writers," *Negotiating* v）一詞。

　　有趣的是，閱讀愛特伍的《與死者協商》，在在讓人

聯想到薩依德（Edward W. Said, 1935-2003）的《知識分子論》（*Representations of the Intellectual*, 1994）。首先，兩人都出身於大英帝國治下的殖民地，一來自北美加拿大，一來自中東巴勒斯坦。其次，兩人都應具有高度文化象徵意味的英國建制之邀，發表一系列六場演講——一為劍橋大學燕卜蓀系列講座，一為英國廣播公司李思系列講座（The Reith Lectures）。第三，主講人均為國際知名人士現身說法、夫子自道——作家愛特伍談寫作，學者與公共知識分子薩依德談知識分子。第四，演講對象不限學界，也普及大眾。此外，在愛特伍之前，薩依德也曾於一九九七年應劍橋大學之邀發表燕卜蓀系列講座，主題為「歌劇中的權威與踰越」（Authority and Transgression in Opera），可惜天不假年，薩依德離世前未及定稿，以致廣陵散絕，徒留遺憾。

鑑於兩人的專長、代表性與知名度，加上主辦單位為舉世聞名的學術或傳播機構，這兩本演講集出版後不僅在英文世界廣受矚目，也翻譯成多種語文流傳，既是有別於兩人專長領域（一為文學創作，一為學術論述）的另類書寫，又與他們的名作相輔相成，甚至可視為開啟他們內心世界的方便之鑰。

《與死者協商》的英文副標題「作家論寫作」（更精確地說，是「一位作家論寫作」，重印時易名為《論作家與寫作》〔*On Writers and Writing*〕），直指寫作本質，而

非枝枝節節的寫作技巧。至於寫作為何是與「死者」（而非「生者」）「協商」（而非「抗衡」或「同行」）則引人好奇，有意一探究竟。由書名足見作者的巧思。

　　作家訪談與寫作祕笈之所以受歡迎，原因之一是眾人好奇於作家的創意與寫作的奧祕。燕卜蓀系列講座提供良好機緣，讓當時年屆六十的愛特伍回顧內心世界，反思創作歷程，透過著名學院的寬廣平台，以演講與專書分享大眾。套用〈導言：進入迷宮〉的比喻，愛特伍如同說書人，引領讀者進入寫作迷宮，一路偕行，本著個人的天賦才華、決心毅力，以及多年閱讀與寫作經驗，撥開重重迷霧，歷經六道關卡，來到旅程終點，盤點一路收穫。

　　〈導言〉敘明此系列講座的緣起與主題。愛特伍坦承既非學者，更非文學理論家，自喻為在「文字礦坑」裡做了四十年的「苦工」，依多年體驗直指核心：「作家最常被問到的三個問題，發問的人包括讀者以及他們自己：你為誰而寫？為什麼要寫？這念頭從何而來？」全書可說是自問兼自答，並為偕行的讀者指點迷津。所臚列的七十多個寫作動機（筆者從未見過如此多方、精要的呈現，每一個動機都值得深思）以及九個寫作時的感覺，在在讓人感受到這位「苦工」、「導覽」與「說書人」的廣博、深邃、真誠與熱忱。

　　〈楔子〉進一步說明本書的風格與內容。就風格而言，愛特伍表示在將演講（口說）轉換為書籍（文字）

時，「力求保留原有的口語化風格」，此特色在閱讀原文時更明顯，尤其書中不時出現的幽默，可以想見現場聽眾哄堂大笑的情景。就內容而言，愛特伍謙稱因演講性質，各章順序並不嚴謹，但都有「若干共通主題，談及作家、寫作的媒介工具，以及寫作的藝術」。此處提供六章內容簡述，理路清晰，為簡明扼要的路線圖，若讀者自覺迷失途中，可時時回首翻閱，尋得定位。

本書既為現身說法之作，自傳成分必不可少，這正是許多聽眾與讀者最感興趣之處。愛特伍果然不負眾望，第一章〈定位：你以為你是誰？〉提供許多有關家族、尤其是個人的訊息與軼事。全章從祖輩與父母親談起，一九三九年出生的她排行老么，童年與許多作家相似：「書本和獨處」，身邊有「說故事的人」。因耳濡目染而於七歲左右寫了一個劇本，遭到哥哥批評後改寫小說，無以為繼後又畫畫……。從本章敘述可看出愛特伍閱讀之廣（對歐陸、美國、英國作家如數家珍），大學時寫作之勤（「充滿非寫不可的衝動和希望……幾乎寫遍了日後我從事的文類──詩、小說、散文」），並有機會從學於名聞國際的文學教授佛萊（Northrop Frye, 1912-1991）。此外，她提到相較於其他藝術，寫作的門檻低，看似民主，人人都可參與，卻需要「力氣和堅持」方能嶄露頭角。愛特伍一方面肯定作家的努力與身分，有如進入「神奇的蟻丘」，自成一世界，另一方面提醒切莫自認高人一等。本

章副標題「你以為你是誰？」借自加拿大短篇小說家、十多年後獲得諾貝爾文學獎的孟若（Alice Munro, 1931- ）的書名，故事中老師訓誡女主角：「『妳不能因為自己會背詩〔代入愛特伍的情況則是「會編故事」〕，就沾沾自喜以為自己比別人強。妳以為妳是誰？』」

「你以為你是誰？」似乎成了愛特伍給自己的公案，接下來三章試圖從不同面向自我叩問，探討眾人好奇、甚至意欲窺視的作家之特質、衝突與角色。第二章〈雙重：一手傑柯一手海德，以及滑溜的化身〉拈出「雙重」一詞，並以傑柯／海德（Jekyll/Hyde）一而二、二而一的化身博士之喻，來強調作家的雙重性：一邊繼承了浪漫主義的觀念，認為作家與藝術家是英雄、偉人、天才，卓爾不群，不食人間煙火；另一邊又有凡夫俗子的一面，必須打理生活瑣事，尋常過日。即使時至今日，依然不離這兩面：一為寫作中的作家，一為日常生活中的作家。愛特伍進而對比「說故事的人」與「作家」：前者為口述，內容可能因聽眾反應或講述者不同而改變，其流傳「從口到耳再到口」，充滿臨場感與流動性；後者為書寫，獨自創作，因文字而固定不變，「在人手之間傳遞」，一如樂譜有待音樂家演奏，文本有待讀者詮釋。

作家面對的雙重性不止於此。與作家的英雄／凡人對立形象密切相關的，就是創作目的。第三章〈專注：文學大神〉轉向作家另一個雙重性：獻身寫作是為了文藝之神

阿波羅（Apollo），還是為了財神瑪門（Mammon）？簡言之：是為藝術而藝術，還是為金錢而藝術？這涉及創作的動機，雖未必與藝術成就相關，卻是現實問題，在資本主義市場導向的今天尤然。愛特伍選擇直面問題，表示在自己成長的年代，一般認為嚴肅作家是為藝術而藝術。然而她坦承：「當我十六歲發現自己是個作家時，腦袋裡完全沒想到錢的事，但不久之後錢就成了最重要的考量。」為了剖析藝術與金錢的關係，她旁徵博引，舉出一些相關論述，並以契訶夫（Anton Chekhov, 1860-1904）、莎士比亞（William Shakespeare, 1564-1616）、狄更斯（Charles Dickens, 1812-1870）、珍・奧斯汀（Jane Austen, 1775-1817）、艾蜜莉・勃朗蒂（Emily Brontë, 1818-1848）等人為例，說明「這些作家的優劣都完全不能以金錢因素來斷定。」此外，她也質疑藝術的功能論，警示若過於強調藝術之用，「到後來等於審查制度」。

第四章〈誘惑：普羅斯斐洛、奧茲巫師、梅菲斯托一干人等〉進一步討論，能以生花妙筆創造出另一個世界的作家——愛特伍稱之為「幻象製造者」（illusionist）——其角色與責任為何？她指出作家身為藝術家，與藝術之間不僅涉及表面的技藝，也涉及內在的精神，這種專注與獻身的精神具有宗教意味。儘管才華使作家與眾不同，但也並非遺世孤立，因為筆下的文字「真正進入世界，有其影響和後果」。那麼作家與外在世界的關係如何？該如何看

待其中涉及的「道德及社會責任」？愛特伍認為，作家應否介入社會或袖手旁觀，並「沒有清楚的答案」，這點與其說是「問題」，倒不如說是「謎題」（conundrums），值得不時參究。

　　至於評斷作品時是否只根據審美標準，還是涉及道德法則？作品必須有益於世道人心嗎？這種道德要求會不會淪為其他形式的審查制度？在她看來，作家身為文字魔法師，以文字施展法力／權力，就擺脫不了隨之而來的「錢與權」，以及道德與社會責任。而最能結合藝術堅持與倫理責任的就是「見證」——觀察、記錄並承擔責任。愛特伍表示：「你專心把作品寫好就好，社會意義部分會自有著落。」至於決定作品意義的，「不是作家自己，而是讀者」。

　　前四章的焦點在作家，第五章〈交流：從誰也不是到誰也不是〉則轉向讀者。愛特伍以倒V字來形容作家、讀者與文本之間的關係：作家與讀者各據兩端，藉由居間的文本聯繫。作家寫作與讀者閱讀時均為獨處狀態，以文本為交流媒介。本章針對三者之間的關係提出三個問題：作家為誰而寫？文本功能為何？讀者閱讀時，作家何在？愛特伍認為，作家寫作時基本上都預設了讀者的存在，但讀者究竟為何許人卻是「一大未知數」。如果「閱讀就是解碼」，那麼作家總希望自己的心血結晶能送抵適當、甚至理想的解碼者手上，而「理想狀態是讀的人正是應該讀的

人」。文本離開作家後，就有了自己的生命，成為「獨立自主的個體」，在世間流轉，「唯有透過與讀者互動」，「在讀者與讀者之間來去」，才能存活、成長、轉化、衍生。至於如「間諜」、「侵入者」般的讀者在閱讀時，「作家在哪裡？」，則有兩個看似矛盾的答案：一是「作家哪裡也不在」，因為在孤獨的閱讀行為中，作家早已消失；另一卻是「就在這裡」，因為讀者藉由解讀與重組，使文本活轉過來，進而觸及作家的內心世界。而理想的讀者，到頭來「可能是任何人——任何一個人——因為閱讀永遠跟寫作一樣個別獨特」。這點正如筆者在不同場合再三強調的：文學因緣不可思議，文字書寫功不唐捐。只要努力播下文字種子，機緣成熟時就可能開出奇花異果。

前五章分別討論作者與讀者，書名中的「死者」直到末章才出現，也為全書破題：〈向下行：與死者協商〉。愛特伍坦承，這說法背後的假設是：寫作的「深層動機都是來自對『人必有死』〔mortality〕這一點的畏懼和驚迷——想要冒險前往地府一遊，並將某樣事物或某個人帶回人世」。換言之，人生苦短，作家力求以書寫探索未知，發現新意，留下印記，寫作便是來自「對人生稍縱即逝、方生方死的體悟，加上創作的衝動」。相較於音樂、繪畫、雕刻等藝術，寫作的特質在於寫下字句，留住聲音，讓讀者可以循聲探意。而閱讀與寫作密不可分，透過閱讀作品與前人對話，「所有的作家都向死者學習」，期

待自己能如從冥界歷險歸來的英雄般獲得某些珍寶、知識與體驗，藉由寫作與讀者分享。因此，作家宛若巫師，跨越生死門檻，往返幽明兩界，協商的對象何止過往的死者，也包括現世的生者，以及未來的讀者。

　　綜觀全書，愛特伍有幾個重要關切，具現於「加拿大女作家」一詞。首先是閱讀與寫作的關係。要成為作家，天賦縱不可少，後天工夫也很重要。愛特伍以長篇小說聞名，然而自幼便多方閱讀，嘗試不同文類寫作，於多倫多大學研習文學時，既取法強調細讀的新批評（New Criticism），也師從文學與文化大家佛萊。《與死者協商》固然是作者現身說法，但從各章的章前引言，以及書中引述的作家與作品——首章伊始為日本作家安部公房（1924-1993）的《砂丘之女》——可見其涉獵之廣，英文原書書末的兩百二十多個註釋、十頁參考書目與八頁雙欄索引便是博覽群籍的明證，要將這些龐雜的閱讀統合於恰切的主題下絕非易事。

　　本書雖非嚴肅的學術論著，但引述作家高達兩百多位，原文橫跨希臘文、拉丁文、阿卡德文、英文、法文、德文、俄文、西班牙文、義大利文、捷克文、瑞典文、日文等。引用次數最多的作家依序為亨利・詹姆斯（Henry James, 1843-1916，19次）、迪納森（Isak Dinesen, 1885-1962，16次）、莎士比亞（15次）、波赫士（Jorge Luis Borges, 1899-1986，13次）、濟慈（John Keats, 1795-

1821，11次），並列十次的有王爾德（Oscar Wilde, 1854-1900）、喬伊斯（James Joyce, 1882-1941）與孟若。引用的長篇作品有一百四十餘部，短篇作品五十餘部。這些工夫必須在獨處中培養，進而透過精準機智的文字，洗練靈活的手法，傳達給閱聽者，方不致有食而不化、掉書袋之嫌。

其次便是在地意識。愛特伍不諱言，加拿大長久籠罩在大英帝國的文化與政治影響下，具有濃厚的殖民性與自卑感，這點顯見於第一章的三段章前引文，分別來自〈加拿大文學的問題〉、〈加拿大詩人的困境〉與〈其他加拿大人及其後〉。書中提到一九五〇年代末期，加拿大「殖民地心態依然盛行」，就讀大學時，大多數人「幾乎不知道有加拿大文學的存在」。從她第一本文學評論《存活：加拿大文學主題導引》（Survival: A Thematic Guide to Canadian Literature, 1972），就可看出有意奮力脫困，不僅要為加拿大文學尋求認同，安身立命，並認為文學對於建構國族認同至關重要。換言之，加拿大作家與知識分子為了存活，必須關注在地情境，一如書中引用佛萊振聲發聵的說法：「現實的中心就在你所在之任何一處，圓周則是你想像力可及的範圍。」佛萊以原型批評（Archetypal Criticism）聞名，著重文學的普同性，其對於在地意識的強調特具意義：「不僅在加拿大，在任何社會都有革命性，尤其是殖民社會。」愛特伍深受啟迪。相較於英美兩

國的文學與文化評論，本書特色之一在於不時就地取材，引述加拿大作家與評論家，包括後來獲得諾貝爾文學獎的孟若。當然，愛特伍本人的作品多年來日益受到國內外讀者矚目，連帶著也使更多人注意到加拿大文學。

愛特伍的論述與文學實踐中，另一重大特色便是女性意識。她認為女作家有許多「不利之處」，甚至稱之為「在劫難逃」，有如霍桑（Nathaniel Hawthorne, 1804-1864）《紅字》（*The Scarlet Letter*）中的女主角，胸前的紅字A既為「女通姦者（Adulteress），更代表藝術家（Artist）、甚至作者（Author）」，然而她坦然接受，勇敢面對，並在承擔過程中累積經驗與智慧。愛特伍對女性主義有個人特定看法，平實穩健而有力，並呈現於論述與文學作品中。她大多數作品都以女性為主角，從女性角度觀察與述說故事。值得一提的是，置身未來世界的反烏托邦代表作《使女的故事》（*The Handmaid's Tale*, 1985），其中白帽紅衣的使女形象，成為當今一些女權運動集會的穿著，足見其作品在現實社會與政治發揮實際力量。本書數度提到女詩人／作家在加拿大文學圈與社會遭遇的不平等待遇，而愛特伍以自己的作品與行為，一再挑戰這些成見與刻板印象，開拓女性的寫作空間，提升其社會地位，為女性作家樹立典範。

愛特伍為詩人出身，而詩人一向善用譬喻，本書另一特色就是引經據典，活用譬喻，成為點睛之筆。這點由各

章的主副標題及簡述便可看出：如第二章以一分為二的化身博士比喻作者的雙重性；第三章以文藝之神與金錢之神說明作家選擇獻身的對象；第一章以孟若的「你以為你是誰」與第五章典出狄瑾蓀（Emily Dickinson, 1830-1886）的「誰也不是」（Nobody）相呼應。尤其是書名「與死者協商」（也是第六章副標題），以「向下行」的地府冥界之旅與回歸，喻示作家從前輩作家汲取養分，並透過自己的書寫傳揚下去。穿梭於幽明兩界的作家意象，呼應第二章結尾引用的《愛麗絲鏡中奇遇》，既有鏡外世界，又有鏡中世界，而作家藉由寫作出入於鏡內與鏡外、「藝術面」與「人生面」之間。

全書從〈導言：進入迷宮〉，到末章〈向下行〉以及回歸，愛特伍帶領著聽眾與讀者，有如神話英雄般離開家園、出外冒險、歷經啟蒙、重返故土的「出發—啟蒙—回歸」（departure, initiation, and return）的範式，帶回進出於內外、幽明兩界的知識與領悟，並以故事或論述與人分享。愛特伍閱讀之廣、挪用之妙、譬喻之精，以及畫龍點睛之效，在在令人佩服。

此外，從愛特伍的自我描述可以發現與筆者這代台灣學者相應之處。她就讀大學時所承襲的新批評，一九六○年代末期由顏元叔、朱立民兩位教授引進台灣，頓時風行草偃，不僅一舉改變外文／英文系的教材與教法，並進而影響中文系以及文學界。至於她老師佛萊的《解剖批評：

四論》（*Anatomy of Criticism: Four Essays*），涉及文學作品深層結構的模式、象徵、神話與文類，為當代文論經典，英美文學的研究生幾乎人手一冊。

　　至於此系列講座緣起的燕卜蓀，生平頗具傳奇性。他早慧叛逆，因少作《多義七式》（*Seven Types of Ambiguity*，或譯《複義七型》）聲名鵲起，卻也因違反校規遭到劍橋大學開除（系列講座伊始便提到此事）。"ambiguity"一字強調文字的曖昧歧義，成為新批評的重要術語，其分類與解析至今依然具有啟發性。「燕卜蓀」為他自取的中文名，曾兩度前來中國（1937-1939, 1947-1952），包括對日抗戰期間任教於西南聯大外國語文學系，葉公超、錢鍾書、朱光潛、吳宓、柳無忌等名家均為其同事，與中國師生同甘共苦，培育出多位英美文學與比較文學界重要學者，對外文學門在中國的發展影響深遠。

　　再就本書翻譯而言，《與死者協商》也是向前輩與當代作家致敬之作，旁徵博引，作家與作品琳琅滿目，令人目不暇給，對於任何譯者都是很大的挑戰。譯者嚴韻為倫敦大學戲劇研究碩士，除了自行創作，也有諸多翻譯問世。原書為演講集，在平易中見文采，中譯文筆流暢，無有滯礙。全書引證豐富，註解甚多。中譯本除了維持原註，也視情況增加七十個譯註，提供讀者相關資訊，以利了解。從風格與專有名詞的掌握，雙關語的解說（如dead letter既有「無法投遞之信件」，又有「死的文字」之

意），到用字的斟酌（如將storyteller或tale-teller譯為「說故事的人」），都可看出譯者用心之處。

　　愛特伍在《與死者協商》中，分享一己生平與閱讀、寫作經驗，提供關於作家與寫作的看法，幫助讀者了解其人其作，與她的其他論述相較（不論是早期的《存活》或後來幾本評論文集）更顯周全、親切可感。全書為作家言傳身教，引證舉喻，箇中妙意深趣，值得一讀再讀。讀者並可透過愛特伍的個人詮釋與獨到解讀，追索她所引證的文學作品，其中不乏經典之作，初讀固可長見聞，重讀也可增妙趣，讓作者的心血之作經由讀者的閱讀，重獲新生，既與死者協商，又與生者共創，成就出入幽明、穿越時空的文學天地。

二〇二二年八月十日

台北南港

導言

進入迷宮

命名，是人類重大又嚴肅的慰藉。

伊利亞・卡內提[1]《蒼蠅的苦痛》¹

我仍然不知道，究竟是什麼力量驅使一個心智健全的人放著安穩日子不過，非要窮盡一生描述不存在的人物。若說這是孩童的遊戲，只是一種假扮 —— 為文談論寫作的人常這樣向你保證 —— 又該怎麼解釋這些人何以一心一意只想、只願、只要寫作，還認為寫作是一項合理的職業，就像把騎腳踏車上阿爾卑斯山當成職業一樣合理？

梅維絲・加蘭，《短篇小說集》序²

你身在洞裡，在洞底，幾乎全然孤寂，發現只有寫作能拯救你。對一本書要寫什麼主題全無概念、全無想法，便是要再度回到書前面對書。一片廣袤的空無。一本可能的書。面對無物。面對某種類似生活的東西，赤裸的寫作，一種必須克服的可怕的東西。

瑪格莉特・莒哈絲，《寫作》³

---

[1] 譯註：Elias Canetti (1905-1994)，生於保加利亞的作家，著有小說、劇本、散文等，1981 年獲諾貝爾獎。

29

　　1960年代初期，我念英國文學時，所有學生必讀的一本重要評論作品是《多義七式》（*Seven Types of Ambiguity*, 1930）。驚人的是，威廉・燕卜蓀寫作這本博學的作品時年僅二十三歲。同樣驚人的是，他正苦心孤詣撰寫這本書之際，卻被劍橋大學開除了，原因是在他房裡發現避孕用品。

　　這個例子很適切地說明了我們都受限於時代，不是像琥珀裡的蒼蠅那麼僵硬透明，而比較像糖蜜中的老鼠；換做今天，他若被開除一定是因為房裡**沒有**避孕用品。聽起來，二十三歲的威廉・燕卜蓀不只精力充沛，也是個明智體貼的年輕人，且並未因遭受挫折而放棄。因此當有關單位邀我來劍橋大學主持2000年的燕卜蓀講座——一系列共六場演講，聽眾不只是學者與學生，也包括一般大眾——我很高興地答應了。

　　或者應該說，我剛接到邀請時是很高興的——當這種差事遠在兩年之後，感覺起來都很輕鬆愉快，但隨著講座日期逐漸接近，我就一天比一天更高興不起來了。

　　基本上，講座的廣泛主題是「寫作」，或者「身為作家」，而既然我從事寫作又是個作家，想來應該有話可說。

　　我原本也是這麼以為，當時我的構想有著宏大的架構，要檢視長久以來作家建構的各種自我形象——也可以

說是描述這行的工作內容。我打算以不那麼技術性的方式來進行，而除非絕對必要，也不會引用鮮為人知的文句；此外我還會順道加進個人的寶貴經驗和洞見，如此一來不僅多了些「人情味」（亨利・詹姆斯短篇小說裡那些作假的記者常這麼說），更能以精闢獨到的方式闡明這整個領域。

然而，隨著時間過去，我起初那堂皇但模糊的構想也煙消雲散，只剩下有些氣餒的茫然。這感覺就像一個年輕作家身在一座大圖書館，環顧四周成千上萬本藏書，懷疑自己是否能添上任何有價值的東西。

我愈思索，情況就愈糟糕。寫作本身就夠要命了，但寫作談寫作的文字絕對更糟，簡直是徒勞無益，甚至連寫小說的慣常藉口都不能用——亦即，你不能說「筆下的文字只是虛構捏造，不能以真實確鑿的標準來檢驗」云云。也許聽眾和事後的讀者（你自負地斷定講稿一定會出書、有讀者）會想聽聽文學理論，或者抽象的計畫，或者聲明，或者宣言，於是你打開「理論暨宣言」的抽屜，卻發現裡面空空如也。至少我的情況是這樣。這下該怎麼辦？

接下來我搜索枯腸拚命塗寫的那段經過，在此就不提了，總之當時我發現自己又一如往常進度落後，而且更大的困難是我人在馬德里，先前以為在書店的英文書架上鐵定找得到的一些書都找不到（包括我自己的作品，這點有些令人難堪）。儘管有這重重困難，六篇講稿還是拼湊出

來，如期發表。希望各位不會注意到，有些地方是用匆促地草草打包取代了深刻思想及數十年嚴謹的治學結果。

本書便是由那六場演講脫胎而來，談的是寫作，但不是如何寫作，也不談我自己的作品，或任一時、任一地、任何特定一人的作品。這本書，是一個在文字礦坑裡做了比方說四十年苦工的人——巧的是，我差不多就做了這麼久——有朝一日午夜夢迴，突然納悶起自己這些年都在幹什麼，於是隔天起床後或許就會想寫這麼一本書。

她這些年都在幹什麼，又是為什麼、為了誰？**寫作**到底是什麼，不管它做為一種人類活動、一種志業、一種職業、一種捉刀代筆的飯碗、甚或一種藝術，又為何有那麼多人受到驅策要從事寫作？它跟繪畫、作曲、歌唱、舞蹈或演戲有什麼不同？其他曾從事寫作的人又是怎麼看待這項活動，以及自己與它的關係？他們的看法能否帶來任何慰藉？所謂作家**之為**作家，並當然也由作家闡釋的這個概念，這些年來有無任何改變？所謂**作家**又究竟是什麼意思？作家是否如雪萊堂皇宣稱的那樣，是未受承認的世界的立法者，[4] 還是卡萊爾筆下那種老頑固的「巨人」，還是當時傳記作者最愛描繪的那種哭哭啼啼、神經兮兮、一事無成的軟腳蝦？

或許我當初是打算對涉世不深的青年發出警告。也許

我在本書內談及這些題目，不只是因為自己寫作生涯之初曾對這些問題感到焦慮，也因為今日許多人依然——從他們提問的內容可以看出——為之焦慮。也許人到了我這種年紀，經歷過好幾番「洗衣脫水」的循環之後。開始認為自己在肥皂水裡打滾的經驗可能值得別人參考。也許我是想說：**回頭看看身後。這條路上不是只有你一人。別讓自己被偷襲。小心路上的蛇。小心所謂的時代精神（Zeitgeist）——它不見得總是你的朋友。殺死濟慈的並不是哪篇負面評論。摔下了馬背，再騎上去就是。**這類給天真朝聖者的建議無疑充滿善意，但無疑也毫無用處：危險與時俱增，你永遠無法兩度踏進同一條河，紙頁上的空白廣袤得令人畏怯，每個人在這座迷宮裡都是蒙著眼睛亂走。

讓我從標準的「聲明條款」說起。我是個作家，是個讀者，差不多就如此而已。我不是學者，不是文學理論家，任何混進此書的相關理論概念是經由常見的作家手法而來，類似寒鴉的習性：我們偷來那些閃亮的片段，將之編進自己窩巢的蕪雜架構裡。

詩人詹姆斯・瑞尼早期的一篇短篇小說裡，敘事者看著妹妹一邊拼字一邊餵雞，每撒一把飼料就拼一個字。敘事者說：「我常納悶，她是在給天上的誰寫信。」[5]伊安・麥克尤恩的短篇小說〈一隻圈養猿猴的思索〉中，做

為敘事者的那隻靈長類也看著作家寫作，思考的不是可能的讀者，而是可能的動機，不過牠做出的結論不太樂觀。「難道藝術之所以產生，就只是因為人希望看起來很忙而已？」牠忖道。「難道只是因為人害怕沉默、害怕無聊，只要有打字機重複的噼啪聲就能打破沉默、不再無聊？」[6]

「我在想，不知這些念頭都是從哪來的？」三十四歲的瑞娜這麼問。她從六歲就開始寫作並把作品全丟進垃圾桶，不過現在她認為自己幾乎快要準備好，快要可以開始了。[7]

作家最常被問到三個問題，發問的人包括讀者以及他們自己：**你為誰而寫？為什麼要寫？這念頭從何而來？**

我寫這一段時，開始列出關於動機問題的答案清單。有些答案或許會顯得不太嚴肅，但這些答案全是真實的，推動作家的因素完全可能同時是其中好幾項，甚至是全部。這些答案擷取自作家本身的言論——其中包括不可信的來源如報章訪問及自傳，但也有實際對話的紀錄，不管對話是發生在書店一角（之後就是可怕的簽名活動），還是廉價漢堡店、小菜酒吧等等作家出沒的地方，還是為其他名聲更響的作家舉辦的歡迎會中不受注意的角落；此外還有小說中虛構的作家所說的話——當然都是作家寫出來的——儘管這些人物有時會被偽裝成畫家、作曲家或其他

藝術家。以下就是這份「何以要寫作」的清單：

為了記錄現實世界。為了在過去被完全遺忘之前將它留住。為了挖掘已經被遺忘的過去。為了滿足報復的欲望。因為我知道要是不一直寫我就會死。因為寫作就是冒險，而唯有藉由冒險我們才能知道自己活著。為了在混亂中建立秩序。為了寓教於樂（這種說法在二十世紀初之後就不多見了，就算有形式也不同）。為了讓自己高興。為了表達自我。為了美好地表達白我。為了創造出完美的藝術品。為了懲惡揚善，或者──套用站在薩德侯爵那一邊的反諷說法──正好相反。為了反映自然。為了反映讀者。為了描繪社會及其惡。為了表達大眾未獲表達的生活。為了替至今未有名字的事物命名。為了護衛人性精神、正直與榮譽。為了對死亡做鬼臉。為了賺錢，讓我的小孩有鞋穿。為了賺錢，讓我能看不起那些曾經看不起我的人。為了給那些混蛋好看。因為創作是人性。因為創作是神般的舉動。因為我討厭有份差事。為了說出一個新字。為了做出一項新事物。為了創造出國家意識，或者國家良心。為了替我學生時代的差勁成績辯護。為了替我對自我及生命的觀點辯護，因為我若不真的寫些東西就不能成為「作家」。為了讓我這人顯得比實際上有趣。為了贏得美女的心。為了贏得任何一個女人的心。為了贏得俊男的心。為了改正我悲慘童年中那些不完美之處。為了跟我父母作對。為了編織一個引人入勝的故事。為了娛樂並取

悅讀者。為了娛樂並取悅自己。為了消磨時間，儘管就算
不寫作時間也照樣會過去。對文字癡迷。強迫性多語症。
因為我被一股不受自己控制的力量驅使。因為我著了魔。
因為天使叫我寫。因為我墜入繆思女神的懷抱。因為繆思
使我懷孕，我必須生下一本書（很有趣的扮裝心態，十七
世紀的男作家最喜歡這麼說）。因為我孕育書本代替小孩
（出自好幾個二十世紀女性之口）。為了服事藝術。為了
服事集體潛意識。為了服事歷史。為了對凡人辯護上帝的
行事。為了發洩反社會的舉動，要是在現實生活中這麼做
會受到懲罰。為了精通一項技藝，好衍生出文本（這是近
期的說法）。為了顛覆已有建制。為了顯示存有的一切皆
為正確。為了實驗新的感知模式。為了創造出一處休閒的
起居室，讓讀者進去享受（這是從捷克報紙上的文字翻
譯而來）。因為這故事控制住我，不肯放我走（「古舟
子」[2]式的理由）。為了了解讀者、了解自己。為了應付
我的抑鬱。為了我的孩子。為了死後留名。為了護衛弱勢
團體或受壓迫的階級。為了替那些無法替自己說話的人說
話。為了揭露駭人聽聞的罪惡或暴行。為了記錄我生存於
其中的時代。為了見證我倖存的那些可怖事件。為了替死
者發言。為了讚揚繁複無比的生命。為了讚頌宇宙。為了
帶來希望和救贖的可能。為了回報一些別人曾給予我的事

---

[2]　譯註：Ancient Mariner，典出柯律芝（S.T Coleridge）的名詩。

物。

顯然，要尋找一批共通動機是徒勞無功的：在這裡找不到所謂的**必要條件**，也就是「若沒有它，寫作便不成其寫作」的核心。梅維絲·加蘭在她《短篇小說集》的序中列了一份比較短、比較精緻的作家動機清單，從說自己除了寫作一無是處的山繆爾·貝克特開始，最後是波蘭詩人阿勒山德·瓦特，他曾告訴加蘭，寫作就像那個駱駝與貝都因人的故事：最後是駱駝占了上風。「所以寫作生涯就是這麼回事：」加蘭評論道，「一頭頑固的駱駝。」[8]

既然找不出動機，我便另闢途徑：不問其他作家為什麼寫作，改問寫作是什麼感覺。我特別鎖定小說家，問他們埋首於一部小說時是什麼感覺。

他們全都沒問我說**埋首於**是什麼意思。有人說那感覺就像走進迷宮，不知道裡面藏著什麼怪獸；有人說像在隧道中摸索前進；有人說像置身山洞──她可以看見開口處的光亮，但自己處在黑暗之中。有人說像置身水中，在湖底或海底。有人說像置身於漆黑的房間，獨自摸索，必須在黑暗中重新擺設家具，全都整理好之後燈光便會亮起。有人說感覺像是在清晨或黃昏涉水渡越深河；有人說像置身於一間空房，房內雖空但卻充滿了未說出的字詞、充滿了一種低語；有人說像跟一個看不見的生物或東西扭打；

有人說像坐在舞台劇或電影開場之前的空蕩戲院，等著人物出現。

　　但丁的《神曲》既是一部詩作，也是該詩寫作過程的紀錄。開篇描述他發現自己身在一片黑暗糾結的樹林，時值夜晚，他迷了路，然後太陽漸漸升起。維吉妮亞・伍爾芙說，寫長篇小說就像提著燈籠走進黑暗的房間，光線照出的只是原來就在房裡的東西。瑪格麗特・羅倫斯和其他人說過，那感覺就像雅各在夜裡與天使扭打——在這舉動之中，傷害、命名和祝福全都同時發生。

　　阻礙，蒙昧，空洞，迷途，暗影，漆黑，常常還加上一番掙扎或一條路徑、一段旅程——看不見前面的路，但感覺到有路可以前進，感覺到前進的行動本身終究會讓你看得清——在許多人對寫作過程的描述中，這些是共通的元素。這讓我想到四十年前，一名醫學院學生對我形容人體內部的話：「裡面黑漆漆的。」

　　於是，寫作或許有關黑暗，有關一種想要進入黑暗的欲望甚至強迫感，並且，幸運的話，可以照亮那黑暗，從中帶些什麼回到亮處。這本書談的便是那種黑暗，還有那股欲望。

註釋

1 Elias Canetti, *The Agony of Flies* (New York: Farrar, Straus, and Giroux,1994), p. 13.

2 Mavis Gallant, Preface, *Selected Stories* (Toronto: McClelland and Stewart, 1996), p. x.

3 Marguerite Duras, Mark Polizzotti (trans.), *Writing* (Cambridge, MA: Lumen Editions, 1993), p. 7.

4 Percy Bysshe Shelley, "A Defense of Poetry" (1821), Donald H. Reiman and Sharon B. Powers (eds.), *Shelley's Poetry and Prose: Authoritative Texts, Criticism* (New York: Norton, 1977).

5 James Reaney, "The Bull," Robert Weaver and Margaret Atwood (eds.), *The Oxford Book of Canadian Short Stories in English* (Toronto: Oxford University Press Canada, 1986), p. 153.

6 Ian McEwan, "Reflections of a Kept Ape," in *Between the Sheets* (London: Jonathan Cape, 1978), p. 438.

7 瑞娜是筆者的友人。

8 Gallant, Preface, *Selected Stories*, p. ix.

楔子

　　本書原為一系列六場演講，聽眾各式各樣：有年輕人也有不怎麼年輕的人，有男有女，有文學專家和學生，有一般讀者，以及——特別是——與我相較稍微資淺或稚嫩的作家。將這六篇講稿從口說變成文字的過程中，我力求保留原有的口語化風格，不過確實刪除了其中一些有點老套的笑話。當時在場的聽眾閱讀此書會發現，有些材料出現的位置變了，若干段落有所擴充並（我希望是）有所澄清。然而東一段西一段亂糟糟的引述文字跟我的思考方式有關，儘管我努力想把它整理得俐落一點，還是沒多大改進。這些怪異的品味和評斷都是我個人的意見。

　　本書結構承自演講形式，因此章節之間的組織並沒有嚴謹的前後順序。前一章並非直接連往後一章，不過每一章都有若干共通主題，談及作家、寫作的媒介工具，以及寫作的藝術。

　　第一章包含最多自傳性的內容，也顯示出我參考的範圍：這兩者是相連的，作家通常在其閱讀及寫作歷程的早期便建立起論述的詞彙。第二章談論後浪漫主義作家的雙重意識：我認為我們如今仍處於浪漫主義運動的餘蔭下，或者說處於其餘蔭的片段中。第三章處理的是藝術之神和商業之神的衝突，任何一個自視為藝術家的作家都仍會感受到這種衝突。第四章談論作家之為幻象製造者、技工巧匠，同時也是社會及政治權力的參與者。第五章探討的是作家、書本以及讀者之間的永恆三角關係。最後，第六章

談的是敘事的旅程及其黑暗曲折的變化。

簡言之，本書努力要處理的是許多作家都很關切的各種衝突，這些作家有的我在此俗世肉身的層面上（這是加州人的說法）相識，有的我僅透過其作品與之神交。寫作有許多困難窒礙，此書談的就是其中一些。

我要感謝在克蕾爾廳和善慷慨接待我的東道主，吉莉安・畢爾女爵士及其夫婿約翰・畢爾博士，他們讓我在劍橋過得非常愉快；也要感謝安排我此行事宜的克蕾兒・當頓。莎莉・布歇博士幫助我熟悉環境，英文學系的伊安・唐納森博士及其夫人葛拉琪亞・古恩讓我度過了一個溫暖愉悅的夜晚。我不論何時都必須感謝潔曼・葛瑞爾博士，感謝她的原則、勇氣及幽默；另一位也必須感謝的是珊德拉・賓利，原因相同。

在劍橋大學出版社方面，我要感謝辛苦的編輯莎拉・史丹頓，文字編輯瑪格麗特・貝瑞，整理索引的凡樂蕊・艾利斯頓，以及學術出版部主任安德魯・布朗。

另外要感謝我倫敦方面的經紀人薇薇安・舒斯特，以及不屈不撓提供她支援的尤安・宋尼寇夫特。感謝我另外兩位經紀人菲比・拉摩及黛安娜・麥凱，她們雖然沒有直接處理此書事宜，但一直照看著我，讓我不致做出危險舉動。在多倫多這邊，要感謝我以前及後來的助理，勇敢的莎拉・庫博及珍妮佛・歐斯提，還要感謝莎拉・韋布斯

特辛勤仔細地幫助處理此書的研究及註解。第一章引用厄爾・博尼1948年的那篇文章，是艾德娜・史雷特讓我注意到的；另外必須感謝瑪莎・巴特菲，原因在第五章跟「棕色貓頭鷹」相關的部分。

最後我要感謝家人——謝謝兒子麥特及葛雷，他們多年來有風度有技巧地跟我這邪惡後母相處；謝謝女兒潔絲・吉布森，她充滿閱讀的熱情，總是以大無畏精神埋首於險阻重重的新文本；還要謝謝格雷姆・吉布森，他長年的愛、支持與陪伴讓我能安居於這座顫巍巍的、有些破舊的藝術殿堂。

一如往常，感謝我的老師們，包括那些無意間啟發我的人。

定位：你以為你是誰？

「作家」是什麼，我又是如何成為作家的？

……殖民地缺乏超越例行公事的精神力量，並且……它缺
乏這種能量，因為它不夠相信自己……它設定的完美之地
不在自身的現在，也不在自身的過去或未來，而是在它邊
界之外的地方，超出它自身的可能……藝術的孕育產生，
是由於藝術家及觀眾共同擁有一份熱切又獨特的興趣，對
存在於他們所處之國家的那種生活感到興趣。

　　　　E・K・布朗，〈加拿大文學的問題〉（1943）[1]

……若你舉辦一場詩歌比賽，獎項大得足以吸引五百名詩
人……你或許會覺得，把他們加在一起，便能得出一般
加拿大詩人的水平。讀完那五百首詩，你會發現大概有
三個人算是接近那個境界，我是指他們知道如何專業地寫
詩……除了這三個人之外，大約兩百首是格律順暢、但其
中絲毫沒有隱喻，剩下的三百首連格律都湊不好……在這
一大堆庸作當中，會冒出三四首精采、怪異又令人發毛的
作品，因為寫的人是瘋子……這番對五百名加拿大詩人的
分析令我沮喪，因為它說明了本國草根階層詩人、讀詩的
人、具有一般敏感度公民的平均水準實在很不文學。

　　　　詹姆斯・瑞尼，〈加拿大詩人的困境〉（1957）[2]

加拿大詩人有本國語言（不消說還有其他語言）的一切典

範可供參考，但是感覺不到自己能與之一較長短。

　　米爾頓‧威爾森，〈其他加拿大人及其後〉(1958)　[3]

除了身為讀者，我似乎還必須成為作家。我買了本學校的筆記簿，試著寫作──也確實寫了，權威地開始，而後乾涸，我不得不撕下那幾頁狠狠揉成一團，丟進拉圾桶。如此一再重複，最後只剩下筆記簿的封面。然後我再買一本筆記簿，一切又重新周而復始。同樣的循環──興奮和絕望，興奮和絕望。

　　艾莉絲‧孟若[1]，〈柯提斯島〉(1999)　[4]

---

[1]　譯註：Alice Munro (1931-)。加拿大小說家，著作甚豐，是第一個獲得加澳文學獎的加拿大作家（1977），並曾三度獲得加拿大總督文學獎（1969, 1978, 1986），2013 年以「當代短篇小說大師」的成就，成為第一位加拿大籍女性諾貝爾文學獎得主。

　　寫作，作家，寫作生涯——最後這個詞可能有點自相矛盾。這個題目是否像神話中的多頭海蛇，每摧毀一個託詞就又會長出兩個？或者它比較像雅各遭逢的無名天使，你必須與之摔角搏鬥，直到祂賜福於你[2]？還是像普羅提斯[3]，你必須緊緊抓住變化多端的他？這題目確實很難抓住。該從哪裡開始？從叫做「寫作」的這頭，還是從叫做「作家」的那頭？該從動詞還是名詞開始，該從活動本身還是從事此活動的人開始？而這兩者的確切分際又在哪裡？

　　日本作家安部公房的小說《砂丘之女》⁵中，一個名叫仁木的男人發現自己困在一處巨大砂坑底，身旁只有一個獨居女子，他不得不剷走落砂，以免兩人被活埋。為了在這無望的困境中找到一點慰藉，他考慮寫下自己面臨的這項磨難。「他何不以比較鎮定的態度觀察一切？如果他能平安脫身回去，這番體驗一定很值得記錄。」

　　然後另一個聲音進入他腦中，他開始與之對話。

　　「『唔，仁木……』」那聲音說，「『起碼你已經決定要寫些什麼。這真的是形塑你人生的經驗……』」

　　「『——謝謝。其實我還得想個標題。』」

　　你看，仁木已經進入了作家的角色——他知道**標題**很

---

[2]　譯註：典出《創世記》第三十二章，雅各與無名天使摔角終夜不敗，受其賜福，改名為以色列。

[3]　譯註：Proteus，希臘神話中變化多端、能預言未來的海神。

重要。再走個幾步，他就會開始考慮封面要怎麼設計了。但他隨即失去信心，宣稱不管怎麼努力，他都不是當作家的料。那另一個聲音要他放心：「『你不需要把作家想得太特別。只要你寫，你就是作家了，不是嗎？』」

顯然不是，仁木說。「『說自己要成為作家只是自大，你只是想變成操縱傀儡的人，藉以區分自己和傀儡而已。』」

那聲音說這樣講太苛刻了。「『……一個人總該能夠區分……身為作家和寫作的差別。』」

「『——啊。你看吧！』」仁木說。「『我想成為作家就是這個原因。要是我無法成為作家，就沒有需要寫作了啊！』」

書寫——寫下字句——這活動本身相當平常，根據仁木第二個聲音的看法，寫作沒什麼神祕的。任何一個識字的人都可以手拿適當工具，在某一平面上製造出痕跡。然而，**身為作家**則似乎是一種受社會承認的角色，具備某種分量或令人印象深刻的意義——在**作家**一詞中，我們聽到了非比尋常的「大寫」意味。仁木想當作家是因為想要那個地位，想要在社會上出人頭地。但真正好的開始，是直接從事這活動——拿筆在空白紙張上塗出什麼——而沒有事先體認到那個社會承認的角色。這不見得總是一個特別幸福或幸運的角色，而且得來是有代價的；不過，跟許多

其他角色一樣，穿上這套戲服的人可能會藉此獲致某種力量。

　　但戲服有很多樣式。每個孩子生下來不只各有自己的父母，各有特定的語言、氣候、政治情境，周遭更有關於孩童的各種既定意見——小孩子是否應該有耳無口，是否不打不成器，是否應該每天被大人稱讚以免缺乏自尊，等等。作家也是如此。每個作家都不是在一乾二淨的環境中長大成人，都難免受到別人對作家的看法影響。我們全會碰上一堆先入為主的觀念，認為我們是什麼樣的人或應該變成什麼樣子，什麼才是好文章，寫作有或者應該有什麼社會功能。我們對於自己書寫作品的想法，都是在這些先入為主的觀念包圍下產生。無論我們是努力想符合這些觀念、反叛這些觀念，還是發現別人用這些觀念來評斷我們，身為作家都受到它們的影響。

　　我所生長的那個社會，乍看之下似乎沒有任何先入為主的觀念。在我出生的年頭，寫作和藝術絕不是加拿大日常談話的首要主題——當時是1939年，第二次世界大戰剛爆發兩個半月，人們有其他事要擔心，就算沒有，也不會去思考寫作。九年後，詩人厄爾・博尼在雜誌上發表〈加拿大人識字，但是否真的閱讀？〉一文，宣稱大部分加拿大人家裡只有三本精裝書：《聖經》、《莎士比亞全

集》，以及費滋傑羅的《歐瑪爾・海亞姆的魯拜集》[4]。

我雙親都是新斯科細亞人，他們離開該省度過一生，始終有種被流放的感覺。家父生於1906年，他父親是邊遠蠻荒林區的農夫，母親則是教師，是她鼓勵我父親自學進修——因為附近沒有中學，我父親便參加函授課程。之後他進入師範學校，教小學，存下薪資，申請獎學金，在伐木營區工作，夏天住在帳篷裡，自己煮食，以低廉工資打掃養兔小屋，同時還省得出錢寄回「家」讓三個妹妹讀完中學，最後自己還拿到了森林昆蟲學博士。你大概也料想得到，他相信人能自給自足，亨利・大衛・梭羅是他最欽佩的作家之一。

家母的父親在鄉間行醫，就是那種會在暴風雪中趕著狗隊雪橇，到人家廚房裡替產婦接生的醫生。我母親性格像男孩，最愛騎馬和溜冰，討厭做家事，會爬上穀倉屋脊走來走去，練習鋼琴（家人很努力要把她教養成淑女）的時候腿上放著本小說。家父在師範學校看見她沿著樓梯扶手一路滑下來，當場就決定要跟她廝守終生。

我出生時，家父已在魁北克北部建立一處小小的森林昆蟲研究站。每年春天我父母都會前往北方；秋天下雪之

---

[4] 譯註：《魯拜集》是波斯詩人歐瑪爾・海亞姆（1048-1122）的傑作，十九世紀英國詩人愛德華・費滋傑羅（1809-1883）的優美英譯本大受歡迎，也因此使《魯拜集》廣為西方世界所知。但後世學者多半認為費氏的「譯文」接近重新創作，與原文有相當出入。

後再回到城裡——通常每年回的都是不同的公寓。我六個月大時就被裝在背包裡背進森林，那些景物成了我的家鄉。

　　一般認為作家的童年多少與其志業相關，但若細看各作家的童年，你會發現其實每人都大不相同。然而這些童年常有個共通點，就是書本和獨處，我的童年正是如此。北方沒有電影或戲院，收音機收訊也不佳，但我身旁總是有書。我很早就學會識字，熱愛閱讀，找到什麼就讀什麼——從來沒人告訴我哪本書不可以看。我母親喜歡小孩安安靜靜，而一個正讀著書的小孩是很安靜的。

　　由於親戚全都不在我可以親眼看見的範圍，祖母和外婆在我感覺起來並不比小紅帽的外婆更真實或更虛幻，或許這一點跟我日後走上寫作之途有關——無法區分真實和想像，或者說，將我們認為真實的事物也視為想像：每個人的生活都有其內在生命，一種創造出來的生命。

　　許多作家都有與外界隔絕的童年，這些童年中也常有說故事的人。我人生中最初說故事的人是我哥哥，起初我只是聽眾，但不久之後便能夠參與。我們的規則是不停講下去，直到想不出新情節，或者直到想換個口味當當聽眾。我們最主要的長篇故事，說的是生活在遙遠星球上一種超自然的動物。無知的人可能會把牠們當成兔子，但牠們是無情的肉食動物，還會在空中飛。故事的內容充滿冒

險，情節要素包括：戰爭、武器、敵人和盟友、寶藏，以及驚險的脫逃。

故事是在黃昏和雨天說的，其餘時間我們的生活明快而務實。家裡鮮少說到道德上和社會上的不端行為——我們很少有機會碰到這些事。大人確實有教我們避免致命的愚行，諸如別在森林裡放火、別跌下船、別在大雷雨中游泳這一類的事。由於一切都由家父親手建造——包括我們住的小屋、用的家具、停船的碼頭等等——我們有充分自由可取用榔頭、鋸子、銼刀、電鑽、手搖曲柄鑽和鑽頭、各式各樣尖銳的危險工具，這些我們都常拿來玩。後來大人還教我們如何安全正確地清理槍（先退出子彈，別把槍口對著自己），如何迅速殺死魚（一刀插進魚的兩眼之間）。我們家不喜歡孩子畏縮和抱怨，不管男生女生都一樣，哭哭啼啼也不會受到縱容。父母微笑稱許的是理性辯論，以及對幾乎所有事物都感到好奇的態度。

但在內心深處，我並非理性的人。我是老么，也是全家最愛哭的一個，常常因為太累被趕回去睡午覺。家人都認為我很敏感，甚至有點體弱多病，也許這是因為我對娘娘腔的東西有不恰當的興趣，例如編織、洋裝和絨毛兔寶寶。我對自己的看法是我幼小無害，跟其他人比起來像個軟腳蝦。舉例來說，我用點二二手槍的準頭很差，使起斧頭也不甚拿手。我花了很長時間才明白，一窩噴火龍家族的老么還是噴火龍，從那些覺得噴火龍不是好東西的人的

角度來看。

1945年，我五歲，大戰結束，氣球和彩色漫畫回來了。從這時候起，我開始跟城市、跟其他人多了些關係。戰後的房地產熱潮興起，此時我們住的房子就是當時新建，屋前屋後地面高度不一，像個方盒子。我的臥室漆成淡桃紅，這是前所未有的——以前我睡過的臥房牆壁都沒有油漆。這年冬天也是我第一次開始上學。整天坐在課桌旁令我疲倦，別人更常趕我去睡午覺了。

大約七歲左右，我寫了一個劇本。主角是個巨人；主題是關於罪與罰；罪行是說謊（對一個未來的小說作者而言挺合適的）；懲罰則是被月亮砸死。但這齣傑作該找誰來演？我自己一個人沒法扮所有的角色啊。我的解決之道是傀儡戲，用紙剪成各個人物，紙箱做成舞台。

這齣戲並沒有大獲成功。我記得我哥和他的朋友們走進來，笑我，於是我與文學批評有了第一次接觸。我不寫劇本改寫小說，但只開了頭便無疾而終，小說的主角是隻螞蟻，正在一艘小筏上被水沖往下游。也許長篇的形態對我來說太困難，總之我寫到這兒就停了，把這事忘得精光，改畫起畫來，畫的都是時髦仕女，用菸嘴抽菸，穿著華麗禮服和非常高的高跟鞋。

我八歲時，我們又搬家了，搬到另一棟戰後興建的平房，這一次較接近多倫多市中心，當時多倫多還是個土氣的小城市，只有七十萬人。如今我面對了現實生活，也就

是其他的小女孩——她們的假正經和勢利眼，她們那複雜萬分、由俏悄話及惡毒八卦組成的社交生活，她們每當要抓起蚯蚓時怔忡不安的模樣和尖細如小貓的叫聲。我比較熟悉男孩那種直來直往的心思：手腕上被繩索擦傷的痕跡和「手指頭死翹翹」[5]的把戲我都熟——但小女孩對我來說簡直像外星人。當時我對她們很好奇，現在依然如此。

這時已經是1940年代後期。大戰期間走進工廠負起生產任務的女人現在被趕回家，嬰兒潮開始了：結婚生四個孩子被視為女人的理想歸宿，接下來十五年皆如此。當時加拿大實在太偏遠落後了，這種意識形態反倒沒有完全發威，社會上還是有些艾美莉亞・厄哈特[6]式的冒險型女子，還是有些女學者，還是有些獨立甚至激進的女性，自食其力活過三、四〇年代。不過一般讚許的趨勢仍是和樂的居家生活。

在這一切之下潛藏著一層恐懼：原子彈爆炸了，冷戰方興未艾，喬・麥卡錫開始了他大肆捉拿「紅色分子」的行動[7]；一個人要看起來愈正常、愈平凡、愈不像共產黨

---

[5]　譯註：一種捉弄人的小把戲，在火柴盒底部挖洞，把一根手指伸進去，四周鋪上棉花或面紙，手指上或許還塗些番茄醬。在不知情的人面前打開火柴盒，對方乍看會以為盒內放了一根斷指。

[6]　譯註：Amelia Earhart (1897.-1937)，美國飛行家，為第一位獨力飛越大西洋（1932）、太平洋（1935）的女性，1937年嘗試飛繞世界一周途中失蹤。

[7]　譯註：紅色分子指共產黨。冷戰時期美國社會瀰漫反共、恐共的

愈好。這時我想到，我父母本來可說是理性健全心智的標準，如今在別人眼中可能成了怪人；也許他們只是無害的瘋子，但有可能是無神論者，或在其他方面有毛病。我確實努力試著要跟其他人一樣，不過我不太清楚「其他人」到底是什麼樣子。

　　1949年我十歲，那是「憤怒歌手」佩蒂‧佩姬的年代，我第一次聽到雙軌錄音就是她的唱片，主唱與合音都由她包辦：我開始被流行文化腐觸，這讓我父母很洩氣。那年代風行的是哭哭啼啼的收音機肥皂劇，是晚間連續劇如《青蜂俠》和《內在聖堂》，還有誇大細菌之害的雜誌廣告，督促家庭主婦向塵埃污垢宣戰。除此之外危害大眾的還包括面皰、口臭、頭皮屑及體臭，漫畫書封底的廣告令我看得入迷──諸如一管牙膏挽救了失敗的社交生活，還有查爾斯‧阿特拉斯的故事，告訴你只要做他的健身運動，就可以免於海灘惡霸往你臉上踢沙子。

　　這段期間，我讀遍了艾德加‧愛倫‧坡的作品：學校圖書館裡就有愛倫‧坡，因為他筆下不寫性愛，所以被視為兒童可讀。我迷上E‧奈斯比的作品，也讀遍了能找得到的安德魯‧朗的民間故事集。我不喜歡小女偵探南西‧

心態，在麥卡錫參議員的大力倡議整肅之下，成為著名的白色恐怖時期。

德露——嫌她太健康——但十二歲時愛上了夏洛克·福爾摩斯，這份熱情是無望但安全的單戀。

這時我已經上了高中，但年紀實在太小。當時學童可以跳級就讀，但在十六歲之前不能畢業離校，於是我發現自己置身在一班已開始刮鬍子的大塊頭同學之間。我身體的反應是開始貧血，心臟也出現奇怪的雜音，成天睡覺。不過第二年我長大了些，那些穿皮夾克、騎摩托車、襪子裡藏著腳踏車鍊的同學也全都畢業，而且大人還給我吃一堆炸肝臟和鐵劑補身體，因此或許可以說情況改善了一點吧。

貓王出道時我十五歲：因此我既能華爾滋也能搖滾，不過我錯過了探戈，當時探戈不流行。這年代流行的是學校舞會、交固定男女朋友、露天汽車電影院，以及大人苦口婆心的文章，告訴你親熱愛撫有哪些危險。我們學校沒有性教育——體育老師說血這個字時甚至是用拼字的方式而不直接唸出，以免女孩聽了昏倒。避孕藥還是好久以後的事。懷孕的女孩從此消失不見，要麼就是被墮胎手術害死或落下殘疾，要麼就是奉子成婚洗起尿布，要麼就是被藏在未婚媽媽之家刷洗地板。這種命運是無論如何一定要避免的，橡膠的緊身束褲可以助你一臂之力。整個文化環境似乎——跟以前的許多其他文化一樣——充滿不停的興奮，再加上一堵高高的圍牆。

然而，我透過白紙黑字得知了人生比較骯髒那一面的

許多事。十六歲之前，我讀的東西很多但很雜，從珍・奧斯汀到「真羅曼史」雜誌到廉價科幻小說到《白鯨記》無所不包，不過大致說來可分成三類：學校課堂上唸到的書，可以正大光明看的課外書（家中隨手可得或從學校圖書館借出），以及有禁忌嫌疑的書，趁著替粗心鄰居看小孩的時候偷瞄——我就是這樣看到《永遠的安珀》和《黑板叢林》，後者讚頌著透明尼龍女用襯衫的種種風險。

這類書當中最嚇人的是《派頓園》，我是偷偷摸摸在街角小店買下，然後爬梯子到車庫方便平坦的屋頂上去看。此書的女主角想成為作家，但在這過程當中她的悲慘遭遇實在令人作嘔到極點。不過沒關係——她確實有很多東西可寫，亂倫啦，性病啦，強暴啦，靜脈曲張啦，應有盡有。

與此成對比的是學校裡讀的東西，內容非常英國化，也非常前現代。我想這是為了避免讓學生讀到性愛場面，不過這些書間接隱約談及的性愛也不少，包括實際活動及其可能性，而且通常以災難收場——《羅密歐與茱麗葉》、《佛洛斯河畔的磨坊》、《黛絲姑娘》、《嘉德橋市長》。詩也很多。老師教學的重點在於文字內容，此外一律不談。我們學會背熟這些文字，分析其結構與風格，寫出大意摘要，但對這些文字的歷史脈絡或作者背景毫無所知。我想這大概是新批評（New Criticism）學派的餘緒，不過當時沒人提過這個詞，也沒人把寫作當成一個過

程或一種職業——一種有真人在做的事——來談。

在這種條件下，我是怎麼變成作家的？這並不是我當時順理成章該做的事，也不是我的選擇，不像有些人選擇成為律師或牙醫。事情就是那麼突然發生了，1956年，我放學回家路上穿過一片足球場之際，在腦海裡作了一首詩，然後把它寫出來，之後寫作便成了我唯一想做的事。當時我並不知道自己這首詩寫得不好，不過就算知道，八成也不會在乎。深深吸引我的不是成果，而是那個過程，那種觸電般的感覺。我從非寫作者變成寫作者的轉變發生在一瞬間，就像「B」級電影裡溫馴的銀行職員剎時變成青面獠牙的怪物。如果有旁觀者看到，可能會以為我是接觸了某種化學藥劑或者宇宙輻射，就像使老鼠變成龐然大物，使正常人變成隱形人的那種。

當時我年紀不夠大，完全不自覺這項轉變。要是我多讀過一些作家生平，或者至少讀過任何關於作家的東西，我一定會隱藏起這項剛發生在自己身上的可恥變化。但我沒隱藏，反而宣布出來，令那些跟我一起在學校食堂吃自備午餐的女生大驚失色。後來其中一個人告訴我說，當時她覺得我很勇敢，竟然會**承認**這種事，真是有膽量。事實上，我只是無知罷了。

結果，驚愕的不只是女同學，還有我父母：他們很能包容毛毛蟲、甲蟲和其他各式各樣非人類的生物，但對藝術家則不怎麼敢恭維。他們秉持一貫作風沒有多說，決定

靜觀其變，希望這只是個終會過去的短暫階段，同時拐彎抹角地表示人需要有一份能賺錢的工作。我母親的一個朋友比較樂觀。「這樣很好啊，親愛的，」她說，「至少這事妳可以在家裡做。」（她認定我跟其他思想正確的女孩一樣，終究會有個家。她對當下種種關於女作家的扒糞內幕毫無所悉，不知道這些堅忍強韌的女性是不應該奢望那一切的，她們必須變成怪異老處女，或者過著骯髒淫亂的生活，或者自殺——總之都是受苦受難的事。）

要是我對當時人們認定的這個角色——不只是作家，而是**女**作家（多麼在劫難逃！）——有半點了解，我一定會狠狠甩開我那枝漏水的藍色原子筆，或者用一個密不透風的**筆名**把自己緊緊包住，就像《瑪德雷山的寶藏》的作者B・特拉分，其真實身分始終不明。或者像湯瑪斯・品瓊那樣，一輩子不接受訪問，也不讓自己的照片出現在書衣上。但我當時太年輕，不知道這些花招，現在可就太遲啦。

人物傳記裡，通常都會寫到早年生活中某個決定性的時刻，預示該人將來會成為藝術家或科學家或政治家。童年必須符合長大後的發展，如果不合，傳記作者會做一番剪貼，給那人像安上另一顆頭，以確保一切都正確無誤。但當我回顧自己開始寫作之前的生活，其中沒有任何因素能解釋我何以走上這古怪的方向；或者說，我生活中能找到的因素，在其他沒變成作家的人的生活中也找得到。

　　我二十六歲真正出版第一本詩集時——說「真正」，是對比於先前我在朋友家地窖自行用平台印刷機印出的一本小冊子，當時詩人都流行這麼做——我哥哥來信說：「恭喜妳出版第一本詩集。我以前年輕時也做過這種事。」或許線索就在這裡。我們童年有很多共通的興趣，但他放棄了那些，轉以其他形式自娛，而我沒有放棄。

　　回過頭去說1956年，當時我還是高中生，關於我應該、能夠、必須做的事，身邊沒半個人跟我有同感。我不認識任何作家，除了我阿姨替主日學雜誌寫兒童故事，不過年輕自負的我認為那不算數。我讀過的小說（這指的是寫給大人看的那些，包括廉價作品也包括文學作品）的作者沒有一個還活著，或在加拿大境內生活。我還沒有開始認真尋找其他同類，把他們從陰潮洞穴和隱密樹叢中找出來，因此十六歲的我的眼界與一般公民無異：我只能看見已經被安排得清晰可見的東西。作家的公眾角色在其他國家、其他時代似乎都被視為理所當然，但在加拿大好像要不就是從沒真正建立過，要不就是一度曾經存在、但是已然絕跡。當時我還沒讀過A・M・克藍的〈詩人風景繪像〉，但不久之後便會偶然讀到並深印心中，像隻剛孵出的小鴨把第一眼看見的袋鼠當成了媽。那首詩其中幾句是這麼說的——

可能他死了，未被人發現。
可能你會發現他在某個
狹窄的衣櫃，像偵探小說裡的屍體，
站在那裡，瞪著眼睛，隨時會仆倒……

我們只確知在這真實的社會
他已消失了，根本不算數……

……他，若他真的存在，是一個數字，一個X，
是旅館登記簿裡的張三先生，——
隱姓埋名，遺失，空缺。[6]

　　我最初的構想是，寫些肉麻的羅曼史給廉價雜誌刊登（根據《作家市場》的資訊，這類差事稿費優厚），然後靠這筆錢生活，同時寫作嚴肅文學。但我試了兩三次，便確信自己缺乏寫那種作品的字彙。接下來的構想是，我應該去念新聞系，然後到報社工作；我想這種寫作或許會逐漸轉變成另一種——就是我想寫的那一種，這時我的理想已經變成凱瑟琳・曼斯菲爾德與恩尼斯特・海明威的混合體。但跟一位真的記者（是一位遠親，我父母把他挖出來潑我冷水）談過之後，我改變了主意，因為他告訴我，報社只會讓女生寫寫訃聞、寫寫仕女版，如此而已。於是，通過大學入學考後（我到現在還會做惡夢夢見那場考

試），我就上大學去了，心想畢業後總可以教教書吧。那樣也不算太壞，因為教師也有長長的暑假，可供我寫我的曠世傑作。

1957年，我十七歲。我們的教授明白表示我們是群呆頭鵝，完全不像十年前自戰場歸來的那些退伍軍人那麼令人興奮，他們經驗過無情的現實，一心渴望求知；也不像那些左派那麼令人興奮，他們三〇年代上大學的時候掀起了不小的騷動。教授們說得沒錯：大致說來，我們是一群呆頭鵝。男生準備就業，女生準備當他們的太太。前者穿的是灰色法蘭絨襯衫、制服外套、打領帶，後者穿的是駝毛大衣、喀什米爾上衣加薄外套，戴單顆珍珠耳環。

但除了這兩類之外也還有別人。那些人穿的是黑色高領毛衣，如果是女生的話還會在裙子底下穿黑色的芭蕾舞緊身褲，因為當時褲襪還沒發明，女性又一定要穿裙。這些人數目少，通常很聰明，被人認為假惺惺，被叫做「狗屁不通藝術家」。起初他們讓我害怕，結果兩年後，輪到我讓別人害怕了。其實要嚇人不必特別做什麼事，只需要了解若干好惡，變成某種模樣──沒那麼精心修飾，臉色比較蒼白，比較瘦削，當然衣服要穿得比較晦暗，像哈姆雷特那樣──這一切都意味著你腦袋裡裝的是凡夫俗子所不能了解的晦澀隱密思緒。正常年輕人很鄙視這些藝術家，至少是男的那些，有時候會把他們推倒在雪堆裡。至

於有藝術氣質的女生，一般認為比那些穿喀什米爾衣裙的性開放，不過也比較大嘴巴、比較瘋、比較惡毒、容易發怒：所以，跟這種女生交往會帶來的麻煩可能大於性愛價值。

狗屁不通藝術家們感興趣的不是加拿大文學，至少一開始不是；他們跟大家一樣，幾乎不知道有加拿大文學的存在。傑克‧凱魯亞克和「垮掉的一代」在1950年代末冒出頭，透過《生活》雜誌變得家喻戶曉，但他們並沒有在咱們這群藝術家圈中引起太大迴響：我們的興趣比較偏向歐洲。你當然必須熟悉福克納、史考特‧費茲傑羅和海明威，喜歡戲劇的得加上田納西‧威廉斯和尤金‧歐尼爾，還有寫《憤怒的葡萄》的史坦貝克，惠特曼和狄瑾蓀也要多少知道一點，能弄到地下出版品的得熟亨利‧米勒——他的作品是禁書——搞民權運動的得熟詹姆斯‧鮑德溫，艾略特、龐德、喬伊斯、伍爾芙、葉慈等等當然是一定要的，但齊克果、《荒野之狼》[8]、山繆爾‧貝克特、阿爾貝‧卡繆、尚保羅‧沙特、法蘭茲‧卡夫卡、尤涅斯柯、布萊希特、海利希‧字爾[9]和皮藍德婁才夠有魔力。福婁拜、普魯斯特、波特萊爾、紀德、左拉，以及俄國的大作家——托爾斯泰、杜斯妥也夫斯基——也有人讀。有時

---

[8] 譯註：*Steppenwolf*，赫曼‧赫塞（Hermann Hesse）作品。
[9] 譯註：Heinrich Böll (1917-1985)，德國小說家，1972 年獲諾貝爾獎。

候，為了驚世駭俗，有人會宣稱喜歡艾茵‧蘭德[10]：男主角強暴女主角而女主角樂在其中，這樣的情節被認為很大膽，但其實很多好萊塢電影都隱約有這種意味，其中女的啐罵對方、打耳光、摔門，最後男的一把抱住她，獲得勝利。

雖然加拿大照理說是殖民地，文化方面依然深受日薄西山的大英帝國影響，不過當代英國作家並沒有特別占優勢。喬治‧歐威爾已逝，但還是有人讀；狄倫‧湯瑪斯[11]亦然。若干很有氣魄的女性承認讀過朵麗斯‧萊辛的《金色筆記》，但私下偷偷讀的人更多。艾瑞絲‧莫鐸剛嶄露頭角，被認為夠怪因此夠有趣；格雷安‧葛林依然在世，受到尊敬，不過還不到後來那麼備受尊崇的程度。克里斯多夫‧伊許伍[12]有一批讀者，因為納粹興起時他人在德國。愛爾蘭作家弗爾‧歐布萊恩的書迷人數不多但很忠實，康納利[13]的《不寧靜的墳墓》亦然。真正的英國文化影響來自一個頗有顛覆性的廣播節目《呆瓜秀》，演出者

---

[10] 譯註：Ayn Rand (1905-1982)，俄裔美國小說家、哲學家。

[11] 譯註：Dylan Thomas (1914-1953)，威爾斯作家，著有詩集、短篇小說、劇作。

[12] 譯註：Christopher Isherwood (1904-1986)，生於英國，曾在柏林教書（1928-33），著有小說、劇本等，後居美國。

[13] 譯註：Cyril Connolly (1903-1974)，英國小說家、文評家，以獨具個人風格的評論知名。

包括彼得・謝勒斯[14]，以及「蒙提派松」[15]的另一個前身《邊緣以外》，我記得我是透過錄音聽到這節目的。

我第一個參與的藝術團體是劇團。我並不想當演員，但我會粉刷道具，必要時也可以硬著頭皮上場跑跑龍套。一般學生在藥房打工，我則設計、印刷了一陣子的劇團海報；其實我做得並不好，不過也沒什麼競爭對手就是了。大學裡藝術調調的人很少，整個加拿大也是如此，因此圈內人常在不止一種活動裡混。我跟那些唱民謠的也挺要好——當時正流行收集真正的民謠、演奏自動豎琴這類樂器——透過他們，我吸收了多得驚人的悲切戀人哀歌、血腥的殺人陰謀，還有些真夠猥褻的小調。

這段時間我一直在寫作，寫得不好，但充滿非寫不可的衝動和希望。當時我幾乎寫遍了日後我從事的文類——詩、小說、散文——然後辛辛苦苦把稿子打好字，一共只用四隻手指頭，到今天我還是這樣打字。在大學的閱覽室裡，我著魔似地苦讀當時國內薄薄幾份英文的文學雜誌（我記得是五份），不明白其中若干詩做為什麼會被某個白鬍子、上帝一般的編輯認為比我的詩好。

之後我的作品開始在校內的文學刊物發表，然後——

---

[14] 譯註：Peter Sellers (1925-1980)，主演《粉紅豹》系列電影的知名英國喜劇演員。

[15] 譯註：英國知名喜劇團體，全名為 Monty Python's Flying Circus，七〇年代在 BBC 製作演出同名節目，風靡一時。

借助於寫好地址的回郵信封，這是《作家市場》教給我的訣竅——也在那薄薄的、令人嚮往的五份雜誌之一發表了。（當時我只署姓，名的部分以縮寫字母代替，因為不希望任何重要人物知道我是女生。無論如何，高中時我們讀過亞瑟‧奎勒考區爵士[16]一篇文章，說「男性的」風格是大膽、有力、鮮明的等等，而「女性的」風格則是柔和、無味、軟趴趴的。作家常喜歡說自己的文筆雌雄同體，這點無疑為真，但耐人尋味的是如此宣稱的作家絕大多數是女性。但女作家選擇的題材並非不受性別影響，且最重要的是，她們會受到的待遇也不同——尤其是作品接受評論時不管這不同之處如何呈現，遲早都會對她們造成影響。）

第一次收到文學雜誌的採用信時，我一整個星期如在夢中。事實上，我是太震驚了。就連我自己，在內心最最深處，也認為我是在朝遙不可及的目標努力，結果這下子發現原來那目標並非遙不可及。一切願望都即將實現，彷彿是某場帶著模糊威脅意味的夢境，或者讓人心想事成的童話故事。我讀過太多民間傳說——一覺醒來黃金變成煤炭，美貌帶著砍掉妳雙手的詛咒——不可能不知道眼前會有詭計和危險，還有某種可能致命的代價要付。

---

[16] 譯註：Sir Arthur Quiller-Couch (1863-1944)，英國作家。

　　透過那些文學雜誌，也透過校內一些為那些雜誌撰稿的教授，我發現了一道祕門。那扇門彷彿開在一座光禿禿的山丘上——像冬天的小山頭，或者蟻丘；在不知情的外人眼中，此處毫無生命跡象，但如果你設法得其門而入，便會看見繁忙不已的景象。文學活動的小宇宙就在我眼前運作不停。

　　看來，加拿大確實有詩人存在，東一撮西一撮的，甚至還有派別——有「都會派」，有「本土派」。他們否認自己屬於任何一派，然後攻擊其他詩人，說他們是那些派別；他們也攻擊評論家，評論家大部分也是詩人。他們相互辱罵，相互吹捧，替彼此的作品寫書評，讚美朋友，抨擊敵人，就像十八世紀文學史裡說的那樣；他們神氣活現，發表宣言；他們被生命的芒刺穿透，他們流血。

　　當時的騷亂另有幾個原因。就在我念的那所學院任教的諾索‧佛萊[17]，當時剛出版了《解剖評論》（1957），在國內國外都造成不小的騷動，並在詩壇引發軒然大波，詩人很快分成擁神話和反神話兩個陣營。佛萊發出革命性的言論——不僅在加拿大，在任何社會都有革命性，尤其是殖民社會：「……現實的中心就在你所在之任何一處，

[17] 譯註：Northrop Frye (1912-1991)，加拿大文學評論家，提倡 archetypal criticism，視文學及其他形式的藝術為跨文化的、放諸四海皆準的神話及原型之呈現，《解剖評論》（*The Anatomy of Criticism*）是其最重要的作品。

圓周則是你想像力可及的範圍。」[7]（原來你不是非出身
於倫敦或巴黎或紐約不可！）隔壁不遠的學院則有馬歇
爾・麥克魯漢，他在1960年出版的《古騰堡星系》又引起
一陣騷動，這一次是關於媒體及其對感知的影響，並論及
書寫文字可能過時。（原來倫敦、巴黎和紐約的作家跟我
們鄉下人一樣問題多多！）

　　在關於神話、媒體和文學的整體問題上大呼小叫的，
多半是詩人。長短篇小說家跟詩人不同，還沒有成群結
黨。當時出過書的加拿大小說家很少，彼此也鮮少相識，
其中大部分住在國外，因為他們不認為自己在加拿大能發
揮藝術家的功能。很多在六〇年代末和七〇年代將會變得
熟悉的名字——瑪格麗特・羅倫斯、莫德查・瑞勒、艾莉
絲・孟若、瑪莉安・恩格爾、格雷姆・吉布森、麥可・翁
達傑、提摩西・芬德利、露比・葳柏尚未打出自己的一片
天。

　　我發現進入這神奇的蟻丘比我先前以為的要簡單得
多——在這地方，除了你自己之外可能還有別人會認為你
是作家，他們可能也會認為當作家是件可以接受的好事。
當時確實存在著波希米亞式的文化界——跟社會其他階層
都不相干也大不相同——一旦你進入其中，就成為一分
子。

　　比方說，有家叫做「波希米亞大使館」的咖啡館，開
在一棟搖搖欲墜的工廠建築裡，詩人每週在那裡聚會一

次、朗讀自己的作品。等我「出了書」之後。他們也邀我去那裡唸詩。我發現這跟演戲很不同。別人寫的文字是一層簾幕，是一種掩飾，但站起來唸我自己的文字——如此暴露自己，大有可能丟人現眼——讓我緊張得反胃。（「讀詩會」當時愈來愈為人接受，很快就變成常例。我沒料到接下來十年我都得常常躲在一旁嘔吐。）

　　咖啡館裡的這些聚會在很多方面都不同凡響。其中一項特色是大雜燴，我指的是那裡有各式各樣最極端的組合。有年輕有年長，有男有女，出過書的沒出過書的，知名人物和新手，激烈的社會主義者和緊繃的形式主義者，全都圍在那些鋪著方格布的桌子旁，桌上放著必不可少的葡萄酒瓶做的燭台。

　　另一點是——該怎麼說呢？在那裡我發現，在場的有些人——甚至包括出過書的、包括很受尊敬的——並不怎麼出色。有些人有時候寫得很好，但水準不穩定；有些人每次都唸同一首詩；有些人裝模作樣得讓人受不了；有些人去那裡顯然大多是為了釣女人，或者釣男人。難道，穿過那扇門、走進熱鬧的詩人蟻丘，並不一定是任何保證？那麼真正有效的「合格證書」到底是什麼？你要怎麼知道自己是否夠格，而所謂的夠格又是什麼意思？如果說這裡有些人只是自以為有才華（顯然有些人確實如此），那我會不會也是這樣？話說到頭，「寫得好」又是什麼意思？這一點由誰來決定，又是用什麼試紙來檢驗？

　　我的故事就先說到這裡，當時是1961年，我二十一歲，咬著指甲，剛開始發現自己蹚進了什麼渾水。接下來我要回頭來談寫作之為藝術，談作家繼承並背負一系列社會對藝術的認定觀念，談寫作本身。

　　寫作與其他大多數藝術有一點很不一樣，就是看來民主，我的意思是，幾乎任何人都能以書寫做為表達自我的媒介。有一則常常出現在報上的廣告是這麼說的：「何不成為作家？……不須經驗，無須特殊教育。」艾爾摩·連納[18]筆下的街頭混混也曾這麼說：

　　　……你問我……會不會在紙上寫字？那是你做的事，老兄，你把出現在腦袋裡的字一個接一個寫下來……你已經在學校學過寫字了，不是嗎？我希望是這樣。你有個概念，寫下想講的話，然後找個人來加上該加的逗點之類的狗屁……有人專門做這個的。[8]

　　要唱歌劇，你不只得有歌喉，還得苦練多年；要作曲，得有音感；要跳舞，得身手矯健；要演戲，得背得了

---

[18] 譯註：Elmore Leonard (1925-)，美國作家，作品包括西部小説、犯罪小説等，常被改編為電影，如早期的《野狼》（*Hombre*，1967）、近年的《黑道當家》（*Get Shorty*，1995）、《黑色終結令》（*Jackie Brown*，1997）、《戰略高手》（*Out of Sight*, 1998）等。

台詞，如此這般。就表面上的容易程度而言，如今從事視覺藝術已經跟寫作差不多了——當你聽到有人說，「我家的四歲小娃畫得都比這好」，你就知道羨妒和輕蔑已經出現，表示人們開始認為這個所謂的藝術家並非真的有才華，只是運氣好或者會鑽營，八成還是個騙子。當人們不再看得出藝術家比平常人多了什麼才氣或特殊能力時，就容易發生這種事。

至於寫作，大部分人私下都認為自己肚裡也有一本書，要不是沒時間他們都能寫出來。這種看法多少也並不假。很多人確實肚裡有本書，也就是說，他們有過一些別人可能會想讀的經歷。但這跟「當作家」不是同一回事。

或者，用另一種比較難聽的講法來說：每個人都可以在墓園裡挖個洞，但並非每個人都是挖墳人。後者需要更多的力氣和堅持。同時，由於此一活動的性質，這角色也具有很深刻的象徵意義。挖墳人並非只是個挖掘的人，而是背負著其他人的各種投射，各種恐懼、幻想、焦慮和迷信。你代表凡人終有一死的事實，不管你喜不喜歡。任何一種公眾角色也都是如此，包括「大寫」的作家；但也跟任何一種公眾角色一樣，此一角色的意義——包括情感性和象徵性的內涵——會隨著時代變遷。

本章的標題是借用艾莉絲‧孟若1978年的短篇小說集書名。這本書在加拿大叫做《你以為你是誰？》，[9]但在

英國出版時改為《羅絲與芙洛》，在美國則改為《乞丐使女》。英美方面的出版社這麼做，想來是認為原書名對該國的讀者來說有些語焉不詳；但對當時的加拿大讀者而言，這標題則是再清楚不過，尤其是曾有過藝術憧憬的讀者。

這本書是成長小說（Bildungsroman）──也就是記敘年少時光和所受教育的作品──主角名為羅絲，長大後成了個小演員。小時候，她就讀加拿大小鎮上粗陋的中學，英文課的內容是抄寫然後背誦詩篇。羅絲有這方面的天分，不必先抄寫立刻就能背出詩句。「（羅絲）以為接下來會發生什麼事？」蒙羅問。「驚異，稱讚，然後是難得的尊重？」是的，但她並沒有得到這些。教師認為羅絲愛現，這點倒沒錯。「『唔，就算妳會背這首詩，』」她說，「『也不足以做為妳不聽命行事的藉口。坐下來，把詩抄在妳的本子裡。每一行抄三遍。如果寫不完，就放學以後留下來寫。』」結果羅絲真的得留下來抄寫，等到抄好交上去時，教師說，「『妳不能因為自己會背詩，就沾沾自喜以為自己比別人強。妳以為妳是誰？』」[10]換言之，羅絲不可以只因為自己會做某種不重要的、大部分人做不到的雕蟲小技，就相信自己能夠與眾不同。

把上述故事裡的**演員**換成**作家**，「背詩」換成「編故事」。那教師的態度正是這兩百年來，西方社會所有藝術家都必須面對的，而處在鄉下小地方者尤然。事實上，關

於這個議題他們已經一再問出一系列問題，就像本章開頭
《砂丘之女》的仁木跟自己心中的對話。作家——不只是
想為報紙寫稿，不只是寫一成不變公式小說的能手，而是
藝術家——這樣一個人是否有特殊之處，如果有，又是如
何特殊？

註釋

1　E. K. Brown, "The Problem of a Canadian Literature," A. J. M. Smith (ed.), *Masks of Fiction: Canadian Critics on Canadian Prose* (Toronto: McClelland and Stewart, 1961), p. 47.

2　James Reaney, "The Canadian Poet's Predicament," A. J. M. Smith (ed.), *Masks of Poetry: Canadian Critics on Canadian Verse* (Toronto: McClelland and Stewart, 1962), p. 115.

3　Milton Wilson, "Other Canadians and After," *Masks of Poetry*, p. 38.

4　Alice Munro, "Cortes Island," *The Love of a Good Woman* (Toronto: Penguin, 1999), p. 143.

5　Kobo Abé, E. Dale Saunders (trans.), *The Woman in the Dunes* (New York: Vintage, 1964, 1972).

6　A. M. Klein, "Portrait of the Poet as Landscape," *The Rocking Chair and Other Poems* (Toronto: Ryerson Press, 1966), p. 50.

7　筆者就讀多倫多大學時，常聽諾索‧佛萊在課堂上這麼說。

8　Elmore Leonard, *Get Shorty* (New York: Delta, Dell, 1990), p. 176.

9　Alice Munro, *Who Do You Think You Are?* (Agincourt, ONT: Signet, 1978).

10　Ibid., p. 200.

第二章

雙重：
一手傑齊爾一手海德，
以及滑溜的化身

為何雙重性必然存在

你施捨的時候，不要叫左手知道右手所做的：
要叫你施捨的事行在暗中，你父在暗中察看，必在明處報
答你。

《馬太福音》第六章3-4節

歌唱情欲和歡樂的詩人
人間留下了你們的靈魂！
你們是否也逍遙天上
同時生存在兩個地方？[1]

約翰・濟慈，〈歌唱情欲和歡樂的詩人〉

……你一手是傑齊爾，一手是海德[2]……

關多琳・麥依文，〈左手與廣島〉¹

高強得超出平常的觀察力，意味著異常置身事外：或該說

---

[1] 譯註：此處譯文引自查良錚所譯之《濟慈詩選》（台北：洪範，
　　2002），惟該譯本中此篇名為〈頌詩〉（Ode），與此處愛特伍
　　所註不同。

[2] 譯註：Jekyll 與 Hyde 為蘇格蘭作家羅伯・史蒂文生《化身博士》
　　書中男主角兩種人格／身分的名字，前者善良正派，後者無惡不
　　作，後來成為形容雙重人格的常用比喻。

是種雙重過程，一方面對其他人的生活過度關注及認同，同時卻又保持無比的超然疏離……袖手旁觀與完全投入之間的緊繃張力：這就是作家之為作家的特質。

娜汀・葛蒂瑪，《短篇小說選集》序[2]

　　我在一個充滿化身的世界裡長大。我那一代的小孩沒有電視看，那是漫畫書的時代，漫畫裡的超級英雄都有另外一面是微不足道的小人物，否則他就真的什麼都不是。超人事實上是戴著眼鏡的克拉克·肯特，驚奇隊長事實上是跛腳的送報童比利·巴森，蝙蝠俠事實上是個紅花俠型的人，在**現實生活**中扮演沒大腦的花花公子──或者應該是反過來才對？在情緒層面上，我了解這些人物──每個小孩都了解。超級英雄的那一面強大又正派，是我們想成為的樣子：「真實」化名的那一面又小又弱，活在現實世界，受制於比我們強大的人，正是我們實際的模樣。葉慈和他那假面（personae）理論跟我們一點關係都沒有。

　　我們所不知道的是，這些超級英雄可說是浪漫主義運動尾聲的臨去秋波。是的，之前確實有假扮和化身的例子。是的，奧狄修斯重回他綺色佳的宮廷時假扮成別人。是的，在基督教中，上帝化身為貧窮的木匠，以拿撒勒的耶穌的身分來到塵世。是的，在傳說和童話故事中，歐汀[3]、宙斯和聖彼得都扮成乞丐浪跡人間，獎賞那些善心對待他們的人，懲罰對他們惡言相向的人。但是直到浪漫主義興起，才真正將這種雙重性的概念深植在大眾意識中，讓人們覺得這是意料中事，尤其在藝術家身上。

　　以撒·柏林在《浪漫主義的根源》[3]一書中，已精采

---

[3]　譯註：Odin，北歐神話中的主神。

闡述了十八世紀「啟蒙」作家或藝術家（他們維護放諸四海皆準的觀念，支持既有體制，受到當權者眷顧）和浪漫主義作家藝術家的不同，後者在大眾心目中的形象包括普契尼的歌劇《波希米亞人》；叛逆，窮困，不為五斗米折腰。他們在破舊的小閣樓裡挨餓創作天才傑作，社會上其他人則湊著唯物主義的飯桌大吃大喝，打著飽嗝忽視他們。然而藝術家擁有祕密的身分、祕密的力量，並且——如果後世效法他們的話——是最後的贏家。他們遠不只是表面看起來的那樣！

至於同時身為作家的那些藝術家，其雙重性也加倍，因為寫作此一舉動本身就把人一分為二。本章中，我將討論作家之為作家的雙重性。

我一直覺得勃朗寧那首惡夢般的〈羅蘭騎士來到暗塔〉很耐人尋味。這首詩的敘事者是羅蘭騎士，正背負使命追尋某樣事物，詩中並未說明追尋的對象為何，不過看來不像是聖杯。通常在追尋的使命中，會有某個值得辛苦的目標——要找到什麼，可以得到什麼——途中也會有各式各樣的困難必須克服，羅蘭騎士亦是如此。但他每踏出一步，這番追尋便變得更加無望、更加陰慘。一名老人奚落他——在追尋的故事中，這向來是不祥之兆——隨著他行經之處愈來愈荒蕪、愈來愈像沼澤，他的勇氣也逐漸消退。最後，在他最料想不到的時候，突然就來到了暗塔，

他發現自己困在一個陷阱裡：四周景物朝他逼近，沒有出路；更有甚者，他被鬼魂團團圍住，全是那些在他之前出發進行同一項使命而失敗的人，正等著他加入他們的行列，於是他明白自己這番追尋是注定要失敗的。

詩中告訴我們，暗塔是棟充滿威脅感的建築，四平八穩，難以穿透，全世界僅此一座，塔上掛著一種叫做蛞蝓號角的東西。這是個討厭的樂器，勃朗寧大概是從恰特頓[4]的作品借來此詞，恰特頓用這個詞指「小號」，而我想勃朗寧喜歡這名字意味的噁心聲響，因為跟詩裡的整體景致很搭配。總之，你必須吹響蛞蝓號角，向住在暗塔裡某個人或某個東西挑戰：讀者得到的強烈印象是某種怪物。

我覺得羅蘭騎士的暗塔就像喬治·歐威爾的小說《一九八四》中，溫斯頓·史密斯的一〇一號房：對進房的每一個人而言，裡面有著他最恐懼的事物。讓我們假設羅蘭騎士是作家，也就是羅伯·勃朗寧的替身，他追尋的事物是一首還沒寫出的詩，叫做〈羅蘭騎士來到暗塔〉，暗塔裡的怪物就是羅蘭騎士自己，是他寫詩的這一面。我的證據如下：首先，勃朗寧是一口氣寫完這首詩，它不是一項計畫，而可以說是一股沛然莫之能禦的衝動，這種衝動通常來自寫作本身的最深處。其次，本詩的靈感來自莎

---

[4]　譯註：Thomas Chatterton (1752-70)，英國詩人。

士比亞劇作中的三句，出於《李爾王》廢屋爐台旁的發瘋場景：

> 羅蘭騎士來到暗塔：
> 只聽他說道──「嘿，喝，嘆，
> 我聞到不列顛人的鮮血味。」[4]

我們小時候都聽過，這就是「傑克與魔豆」故事裡巨人說的話。但在莎士比亞筆下，說這句話的卻是羅蘭騎士自己。因此，對讀到這幾句、而後寫出這首詩的勃朗寧來說，羅蘭騎士就是他自己要面對的巨人。但他同時也是殺死巨人的人。所以，他便是自己的化身，要殺死自己。

於是，當他吹響致命的蛞蝓號角，那個同時也是羅蘭騎士的怪物便從塔裡現身，物質和反物質合而為一，任務達成，因為〈羅蘭騎士來到暗塔〉這首詩完成了。這首詩的最後幾句是：「無畏地我將蛞蝓號角湊上唇邊／吹響。『羅蘭騎士來到暗塔。』」[5]於是主角消失在這首以他為名的詩的最後一句，詩名就是〈羅蘭騎士來到暗塔〉。因此，弔詭的是，這番注定要失敗的追尋畢竟還是沒失敗，因為它的目標就是寫成這首詩，而這首詩確實完成了；儘管羅蘭騎士的本尊和化身都隨著詩成而消逝，但他仍會繼續存在於這首他自己方才寫好的詩中。如果你聽得頭昏腦脹，就想想愛麗絲第二集《鏡中奇遇》，以及愛麗絲問的

問題——**是誰夢見誰？**

我們歸在「作家」這個名字下的那兩重身分，彼此之間的關係為何？我所謂的**兩重**，是指沒有寫作活動在進行時所存在的那個人——那個去遛狗、常吃麥麩穀片、把車送去洗等等的人——以及存在同一具身體裡的另一個較為朦朧、曖昧模糊得多的人物，在大家不注意的時候，是這個人物接掌大局，用這具身體來進行書寫的動作。

我辦公室的布告欄上貼了一則從雜誌上摘錄的雋語：「因為喜歡某作家的作品而想見他本人，就好像因為喜歡鴨肝醬而想見那隻鴨。」這句話以輕鬆的口吻談及人們見到名人（甚或僅是小有名氣之人）時的失望（他們總是比你想像的更矮、更老、更平凡），但也可以從一個比較黑暗的角度來看這句話。得先宰了鴨子，才可能製成、吃到鴨肝醬。那麼動手宰殺的人是誰？

嘿，是誰寫出上面這句冷血評語的？是哪隻莫名其妙冒出來的手還是哪個隱形怪物？絕對不是我寫的，我可是個心地善良的好人，有點心不在焉，對餅乾很在行，深受家中動物們喜愛，還會打袖子太長的毛衣。總之，那句冷血評語已經是好幾行之前的事了。當時是當時，現在是現在，你永遠不能兩次踏進同一個段落，而當我打出那個句子時，我不是我自己。

那麼當時我是誰？也許是我的邪惡孿生姊妹或滑溜難捉摸的化身。畢竟我是個作家，所以，我一定在某處藏了個滑溜的化身——頂多稍微有點不靈光——如同有日必有夜一樣理所當然。我讀到過不少書評，評的是掛著我們共用名字的書，那些評論簡直是在說這另一個人（就是那個被視為這些書作者的人），絕對不是我。此方說，你永遠沒辦法想像她能烤出一條美味的燕麥糖蜜麵包。而我呢……不過這話扯遠了。

你或許可以說我注定要成為作家——否則我就是個騙子或間諜或某種罪犯——因為我打從出娘胎起便有雙重身分。家父浪漫地用家母的名字為我命名，但這下子家裡就有兩個瑪格麗特，所以他們得另外叫我別的名字。因此有個小名陪我一起長大，這小名毫無法律效力，而我的真名——如果可以這樣說的話——寫在出生證明上，我對它毫無所悉，它就像個定時炸彈。等到我明白原來我不是那個我，這是多大的發現啊！原來我還有另一個身分躲在我看不見的地方，像個空手提箱放在衣櫥裡，等著被裝滿。

俗語說得好：不浪費，才不會有匱缺——我遲早會拿這個多出來的名字做些什麼。我最早的作品是以小名在高中校刊上發表，然後是一段過渡期，我改用縮寫字母。最後，有個年紀較長的前輩告訴我，如果我一直用小名發表作品，沒人會認真把我當一回事，而縮寫字母又已被T‧S‧艾略特永遠占去了——這下子我終於向命運低頭，接

受自己的雙重身分。作者是書上的那個名字。我是另一個人。

　　所有的作家都是雙重身分，原因很簡單，你永遠不可能真正見到你剛讀完的那本書的作者。從寫作到出版已經過了太多時間，寫書的人現在已經是不一樣的人了。至少這是他們的託詞。從一方面來說，這是個讓作家逃避責任的方便途徑，你不必把它當真。但從另一方面來說，它卻又不假。

　　你看，我們很快就談起手來了——一共兩隻，一右一左[5]。作家普遍有種迷信——這迷信已經存在至少一個半世紀——認為體內有兩個自己，兩者之間的交替變換難以預測又難以確切指出。當作家有意識地談起自己的雙重特性，他們常會說一半的自己負責生活，另一半的自己負責寫作——如果他性情憂鬱，還會說這兩半互為彼此的寄生蟲。不過，這兩者的關係也有象徵意義，就像彼得·施列米⁶把自己的影子賣給魔鬼，才發現沒有了影子自己也不算存在。化身或許朦朧如影，但也不可或缺。

　　在這裡我該加上一句，並非所有的化身都是惡性的。

---

[5]　譯註：英文中「一方面……另一方面」是 on the one hand, on the other hand，作者在此使用了「手」的雙關語。而 dexter 和 sinister 二字各有右、左之意，但同時也分別意味「幸運」以及「惡意、不祥」。

有些化身可以是高貴而自我犧牲的替代品，例子包括格林
兄弟故事裡的〈黃金孩童〉、黑澤明的電影《影武者》、
羅塞里尼的電影《羅佛勒將軍》、以薩・迪納森[6]〈一個
慰藉人心的故事〉裡的蘇丹兼乞丐，以及克莉斯汀娜・羅
賽提〈哥布林[7]市場〉詩中的兩姊妹。然而，在這些「好
化身」的故事中，其兩「半」緊密相連的程度跟「壞化
身」的故事並無二致：兩者的命運緊緊相繫。

　　以下是達瑞・漢恩對雙重性的看法，摘自他的詩作
〈酷似活人的幽靈〉：

> 二分得每一處皆如此相似，
> 宛如一面鏡切分的兩人
> 難以分辨誰是誰
> 愛的有兩條手臂，恨的也有，
> 他們無法知道自己在做什麼
> 有時既想殺戮又想擁抱……7

　　敘事者，或敘事者們（可能有兩個）表明自己是詩

---

[6]　譯註：Isalk Dinesen (1885-1962)，丹麥作家，原名 Karen Blixen，
　　　1914 年嫁表親 Blixen-Finecke 男爵，偕夫居於今之肯亞，1921 年離
　　　婚後仍留在當地，直到 1931 年才返回丹麥。其最膾炙人口的作品
　　　便是曾改編為電影的《遠離非洲》。

[7]　譯註：goblin 是西方傳說中的醜陋妖精，國內奇幻界一般音譯為
　　　哥布林。

人。或至少一半的他是詩人。但哪一半才是「真的」，如果兩者有任何之一為真的話？

寫作的這一半自己（被視為「作者」的這一半），跟生活過日子的那一半自己不是同一個人，這觀念是哪裡來的？作家怎麼會有這種想法，覺得自己腦袋裡有某種外來異客？狠心讓可憐的小妮爾早死的，[8] 總不會是查爾斯·狄更斯這個愛玩愛鬧、每到聖誕節還熱心給孩子設計遊戲的大家長吧？在他那隻握筆的手無情地殺死妮爾時，他一直哭個不停。不，殺死那角色的是他內在那個戀屍癖的自己，那個自己就像墨水組成的寄生蟲。

E·L·多特羅[8] 在他最新一本小說《天主之城》中說得好：「我的天，沒有比說故事的人更危險的了。」[9] 以下是丹麥作家以薩·迪納森筆下的轉變，描述一個本來微不足道的男人一披上敘事者斗篷就判若兩人：「『是的，我可以給你說個故事。』他說。這時候，儘管他靜靜地一聲不吭，但他變了：原本那個不苟言笑的地方長官消失不見，取而代之的是個深沉危險的小小身形，堅實、警覺而無情——正是從古至今的說故事的人。」[10] 以薩·迪納森應該很熟《化身博士》吧，只不過她不需要讀這本書，因為她在自己的經驗中已經很熟悉這種變身：她平常的身分是凱倫·布麗森，寫小說的時候是以薩·迪納森。一如許

---

[8]　譯註：E(dgar) L(aurence) Doctorow (1931)，美國小說家。

多女性作家，她也有傑齊爾博士的化身，而且連性別都變了。

《化身博士》多少有些古老狼人故事的餘緒——只要條件對了，正常人也會搖身一變成張牙舞爪的狂人——但也受到「酷似活人的幽靈」（Doppelgänger）這類古老故事的相當影響。早在羅伯·路易·史蒂文生之前，就已有很多人有興趣探索這種變重性。同卵孿生子（跟化身並不完全是同一回事）向來惹人注目，某些非洲社會將同卵雙胞胎視為不祥而殺死，我們也仍然覺得同卵孿生有些詭異：也許如此精確的複製讓我們意識到自己並非獨一無二。

我記得我第一次注意到孿生子，是十二歲時看到雜誌上一則廣告。廣告商品是一種叫做「東妮」的家庭燙髮劑，畫面裡有一對同卵孿生姊妹，兩人都一頭鬈髮，文案寫著：「哪一個用了東妮？」意思是說，其中一人使用便宜的家庭燙髮劑，另一人上美容院花大錢燙頭髮，結果是一模一樣的。我怎麼覺得這廣告很假呢？也許是因為這廣告隱約意味著其中一人是原版、正牌、真實的，而另一人只是她的拷貝。

孿生子和化身是非常古老的神話主題，通常是男性（如雅各和以掃，羅慕勒斯和瑞莫斯，該隱和亞伯，歐塞

瑞斯和瑟特[9]），並且常互相爭占上風。有些孿生子是傳說中一城或一族的始祖，不過其中一個兄弟或化身大多沒這麼好命。派崔克・提爾尼在談活人獻祭的《最高祭壇》[11]一書中認為，孿生子中成功的那一個代表活人現世，失敗的那一個則代表他的黑暗面——被犧牲獻祭，然後埋在地基底下去跟冥間打交道、取悅眾神、保護該城。

　　到了「文學」時代，孿生子或者貌似孿生的手足仍然令人著迷，如莎士比亞《李爾王》中的好艾德加和壞艾德蒙，或者，比較沒那麼激烈的例子是《錯中錯》裡的兩對孿生主子與其孿生僕人。但化身不只是你的孿生手足，他或她就是**你**，具備你所有最重要的特質，包括長相、聲音，甚至姓名，而在傳統社會裡，有這種化身是不祥的。蘇格蘭民間傳說認為，見到自己的化身便表示死期將至：化身是「拘差」，從陰間地府前來領你上路。[12]古希臘傳說中納希瑟斯的故事，可能也跟類似的看見自己化身的迷信有關：納希瑟斯看見了自己的倒影——那是他自己，但在水面鏡的另一邊——便被引上死路。

　　若你讀過十七世紀新英格蘭賽倫女巫審判的相關記載，那麼對「幻影證據」（spectral evidence）的概念應該

---

[9]　譯註：羅慕勒斯建立古羅馬，傳說是戰神 Mars 之子，與其孿生兄弟瑞莫斯一同被狼養大；歐塞瑞斯是埃及神話中教化人民，始創法律、農業、宗教等的明君，被壞心的孿生兄弟瑟特殺害，後成為冥界之神。

不陌生，這種證據跟其他實質證據（如插滿了針的小蠟人）一樣有法律效力。當時人們認為女巫能夠派遣「幻影」，也就是形貌像她但並非真人的東西，去為非作歹。所以，如果有人看見妳在穀倉旁給牛下咒，而妳有證人可以證明當時妳躺在家中床上，這不但不能證明妳的清白，反而坐實妳有能力派遣自己的化身，因此是女巫。（直到法庭禁止採用幻影證據，新英格蘭的獵巫審判才終於告一段落。）

　　早期浪漫主義者對民間傳說故事很有興趣，因此，也許眾多化身便是透過他們進入了浪漫主義及其後的時期。在這些「化身」故事和後來許多的變化版本裡，氛圍通常充滿譫妄和怖懼——許多電影觀眾對此必然很熟悉，如果他們看過，比方說，《史戴福的主婦》、《另一人》、《雙生兄弟》等「化身」電影。英語文學中，此類「化身」故事最早的例子之一是詹姆斯・霍格的《有正當理由之罪人的告白》（1824），書中主角深信自己注定得到救贖，因此可以愛怎麼犯罪就怎麼犯罪，然後彷彿大夢初醒，發現一個長得跟他一模一樣的人到處為非作歹，結果卻都要怪罪到他頭上。愛倫・坡的《威廉・威爾森》（1839）也類似：主角被一個與他同名、長相也跟他一模一樣的男人糾纏，那人就像他的良心介入他的言行。主角最後殺死另一個威廉・威爾森，也就殺死了自己：如同傑齊爾博士和海德先生，這兩個威廉・威爾森是生死與共

的，沒有對方便無法繼續存在。十九世紀後期，亨利·詹姆斯寫了一個比較偏向心理層面的「化身」故事：在〈愉快的角落〉（1909）中，一個美國籍美學家從歐洲返鄉，覺得自己以前的房子有人住，住的人不完全是他的翻版，而是沒離開美國、留下來變成有錢大亨的那個他。他追蹤這個影子，最後終於跟他面對面，驚駭莫名地發現：他這個潛在可能的自己強大有力，但卻是個殘暴的怪物。

擁有一幅神奇畫像的多利安·格雷[13]當然也是有名的例子。由於畫家下筆時放進了太多心力——放進的是他自己？還是他對多利安壓抑的熱情？——這幅畫具有若干生命力，會隨年歲經歷的增長而變老，多利安本人（是個金童，從名字也可看出與古希臘異教傳統有關聯）[10]則完全不受自己各種殘忍墮落的行徑影響，永遠年輕俊美，愛怎麼犯罪就怎麼犯罪，愛收集多少藝術品就收集多少。他不是藝術家也不是作家——才沒有這麼老套呢。他的**人生**就是藝術品，而且還是頹廢藝術。但當他最後終於決定要洗心革面，決定毀掉那幅畫像時，厄運降臨了。他無法實踐自己決心向善的誓言，並醒悟到那幅畫就是他的良心，於是一刀戳進畫布，瞬間畫像重現青春，多利安則死去。多利安和那幅怪異的畫模樣互換，如今他看來就是他真正的

---

[10] 譯註：多利安（Dorian）是上古希臘三個主要民族之一，其文化遺緒如建築中樸素簡單的多利安式柱子。

模樣：一個殘敗的老人。故事的教訓是：如果你有張神奇的畫像，別亂搞它，好好掛著就是了。

我還要再舉一個例子，那是一篇有著奇特恐怖感的作品，叫做〈有五根手指的野獸〉。[14]至少我十幾歲讀到這篇故事時，覺得它有種奇怪的恐怖感，當時是晚上，我在替別人看小孩。如果我們是民族誌研究者，可能會把此一分類稱為「切斷的身體一部分變成化身」。比方說，在那本超級後設虛構的《女巫之鎚》中提到，女巫會把男人的陰莖變走，安放在鳥巢裡；[15]果戈里的短篇小說〈鼻子〉，則說到一個男人的鼻子逃之夭夭，變成穿戴正式服裝的宮廷官員，最後才被逮到，重新安在人臉上。〈有五根手指的野獸〉沒這麼逗趣，說的是一個不安好心的姪兒去探望叔叔。這叔叔是個大好人，不過已經年老衰病。他去看叔叔是巴望遺囑裡能有他一份。姪兒發現老人雖然在睡覺，有隻手卻沒閒著，一直不停在練習寫各種東西，包括老人的簽名。姪兒只覺得手會自動寫字的這種現象很有趣，並沒有多想。

老人死後，他收到一個包裹，大吃一驚地發現裡面居然是那隻手——它偽造了遺囑內容，指明要把這手砍下來寄給他。這手完全沒死，從包裹裡一躍而出攀在窗簾上，開始糾纏主角，破壞他的生活，就像其他化身常做的一樣。（比方說，這隻手會自己寫信，然後簽上主角的名字，這可是很不妙的本事。）主角逮住它，釘在木板上，

但手又掙脫了，這下子掌心多了個洞，它一心要報復。你大概也猜想得到，最後的結局挺慘：這人毀了那隻手，但那手也毀了這人，於是也顯露這故事繼承了文學中的哪一脈絡。

這隻手是一隻脫離了書寫者、自顧自寫字的手。近期的《紐約客》中，夏納罕的一則漫畫便拿這個概念——作者是與身體分離的一部分——開玩笑。漫畫畫的是一根巨大手指躺在旅館床上，心想：「我到底在哪裡？」底下寫道：「移動的手指會寫字，寫完後，便展開為期三週、行程包括二十個城市的打書之旅。」[16]當然，在現實生活中出門進行打書之旅的不是手指頭，而是倒楣的整具身體：真正的作者，真正寫出文字內容的那根該死的手指，早就不知跑到哪裡去曬太陽了，躲過了後續的麻煩。

霍荷・路易斯・波赫士把這概念推得更遠。在一篇名為〈波赫士與我〉的小說中，他可不是只寫一隻手或一根手指頭就夠了，而是把化身博士的主題特別用在作者的身分問題上，把他自己——波赫士——一分為二。「另外那個人，那個叫波赫士的，事情都發生在他身上。」[17]自稱為「我」的這一半如此開場。然後他告訴我們波赫士跟他有相同的喜好，「可是卻虛榮地把它們變成演員的特色。若說我倆之間存在著敵意，那未免太誇張。我過活，讓我自己繼續活，好讓波赫士能繼續從事他的文學，而這文學便讓我的存在有了正當性。」他承認這個波赫士寫過一

些不錯的東西，不過他自己沒有半點功勞。「何況，」他說，「我注定必然要死，只有某些片刻的我能在他身上活下去。漸漸地，我把所有一切都給了他，雖然我很清楚他有作假和誇大的不良習慣……我將在波赫士身上繼續存在，而非以我自己存在（如果我真的是某個人的話）。」兩者之間的關係雖無敵意，但也不太友善：「多年前，我曾試著掙脫他，放下郊區的神話改玩時間與無限的遊戲，但這些遊戲現在都屬於波赫士，我只能再想像些其他東西。因此我的人生就是逃離，我失去一切，一切都屬於遺忘，屬於他。」作家把自己寫入作品，而作品包含擺姿態和不自然的成分；他愈是這麼做，就愈失去了所謂的真實自我。然而就連在敘述這一點的同時，都是波赫士在書寫。他很清楚箇中的弔詭，篇末最後一句說：「我不知道寫出這一頁的是他還是我。」

這篇短篇作品以化身的寓言扼要說明了作家對自己的懷疑。在作品和作品所署的姓名之外，真的有「作者」存在嗎？身為作者的那部分——呈現於外在世界、能夠超越死亡的唯一部分——並非血肉之軀，並非真人。這個正在書寫的「我」又是誰？總要有隻手來握筆或者打字，但在寫作當下，控制那隻手的是誰？這兩者當中何者算得上真，如果有任何之一為真的話？

現在我要來討論書寫此一形式的若干特性，可能跟這

種症狀有點關係——也就是作家不但懷疑有另一個自己、且對另一個自己感到焦慮的症狀。比方說，一個中肯的問題是書寫**做為一種媒介**，跟之前的口述傳統究竟有何不同。

人們常習慣稱小說家為「說故事的人」[11]，例如稱之為「文壇最會說故事的人之一」，這可能是書評家脫身的方式（這樣就不用說「文壇最好的**小說家**之一」了），也可能表示這作家擅長編情節，但其他則乏善可陳。或者，這種說法可能意指該作家有某種古老的、民俗的、異國的，或魔幻的特質，像個坐在搖椅上講怪力亂神故事的德國老祖母，一堆小孩和格林兄弟圍在旁邊，要不就是像個瞎眼老頭或眼神銳利的吉普賽女人，坐在市集或村裡廣場上，一如羅伯森・戴維斯[12]喜歡講的那樣，說道：「給我個銅板，我就給你說個黃金故事。」[18] 但那種迷倒現場聽眾的說故事的人跟後來的小說家有很大不同：十九世紀時小說家坐在破舊小閣樓或書房裡，書桌上放著墨水池，手中握著筆，到了二十世紀則可能待在希瑞爾・康納利和恩

---

[11] 譯註：本書中 storyteller 或 tale-teller 一詞，比較精簡的譯法或許是「說書人」，但考慮到中文傳統中的說書人多半仍有文字為本（不管其與日後某些作品的「定本」差距多大），與此處作者將口述及書寫刻意對比的概念不符，因此仍譯為稍嫌繞口的「說故事的人」。

[12] 譯註：Robertson Davies (1913-1995)，加拿大小說家、劇作家，最知名的作品為關於加拿大生活的三部曲。

尼斯特・海明威特別喜歡的那種低級小旅館房間，拚命敲著打字機，或者今日該改成文字處理機。

說話是很古老的活動，書寫則不然。大部分人幼兒時期便學會說話，但很多人一輩子不識字、不會讀。閱讀就是解碼，而要解碼必須先學會一套完全武斷的標記系統，一套抽象公式。

不太久以前，識字能讀的人還是少數。他們擁有的是種稀有技能，這能力——盯著一堆奇形怪狀符號看，便能流暢說出某人從遠方寫來的訊息——讓人又敬又畏。難怪在大眾的想像中，書本和魔法密切相關，而且通常是邪惡的魔法。人們認為惡魔像律師一樣手上拿著一份合約到處跑——那是一本黑色大書，他老是纏著你，要你以血簽名。上帝也有自己的一本書，書裡寫著被救贖之人的名字，不過不是他們自己簽的。一旦被寫進這兩本書之一，你就很難除名，不過讓自己從上帝的書中除名總是比從惡魔的書中除名容易。[19]

書寫具有一種硬性、永久的特質，是言說所沒有的。一旦說故事的人開始書寫——或者，比較可能的情況是，其他人開始寫下他們說的故事——寫字的人就成了題記者，他們所寫的東西也有了一種固定、不變的特性。上帝頒下十誡時，可不是只說說就好，甚至連紙筆都嫌不夠力：他選擇刻字於石，由此強調內容的意義重大。不過，《新約》裡的耶穌倒是個說故事的人，藉由預言來

教誨人們，但一個字都沒寫過，[20]因為他本身就是道（the Word），是隨著意思吹的聖靈[13]，是流動的、無法觸及的，就像說話的語音。但他的敵人包括文士（Scribes）和法利賽人，這些人固守法律條文的字句，也就是寫下的字。想來這挺反諷的，因為我們還不都是在一本書裡讀到這一切。約翰・濟慈自擬的墓誌銘是：「長眠於此之人，名字寫於水上。」他可真內行——一這樣一來，他就既有寫下來的名字，又有聖靈的流動性，魚與熊掌都兼得了。

難怪在卡拉瓦喬的畫中，馬太滿臉愁容地緊抓著筆，一旁有個看來頗像惡棍的天使口述他必須寫下的內容：書寫的舉動伴隨著焦慮的重擔。寫下的字句多麼像證據——別人稍後可以用來對付你。也難怪最早期的偵探小說之一，會是艾德加・愛倫・坡的那篇關於被盜之信的名作了。[21]

再回來談說故事的人與作家的對比。長久以來作者常用的招數之一，就是假扮成口述的講故事者，例如喬叟的《坎特伯雷故事》便創造出一堆滔滔不絕的男女，扮演他自己所要講的這個故事中的說故事之人。此外，你一定也讀過書評說某某作家終於找到了自己的「聲音」吧？作家找到的當然不是聲音，而是一種書寫文字的方式，能夠製

---

[13] 譯註：《約翰福音》第三章 8 節：：「風隨著意思吹，你聽見風的響聲，卻不曉得從哪裡來、往哪裡去；凡從聖靈生的，也是如此。」

造出聲音的**幻象**。

　　但不管哄騙讀者的本事再高明，作家跟說故事的人終究不同。首先，他或她寫作時是單獨一人，但傳統的說故事之人則否。說故事的人就像演員，必須跟現場觀眾聽眾即時互動，其藝術是表演性質，表演工具是說話的聲音，再加上表情和手勢的輔助。如此近距離接觸，意味著說故事的人必須謹守若干分寸。要是惹毛了聽眾——講太多瀆神或猥褻的話，或者罵到聽眾的家鄉或景仰的領袖或族群，等等——你就可能被砸個滿頭爛水果，甚至遭到拳腳交加。就這一點而言，寫書的人跟塗鴉藝術家一樣，都比說故事的人自由：他不必待在那裡等觀眾讀者的反應。作家可以像瑪莉・安・伊凡斯（她是勇敢直言的喬治・艾略特的另一半自我），在書出版問世時跑去度假，避而不讀書評。反正作家也不真的關心書評——因為已經太遲了。等到書印出來的時候，內容早已敲定，木已成舟，作家的工作已經結束。內行的書評或許對他的下一本書有幫助，但是已經出版的這一本呢，就只能在這邪惡的大世界裡自求多福了，小可憐。

　　故事講到一半，說故事的人可以有限度地臨場發揮，例如加油添醋，岔出去講別的，或者添加細節，但他不能回過頭去修改故事的開頭，除非等到下一場。一如在戲院裡看電影，他的故事是單行道：你不能往回翻到第一頁，將整個故事大加變動。然而作家就不同了，他可以把草稿

一改再改，像福婁拜那樣辛辛苦苦修整句子，苦思最適合的字詞，任意刪改人物的名字——甚至可以刪掉整個人物。因此，我們或許可以說，文字的質地和整體的通順一致對小說家比對說故事者重要。一流的說故事者可以舌粲蓮花臨場發揮，但通常都要倚賴現成的句子和比喻，就像存著一批文字工具，必要時就抽出來用。他們不太擔心用字用詞重複，只有作家才得在校稿時仔細檢查，抓出無意間重複使用的字詞。這並不表示作家比說故事的人更有學問、更謹慎，只不過是在不同的方面比較有學問而謹慎。

兩者的對象也不同。對說故事的人而言，聽眾就近在眼前，但作家可能永遠也不會見到或認識讀者。作家和讀者看不見彼此，唯一能看見的是書，而讀者拿到書的時候作家也可能早已辭世。口述的故事不會隨著說故事者一起死去：很多這類故事都已流傳千百年，從一地傳到另一地，從一個世紀傳到下一個世紀。但故事的某一特定面貌——也就是某一特定個人講述的方式——確實會跟那人一起死去，因此故事會隨著講述者不同而改變。故事不是在人手之間傳遞，而是從口到耳再到口，如此繼續移動下去。

書可以比作者活得久，也會移動，也可以說是能夠改變——但改變的不是說故事的方式，而是閱讀的方式。許多評論家都說過，一代代讀者重新創造文學作品，在其中找到新的意義，使其歷久彌新。書本的白紙黑字因此便如

同樂譜，本身並非音樂，但當音樂家演奏——或者如大家所說的「詮釋」——它時，便成為音樂。閱讀文本就像同時演奏並聆聽音樂，讀者自己變成了詮釋者。

然而書本的實體讓人產生永久不變的錯覺。（之所以說**錯覺**，是因為書可以被燒毀、使文本永遠失傳，而許多書確實如此。）書也給人一種固定不移的印象——字句只能這樣排列組合，沒有其他可能。在能閱讀的人少之又少、文本帶有魔幻氛圍的年代，這一點確實非同小可：一個明顯的例子是《啟示錄》，[22]作者在最後一段詛咒任何更動他筆下半個字的人。在這種情況下，文本是否確切符合某個一般認定的獨特源頭，便成了相當重要的事。

早先，文本是用手抄寫；然後印刷時代來臨，書變得可以無限複製，產生大量副本卻沒有單一真正的原版。華特‧班雅明在〈機械複製時代的藝術作品〉一文中，便論及此一現象及其對視覺藝術的影響。[23]但書籍所受的影響更大。初稿變成就只是「初」稿而已，接下來還有許多編輯、更改、修訂要做，誰說得上來哪一個版本代表作家真正的意圖？

由於創作和接收在時間點上相隔甚遠，作家和讀者互不相識，再加上書籍可以無限複製，這兩個因素致使現代作家對自己的觀點變得曖昧不明。成為作家這件事逐漸被視為有變成看不見的那一半的風險，也可能變成一份沒有原版可言的拷貝。作家說不定不只是造假的人，像〈有五

根手指的野獸〉的那隻手那樣，更是被製造出來的假貨，冒牌貨，贗品。

　　早期浪漫主義視作家為偉人、天才，在眾多虛有其表庸庸碌碌的俗物當中鶴立雞群[24]——這種崇拜的看法應該曾與我現在討論的這些形象相抗衡：也就是作家的雙重性，難以捉摸的滑溜，以及可能缺乏真實性。隨著印刷發行的方式日漸進步，識字率迅速提升，如今作家有可能一夕之間大受歡迎，因其作品而聲名遠播，程度遠超出昔日所能想像；他們的形象變得誇大，似乎望之彌堅。但一本迅速傳遍各地的書就像擴音器，放大聲音卻抹滅了發出聲音的個人，於是作家在自己創造出的形象面前反而相形見絀。拜倫一朝醒來發現自己聲名鵲起，人們都把他當做他自己詩裡的那種拜倫式英雄，但一旦受到如此景仰，他避不出現在崇拜他的群眾面前也好，因為他永遠不可能達到他們的期望。要成為拜倫式的英雄只能趁青春年少，就連拜倫本人也不例外。

　　浪漫主義的天才必須是獨一無二、完全獨特的。這種意義下的「獨特性」（常走到非常極端，變成怪誕奇異）成了試金石，大眾評斷作家和作家評斷自己都用這套標準。喬叟和莎士比亞用起別人寫過的情節完全不以為忤——事實上在當時，如果說一個故事不是他自己編的，而是來自較為久遠的權威，並且／或者真正發生過，就表示這故事不是輕浮的謊言，也才有價值。但早期浪漫主義

認為作家不應該只是能把大家都想過的東西寫得特別好，也不只是把古老的神話、故事或歷史事件敘述得出色就可以。不，他們看重的是表達自我——表達你的自我，你完整的存在；如果一個人寫出天才傑作，那他就必須時時刻刻都是天才，刮鬍子的時候是天才，吃午餐的時候是天才，不管是貧是富、患病或健康，都得是天才——這可是很沉重的擔子。沒有人在面對自己的身體時是英雄，或者英雌。阿爾恭琴族印第安人[25]、威廉·伯若斯[26]，以及若干英國漫畫家如史提夫·貝爾，都有關於肛門的寓言故事，敘述某人的肛門變成他的分身，有自己的聲音和人格——這種故事講的是身體是如何顛覆我們心智或性靈方面的裝模作樣。如果你把自己看做僅是個誠懇的工匠，那麼你大可以用袖子擦鼻涕，沒有人會覺得不對，但浪漫主義的英雄英雌和天才們，在這方面就沒這麼自由了。

所以，如果你接受了浪漫主義天才的那一套（或者是它後來版本的「崇高藝術美學家」，這種人的人生必須是美麗的作品），那麼你頗可能會覺得迫切需要一個分身，在你張著大嘴打鼾的時候負責扮演那個崇高的角色，或者反過來也行，讓他去負責打鼾，你來寫詩。「『一個偉大的詩人，一個真正偉大的詩人，是全世界最沒有詩意的生物。』」《格雷的畫像》中的亨利·渥頓勳爵如是說，以邏輯的結論戳破早期浪漫主義對大詩人的看法——其邏輯是：如果詩是自我表達，偉大的詩人把自己身上的精華

都放進詩裡，那現實生活中剩下來的他也就沒多少了。
「『比較遜色的詩人實在非常有趣……』」亨利勳爵說。
「『光是出版過一本二流詩集，就足以讓一個人變得充滿吸引力。他把他寫不出來的詩全都當成生活來過。其他人則是把自己不敢實踐的東西寫成詩。』」[27]

　　最後再舉一個分身故事的例子。這是個科幻奇想，我年輕時讀到，不幸忘了作者的名字，不過我還在查。故事是這樣的：一個住在出租房間的宿舍的男人偷看另一個房客——那是個窮酸的年輕女子——發現她是外星人，每晚下班回來便脫光衣服躺在地上，跟一副平扁的薄薄人形皮囊頭接著頭，讓自己完全流進那副皮囊裡，皮囊就像氣球灌了水一樣鼓起。原本空空如也的皮囊成了這個女人，她則把新空出來的這副皮囊捲起來收好。就這樣一再重複，最後偷看的人忍不住插手，趁女人不在時拿走皮囊，看看會發生什麼事。女人回來後發現皮囊不見了，束手無策，只能絕望地靜靜等待，不久整個人就燃燒起來，燒成焦炭。沒了化身，她也沒辦法活。

　　「作者」，大寫的作者，與做為其化身的那個人之間的關係也是如此。兩者時時互換，頭接著頭，本質在兩者間流動。缺了其中一個就活不下去。以薩・迪納森用來形容生與死、男與女、富與貧的話，在這裡也適用：作者及相連的那個人是「兩個上鎖的盒子，裡面分別裝著開啟對方的鑰匙」。[28]

　　讓我用波赫士的那句兩難來結束這一章：「我不知道寫出這一頁的是他還是我。」根據波赫上的說法，在這動態的二重組合中，完成的文本是屬於「作者」那部分，也就是說，屬於那個沒有身體只有作品的名字；而孕育出文本的人生，則屬於血肉凡人的那部分。我們猜想這兩者都參與了那一頁的書寫，但如果真是如此，又是發生在何時何地？書寫發生的那個關鍵時刻，其本質為何？如果我們能當場把他們逮個正著，或許就可以得到比較清楚的答案。但我們永遠逮不著。就算我們自己是作家，也很難在寫到一半的時候逮著自己，因為我們必須全神貫注於當下的書寫活動，而非貫注於自己。

　　然而，偶爾也有作家會一試。以下的例子出自優秀的義大利作家普利摩・李維，在《週期表》一書的結尾，他談到碳原子，然後說：

　　……我只再說一個故事，最祕密的故事。我將以謙卑自抑之情來述說，因為打從一開始，我便明白自己想說的主題是如此攸關重大，能用的手段又是如此薄弱，而以文字來表達事實的此一行動在本質上便注定要失敗。它又回到我們之間，在一杯牛奶裡，在一串分子長鏈中，這串長鏈雖然非常複雜，但幾乎每一個環節都能為人體接受。它被人吞下。由於所有的生命結構對任何外來生物體都抱持強烈的不信任，因此長

鏈被細細分解，碎片被一一檢視以決定接受或拒斥。我們所關心的這個原子越過了腸道的門檻，進入血液，四處游移，敲敲一個神經細胞的門，進了門，取代該細胞中原有的碳原子。這個細胞屬於大腦，是我的大腦，是這個正在書寫的**我**的大腦；於是這細胞及其內在的那個原子便主掌了我的書寫，這是一場既龐大又細微的遊戲，沒有人曾加以描述。此時此刻，在一片錯綜複雜的是與否當中傳出訊號，使我的手在紙上移動出某一道軌跡，畫出這些彎彎曲曲的符號：兩聲噼啪，一上一下，在兩個層次的能量之間，引導我這隻手在紙上點出這個句點，這裡，就是這一個。[29]

　　一個動作中的原子。我們看不見，但它很普遍，但它有如奇蹟。我們多少算是相信它，但更相信的是普利摩‧李維那雙手的切身存在，因為他用的是現在式，意味著我們閱讀當下正與他同在，你看——這就是他的手剛畫出的那個句點，《週期表》結尾的那個句點。不過，將移動那隻手的作家想成化學分子，想成碳原子，對我們來說畢竟還是有點太沒人味了。

　　於是我要提出《愛麗絲鏡中奇遇》，在談到建構互為表裡的不同世界時，這本書總是很有用。故事開始時，愛麗絲在鏡子的這一邊——可稱之為「人生」的這一邊；而「反愛麗絲」，也就是她的倒影、與她左右顛倒的化身，

則是在「藝術」的那一邊。但愛麗絲沒有打破鏡子，沒有棄「藝術」面而取堅實明亮的「人生」面，卻反其道而行，**穿過**鏡子，於是只剩下一個愛麗絲，或者說，我們能追隨的只剩下一個。「真的」愛麗絲沒有摧毀化身，而是與之結合，與那個想像的愛麗絲、夢幻的愛麗絲、不存在的愛麗絲結合。當愛麗絲「人生」的這一面回到清醒世界，也帶回了鏡中世界的故事，並開始對貓講述。至少這樣就沒有聽眾的問題了。

當然，這類比並不確切，因為這個關於愛麗絲的故事作者並不是她自己。然而，關於作家及其難以捉摸的化身，以及真正進行書寫的到底是誰的問題，我只能猜測到這個程度。書寫動作的發生，是在愛麗絲穿過鏡子的那一刻。在那一瞬間，隔開兩者的玻璃鏡面消融不見，愛麗絲既不在鏡裡也不在鏡外，既不是藝術面也不是人生面，既非此也非彼，但同時卻又以上皆是。在那一刻，時間停止並無限延伸，供作家和讀者盡情享有。

註釋

1　Gwendolyn MacEwan, "The Left Hand and Hiroshima," *Breakfast for Barbarians* (Toronto: Ryerson Press, 1966), p. 26.

2　Nadine Gordimer, Introduction, *Selected Stories* (London: Bloomsbury, 2000), p. 4

3　Isaiah Berlin, Henry Hardy (ed.), *The Roots of Romanticism* (Princeton University Press, 1999).

4　King Lear, Act Ill, Scene iv.

5　Robert Browning, "Childe Roland to the Dark Tower Came," E. K. Brown and J. O. Bailey (eds.), *Victorian Poetry* (New York: Roland Press, 1942, 1962), p. 220.

6　出自 Adelbert von Chiamisso 的同名小說 (London: Camden House, 1993)。關於浪漫主義中化身形象的詳盡討論，見 Ralph Tymms, *Doubles in Literary Psychology* (Oxford: Bowes and Bowes, 1949)。

7　Daryl Hine, "The Doppelgänger," *The Oxford Book of Canadian Verse* (Toronto: Oxford University Press, 1960), p. 318.

8　Charles Dickens, *The Old Curiosity Shop* (Ware, Hertfordshire: Wordsworth Editions, 1998).

9　E. L. Doctorow, *City of God* (New York: Random House, 2000), p. 65.

10　Isak Dinesen, "A Consolatory Tale," *Winter's Tales* (New York: Vintage, 1993), p. 296.

11　Patrick Tierney, *The Highest Altar* (New York: Viking, 1989).

12　詩人但丁・加布里耶・羅賽提（Dante Gabriel Rosetti）的著名畫作《他們如何遇見自己》（*How They Met Themselwes*）便運用這個概念。

13　Oscar Wilde, *The Picture of Dorian Gray* (Ware, Hertfordshire; Wordsworth Editions, 1992).

14　William Fryer Harvey, *The Beast with Five Fingers* (New York: Dutton, 1947).

15　《女巫之鎚》（*Malleus Maleficarum*，又名 *Hlexenhammer*，1484），

由道明會宗教審判官兼科隆修道院長印行，是當代關於巫術的教科書。

16 Danny Shanahan, "The moving finger writes, and having writ, moves on to a three-week, twenty-city book tour," *New Yorker*, February 21, 2000, p. 230.

17 Jorge Luis Borges, "Borges and I," James E. Irby (trans.), *Everything and Nothing* (New York: New Directions, 1999), pp. 74-5.

18 Robertson Davies, *The Merry Heart: Robertson Davies Selections 1980-1995*, (Toronto: McClelland and Stewart, 1996), p. 358.

19 見 Leigh Hunt 的詩作 "About Ben Adhem"，收錄於 *The Book of Gems* (1838), David Jesson-Dibley (ed.), *Selected Writings* (Manchester: Fyfield Books, 1990)；另，許多戰爭紀念碑都有天使捧著一本書，我們可以推想其中寫的便是有福之人的名字。

20 只有《約翰福音》第八章 6-8 節中，耶穌曾用手指在地上寫字。但我們並不知道祂寫了什麼。

21 Edgar Allan Poe, "The Purloined Letter," *Selected Writings of Edgar Allan Poe* (Boston: Houghton Mifflin Company, 1956).

22 Revelation 22:18-19.

23 Walter Benjamin, "The Work of Art in the Age of Mechanical Reproduction," Hannah Arendt (ed.), *Illuminations* (New York: Schocken Books, 1969).

24 See Berlin, *The Roots of Romanticism*.

25 一個傳說講的是 ouiskijek，也就是騙子，他懲罰自己的屁眼，因為屁眼在不該說話的時候多嘴。

26 William S. Burroughs, *The Naked Lunch* (New York: Grove Press, 1992).

27 Wilde, *The Picture of Dorian Gray*, p. 47.

28 Dinesen, "A Consolatory Tale," p. 309.

29 Primo Levi, *The Periodic Table* (New York: Schocken Books, 1984), pp.232-3.

第三章

專注：文筆大神

阿波羅 vs. 財神：作家該皈依何者？

只有毫無用途的東西才可能真正美麗；所有有用的東西都
是醜陋的，因為它表達了某種需要，而人的需要是可恥而
噁心的，一如貧瘠而衰弱的人性。

迪歐菲爾‧高蒂耶[1]，《莫萍小姐》1

我所是的一切，今夜懸於一線
等待著無人能指揮的她。
我最珍惜的一切——青春，自由，榮耀——
全消失在手持笛子的她面前。

看啊！她來了……她掀起面紗，
凝視渺小的我，寧謐又無情。
「妳是否，」我問，「就是向但丁口述
他『地獄』詩篇的那一位？」她答道：「是。」

安娜‧阿赫瑪托娃，〈繆思女神〉2

……最後他們瘋狂地將你撕成碎片，
你的聲音卻仍留在獅子和岩石，

---

[1] 譯註：Théophile Cauier (1811-1872)，法國詩人、評論家、小說家，
在巴黎藝文界獨領風騷長達四十年。

在樹木和鳥。你仍在唱。

哦你這失落的神祇啊！你永遠的痕跡啊！唯
因那份恨意將你撕碎四散
我們現在才會是聆聽者，大自然的單一之嘴。

　　　里爾克，《給奧菲斯的十四行詩》卷一，第廿六首[3]

於是這詩人忘情地唱出自己的哀傷，那些魯鈍的笨蛋卻只
顧著剔牙、騎女人。可悲的小丑！還有比這更荒唐、更諷
刺、更可笑的嗎？……詩人這種類別，是否也會跟祭司、
戰士、英雄、聖人一樣，變成悲哀的博物館展覽品，供全
世界的下里巴人娛樂？

　　　爾文・雷頓，《太陽的紅地毯》前言[4]

「我指的是被我領到文學祭壇前的那唯利是圖的繆思。孩
子，別給自己套上那副軛！那要命的駑馬會一輩子牽著你
的鼻子走！」

　　　亨利・詹姆斯，〈大師的課程〉[5]

　　據說，很久很久以前人們把形象當做神祇膜拜，認為那些形象具有神祇的力量；某些詞也是如此，如聖人的名字。然後形象變成了神祇的模樣，便是聖像（icon），它們的神聖並非出於自身，而在於它們所意指的對象。然後聖像又變得具有寓言性質，種種形象指涉或產生若干觀念、關係或實體，代表各種意義。然後藝術不再只關注宗教，轉而描繪自然世界，這個世界中看不見上帝，只能說祂是一切初始的創造者，躲在過去某處或者牛頓學說的後面。然後，就連這個想法也不風行了。風景就是風景，牛就是牛，或許可能代表思想和感覺，但這些思想和感覺是屬於人的。神的「真實存有」，已經不再。

　　但在西方，儘管宗教在整體社會中不再獨大，「真實存有」卻又悄悄回到了藝術領域。十九世紀，人們對藝術家角色的看法逐漸有所轉變：到世紀末，他們的任務變成協助在藝術品本身中創造出神聖的空間，以服事這個神祕的對象——大寫的「藝術」。當葉慈說要創立一種新宗教、建造一座充滿詩藝傳統的廟堂時，有這種想法的並不只他一人，他只是個典型的例子。他們認為藝術的神聖空間是非比尋常的純淨或怪異，總之跟整體社會粗俗無文、只知賺錢、陳腐平庸的生活大相逕庭。藝術家要扮演祭司，創造出真實存有，就像人們認為羅馬天主教會的神父在彌撒中能將上帝的真實存有帶到此時此地。真令人暈陶陶。

　　如此一來，有個必然的結果：真正祭司的特點之一，就是對錢毫無興趣。很多文化傳統都有這種觀念。但在一個愈來愈只向錢看的社會，藝術家和他的神聖工作該怎麼辦？更不用說他該拿什麼付暖氣帳單了

　　上一章我談到作家體認到自己的雙重性：一半過日子，最終死去：另一半寫作，變成一個名字，與肉體無關，但與作品相連。本章我想探討另一個二分的問題，即藝術與金錢之間的關係。簡言之，這就是真正的考驗所在。這就是作家左右為難的地方，一邊要獻身藝術，另一邊要付房租。作家應不應該為賺錢而寫作？如果不是為了賺錢，那又是為了什麼？哪些意圖是正確的，哪些動機是合格的？藝術堅持和資產淨值的分野何在？作家的努力應該是針對什麼，或者針對誰？

　　此刻你可能已經在想，我提起這個錢的問題好像有點低俗。我自己也有這種感覺，因為，對我這一代的人而言，談錢就跟談自家不可告人的私事一樣不入流（儘管我們都是錙銖必較的小氣鬼）。但時代變了，如今不可告人的私事也是可以賣的商品，再不然就是前衛藝廊裡的裝置藝術，因此，儘管你可能覺得談錢很低俗，但也可能覺得這樣既直接又誠實——甚至幾乎算得上是正大光明——因為，現在錢不就是丈量一切的標準嗎？

　　在艾爾摩‧連納解構好萊塢的懸疑小說《黑道當家》

裡，明星和經紀人在討論作家，兩人都覺得作家是種低等生物。「『一個作家可能會花好幾年的時間搞一本他根本不曉得賣不賣得出去的書，這到底是什麼心理？』」電影明星說。「『想賺錢啊。想賭賭看能不能賺一票大的。』」經紀人說。[6] 以金錢做解釋至少有個好處，就是很民主（每個人都懂）也很說得通，但你若是語焉不詳地談起大寫的「藝術」（待會兒我就會舉些例子給各位），在好萊塢那簡單又閃亮的唯物主義世界裡，就會顯得過時又做作。

何況，不只好萊塢是這樣。出版社不也常透露他們預付給作者的高額稿費，以期讀者會因此更尊敬那本書嗎？何必假裝大家對這碼事不感興趣呢？人們離開大學校園愈久，就愈可能承認自己對這事感興趣。1972年，我走遍渥太華河谷舉辦個人詩作朗誦會，當時那地區還算偏遠，書店並不太多。我一路搭巴士，扛著一箱自己的作品，一路賣書（我在體育用品銷售會打過工，所以很會算錢），一度還曾用平底雪橇拖著那些書，因為碰上一場突如其來的暴風雪。我去了四個小城，就那四城居民的記憶所及，在我之前沒有任何詩人去過，甚至可能我就是天字第一號。朗誦會人山人海，不是因為他們喜歡詩或喜歡我，而是因為那個星期的電影他們已經看過了。聽眾向我提出最佳的兩個問題是：「妳的頭髮是天生這樣，還是特別請人做的？」以及：「妳賺多少錢？」問的人都不帶敵意。兩個

問題都一針見血。

　　頭髮的那個問題，旨在查明（至少我是這麼覺得）我那頭亂糟糟的頭髮，甚至可說是富有藝術氣息或有點瘋癲的模樣（大家都猜想女詩人應該就長這樣），究竟是天生如此，還是刻意製造出來的。至於錢的問題，只是認知我也是人：作家也有身體，身體包括胃，有胃就得吃飯。你可能本來就有錢；可能嫁給有錢人；可能吸引一位贊助者——不管是國王、大公，還是藝術協會；也可能把自己賣給市場專走商業路線。在錢方面，這幾項就是作家的選擇，而且只有這幾項。

　　在作家傳記中，錢的問題常被淡化，傳記總是比較喜歡談戀情、怪癖、毒癮、酒癮、各種影響、疾病，以及其他惡習。但金錢通常有決定性的影響，不只決定作家吃什麼，也決定他或她寫什麼。有些故事很能說明問題，例如可憐的華特‧史考特[2]，替某個合夥人簽了本票，結果那人破產，他為了還債拚命寫稿寫到死。我們醒著時，此類惡夢便已在腦海裡纏繞不去，更別說睡著的時候了：永遠得趴在桌上寫寫寫，被迫快速生產稿件，不管你想不想

---

[2]　譯註：Sir Walter Scott (1771-1832)，蘇格蘭作家，作品包括詩、小說、傳記、評論、翻譯等，為英國浪漫主義運動的要角。1826年陷入財務危機，負債超過十二萬英鎊，但他並末選擇較輕鬆的宣告破產一途，盡其餘生奮力寫作還債。在他死後十五年，債務終於藉由出售作品著作權而償清。

寫，不管寫出的東西是好是壞，成為筆奴一個。簡直是煉獄啊。

　　就算我們小心不替別人簽本票，還是有很多其他危險。比方出版業就是其中之一，其系統愈來愈被帳本的盈虧把持。「我們賣的不是書，」一家出版社說，「而是解決行銷問題的方式。」我們都聽過這種故事：一個作家的第一本小說賣得不好，然後寫出第二本。「要是這是**第一本**小說就好了。」經紀人嘆道，「那樣我或許還能把它賣出去。」故事的教訓是：出版社願意一賭，但是有愈來愈多的出版社只肯賭一次。想當年（這個「當年」究竟是哪一年？）麥斯威爾・柏金斯型的出版者[7]可能會支持一個作家渡過兩本或三本或四本失敗的銷售，等待重大突破的到來，但那美好歲月是一去不返了。如今：

> 寫書能賺大錢的人，
> 才有機會寫下一本。[8]

　　如果你非吃飯不可，卻賣不掉你的下一本小說，又找不到端盤子的工作，那麼也可以申請文學獎助金，只要你能擠掉其他幾千個申請者就行。有些學校有文學創作教師的職位，不過也是僧多粥少大排長龍。如果你剛出書，或者出的書給人印象滿深，也可以試試國際作家節，或者令人膽寒的二十個城市打書之旅，或者接受報紙採訪。以前

完全沒有這些東西。

　　如果這些都行不通，也可以替人捉刀代筆，或者在網路上發表作品。萬一真的走投無路，還可以用化名，這樣就能讓你的小說**看起來**像是處女作，儘管它並不是。文壇可是個危險叢林。不，應該說比較像一部大機器。不是狗咬狗，而是齒輪咬齒輪。

　　當我十六歲發現自己是個作家時，腦袋裡完全沒想到錢的重要，但不久之後錢就成了最重要的考量。長到十七、十八、十九歲，我漸漸了解情況，也就更加焦慮。我要靠什麼過活？我的父母艱苦熬過經濟大蕭條，他們教養出來的我是個──用現在流行的說法是──在財務方面很負責的人，成人後必須自己養活自己。我並不懷疑自己能做到這一點，不管是做什麼差事；但當時我並不知道，一個想以作家身分在這世上過活的年輕人會面臨什麼樣的危險，有太多外在力量都可能讓我過不下去。

　　上大學前，我沒有讀過任何關於作家的文字，直到進了大學才一頭栽進希瑞爾・康納利的《承諾之敵》，這本書初版於1938年，但及時重新發行，得以把我嚇壞。 9 書中列出許許多多可能發生在作家身上的壞事，使他（預設的對象是男的**他**）沒法充分發揮潛能、寫出最優秀的作品。這些壞事不但包括從事新聞業（新聞業絕對會吸光你的文才），還包括：作品受大眾歡迎，太投入政

治，沒有半點錢，以及身為同性戀者。希瑞爾‧康納利說，一個作家最能養活自己的方式——他的年代跟我那年代一樣，都還沒有各式各樣獎助金——就是娶個有錢的太太。顯然我沒什麼希望用得上這方法，但康納利說，其他的所有途徑都充滿危險。

　　我從來不曾以為我可以靠寫作賺錢——至少就我能預見自己會寫的作品，是沒法賺錢的。不過話說回來，當時我也沒什麼出賣自己為錢而寫的危險。首先，當時我寫的大多是詩。這樣講就夠明白了吧。至於其他部分（這**其他部分**指的是小說）就如我先前提過的，每個人的經歷都有其特定的時間和地點，而我當時是在1950年代末的加拿大。現在一切當然都大不相同了，加拿大吃香的年輕小說家輕易就可拿到六位數的預付稿費，但當時絕對沒有這種可能。那時候加拿大只有少數幾家出版社，這幾家的主要生計則是代理進口書籍以及銷售教科書。他們不太想冒險，因為市場沒有什麼對本國作品的需求。殖民地心態依然盛行，也就是說藝術的「至善至美之地」是在別處，例如倫敦、巴黎或紐約，如果你是個加拿大作家，看在你同胞的眼裡你不但比外國作家遜色，更是可憐、可悲又裝模作樣。大戰期間，溫漢‧路易斯[3]待在多倫多，當地一位貴婦問他住哪裡，聽到他的回答後說：「路易斯先生，住

---

[3]　譯註：Wyndham Lewis (1882-1957)，英國畫家、小說家、評論家。

那一帶不太時髦哪。」「女士，」作家回答，「住在**多倫多**就不太時髦。」在我開始寫作時依然如此。如果你想成為嚴肅作家，就得為藝術而藝術，因為你不太可能有辦法為金錢而藝術。

到二十歲，我認識了一些寫作的人，但他們全都不指望靠這過活。如果你想沾到一丁點文學流水席的菜渣，就得在國外出書，而這表示你得寫些可能吸引得了外國出版社的作品。不消說，外國出版社對加拿大沒什麼興趣。大部分人仍同意伏爾泰對加拿大不屑一顧的評語——「一大片雪地」。詹姆斯・喬伊斯那句三管齊下的口號：「沉默、放逐，及敏銳」[10] 很能激起加拿大寫作新人的共鳴，尤其是「放逐」這部分。

因此，在別無選擇的情況下，我這一代的作家就只能全心為藝術而藝術，但我們完全沒有探索過這種立場的歷史和相關人物。要是有，我們或許會覺得自己遠離財神的誘惑是件好事：有些作家認為，金錢儘管是生活所需，卻是一項必要之惡，至少對藝術家而言是這樣。最好在小閣樓裡挨餓，餓出靈感和見識。然而，為了要活命，你至少得有一點阿堵物——最好是繼承遺產，因為這樣你就不用四處為五斗米折腰，斯文掃地。但如果你是**為了**賺錢而寫，甚至單是被人認為你有這麼做，就足以讓你變成妓女那一級的人物。

時至今日，某些地方的人還是這麼想。曾有個巴黎的

知識分子問我：「妳真的寫出了**暢銷書**？」那鄙夷的語氣到現在都還如在耳邊。「不是故意寫的。」我當時不太好意思地回答。我的回答也有些替自己辯護的意味，因為我跟他一樣清楚這些觀念，也完全了解這兩種勢利眼：一種認為書要暢銷才有價值，另一種認為不暢銷的書才有價值。對一心追求藝術、想成為認真的作家、想躋身藝術家之林的年輕新人而言，這處境是左右為難，尤其是如果整個社會的態度就像尤朵拉・威爾蒂[4]短篇小說〈化石人〉裡講的那樣——「『要是你真的那麼聰明，怎麼還沒發大財？』」[11]作家要不就是貧窮而誠懇，要不就是有錢而市儈，連靈魂都貼著標價。神話是這麼說的。

事實上，路易斯・海德已在《才華：想像力及財產的情色生命》一書中清楚指出，[12]任何想斷言文學價值與金錢之間的關係的說法，都是把不同的東西混為一談。契訶夫之所以開始寫作，完全是為了賺錢養他那貧窮的一家，終生皆如此。這是否表示他的作品水準低劣？莎士比亞大部分作品都是為了舞台演出而寫，內容當然不免投觀眾所好。查爾斯・狄更斯一開始寫作，就辭了原本的工作，只靠搖筆桿過活。珍・奧斯汀和艾蜜莉・勃朗蒂不是靠搖筆桿過活，但能多賺點小錢也不錯。但這些作家的優劣都完全不能以金錢因素來斷定。

---

[4] 譯註：Eudora Welty (1909-)，美國小說家，1973 年曾獲普立茲獎。

　　然而，海德也指出，任何詩作或小說之所以能稱為藝術，與市場交易的價值毫無關聯，乃是取決於天賦才華，而天賦的運作方式完全不同。天賦是不能秤重丈量的，不能買，無法預期，也不能要求。你要麼有才華，要麼沒有。以神學語言來說，這是一種恩典，是存在最完滿的產物。你可以祈求，但祈求不見得能讓你有才華，否則作家就不會有靈感枯竭的問題了。寫一部小說或許是一分靈感加九分努力，但作品若要有藝術生命，那一分靈感是不可或缺的。（詩作中靈感與努力的比例不同，但兩者仍然都是必須。）

　　文學價值和金錢的排列組合有四種：暢銷的好書、暢銷的爛書、不暢銷的好書、不暢銷的爛書。一共只有這四種，四種都可能出現。

　　海德又說，嚴肅的藝術家最好找一位經紀人，做為藝術和金錢領域間的中介。如此一來，作家自己就不必進行沒尊嚴又有污染之虞的討價還價，因此可以保持一段適當距離保持意圖和用心的純正，讓其他比較有商業才能的人去關起門來對他的作品討價還價。

　　若沒有如此保護，他就必須在自己心靈中嚴格畫分一道界線。一方面，該要多少錢就要多少錢；另一方面，也要正確對待與金錢無涉的藝術問題。一半管帳，另一半供奉藝術之神。以下是以薩・迪納森一段有用的文字，出自名為〈暴風雨〉的短篇小說，描述一名狡猾的老演員兼舞

台劇製作人：

> 索連森先生有種雙重天性……甚至可說是像魔鬼一
> 般，但他本人倒是與之和諧共存。他一方面是非常清
> 醒、精明又孜孜不倦的商人，連後腦勺都長了眼睛，
> 鼻子聞得出賺錢機會，抱著一種完全實事求是的疏離
> 態度……同時卻又是藝術最忠心的僕人，殿堂裡謙卑
> 的老祭司，心上刻著 "Domine, non sum dignus"……索
> 連森先生有時被視為……不要臉的投機分子，但在與
> 不朽神祇的關係上，他簡直貞潔一如處女。[13]

請大家留意其中兩句別有深意的句子：「殿堂裡謙卑
的老祭司」和"Domine, non sum dignus"。[14] 我們要問的是：
什麼殿堂？這個上主又是誰？索連森先生沒有犧牲藝術做
為財神的祭品，但他之為謙卑祭司所事奉的究竟是誰？恐
怕不是耶穌吧。

以薩‧迪納森之所以能輕鬆寫出如此意味深長的句
子，是長期艱苦奮戰的結果，戰場在十九世紀知識、美學
及性靈等高高在上的領域，也有些非常難行的低窪沼澤。
二十世紀的第一個十年間，她在巴黎學藝術，必然很熟悉
這場戰爭牽涉到的議題。交戰的一方認為藝術應該文以載
道，例如具備宗教目的或至少道德意涵，或者有救贖社會
的理想，或最起碼也要激勵人心，或最最起碼也要給人樂

觀進取的健康心態；另一方則宣稱藝術是自給自足的，壓根不需要任何社會正當性。這場戰爭一直不曾結束，每當公共基金拿去補助，比方說，內容包括瓶裝尿液，或死牛，或殺人犯圖片的藝術展，就會再度引燃戰火。既然任何形態藝術家——包括作家——的所作所為都會受到他認為自己應該做什麼、又不許做什麼的影響，那麼我們現在不妨稍微看一下這番論爭曾有過的一些焦點。

這場戰爭剛開打的時候，只有宗教體制習慣宣稱自己差不多完全不必受外在評斷：只有它有權訂定道德規則。而除了自己製造出來的這一套之外，又不受限於任何其他規則。那麼，提倡為藝術而藝術的人。是否希望得到與宗教相等的地位？簡言之，是的。那麼，這難道不會被視為瀆神嗎？答案也是肯定的。在此戰火方酣時期，若要當詩人，可能就得是**被詛咒的詩人**，注定要下地獄但叛逆桀驁，就像莫札特筆下的唐喬凡尼，這人物在十九世紀變成一種崇拜對象。先前在十八世紀則沒有如此地位。或者像拜倫。或者像波特萊爾。或者像韓波。或者像史溫本[5]。諸如此類。

這類受詛咒的命運具有某種高貴：你始終堅守立場，不管這立場可能多受指摘，就算下地獄也九死不悔。這其

---

[5] 譯註：Algernon Charles Swinburne (1837-1909)，英國詩人，其 1866 年的作品《詩與歌謠》（*Poems and Ballads*）嘗試以古希臘詩人風格讚頌肉體感官之愛，不乏驚世駭俗的內容，曾掀起軒然大波。

中甚至可能還包含一些更高深的真理：維多利亞時代的人很喜歡更高深的真理，所以如果你要打仗，最好也有些更高深的真理。當時不曾清楚說明這其中的道理，但它大概是這樣的：

「真理必叫你們得以自由。」[15]耶穌說。「美即是真，真即是美。」[16]約翰・濟慈說。根據三段論法，如果真即是美，而真實會讓你自由，那麼美也就會讓你自由；既然我們喜歡自由，或者說打從浪漫主義極力讚頌自由開始我們就斷斷續續喜歡自由，那麼我們便應該全心膜拜美。而最充分彰顯美——廣義的美——的不就是藝術？照這想法推下去，結論便是：為了美學目的而棄道德性於不顧，這一點本身就有道德性。而藝術家的唯一目標若不是追求完美藝術表現，還能有什麼正當合理的目標？[17]

丁尼生在寫作生涯早期就自問了這個問題，寫出一首有點死板的詩，叫做〈藝術的宮殿〉。[18]

> 我爲自己的靈魂建造一處堂皇的樂園，
> 　　讓它安居棲息
> 我說：「靈魂啊，盡情享樂歡宴，
> 　　親愛的靈魂，因爲一切皆合宜。」

在開場這四句之後，接著是樂園的室內裝潢清單，包括各式各樣藝術品，就像多利安・格雷或者亨利・詹姆斯

筆下那些可疑的美學家會有的收藏。但這樣並不夠。這
「藝術的宮殿」是棟美麗的建築，裡面有許多精美陶甕、
黃金噴泉、希臘雕像等等激發靈感的玩意兒，但靈魂不能
住在那裡，因為那樣太與世隔絕、太自私，也太貧瘠了；
何況靈魂已經把藝術當成神祇，所以犯了崇拜偶像之罪。
「『我端坐如同上帝，並不發布命令，』」她說，「『只
觀想一切。』」因此她犯了「蛇般驕傲」的罪，這是最大
的罪，隨即便陷入深沉的絕望。

　　身為藝術家，尤其是身為藝術家，詩人的靈魂必須來
到有人間煙火之處，對丁尼生而言這永遠意味著從高處
降下凡塵，因為愛——不管是對一個人還是對全人類的
愛——是位於山谷。這首詩裡的藝術宮殿沒有遭到拒絕或
摧毀，但必須變得有人性。

　　　　於是整整四年過去後，
　　　　　她拋開身上的皇袍。
　　　　「為我在山谷建座小屋，」她說
　　　　　「讓我在那裡哀悼祈禱。」

　　　　「但別拆毀我宮殿的塔樓，它們
　　　　　是那麼輕盈美麗；
　　　　也許我會帶著其他人一起回來
　　　　　待我先將我的罪疚清滌。」[19]

　　等你降下凡塵、沾染淤泥、受過苦贖過罪之後，或許就可以搬回那裡，還可以帶著其他人一起去，這樣就能把藝術的宮殿變成──唔，也許是變成國家藝廊吧。

　　前一個時代的藝術洞見，到了後一個時代就變成老套。我記得五〇年代有兩首很流行的歌，一首要我走出象牙塔、讓愛進入心房，另一首則對一個名叫蒙娜麗莎的女子而唱，問她是否溫暖而真實，或者只是冰冷、孤單、美麗的藝術品。這套公式說，藝術是冰冷的，生命是溫暖的，正跟濟慈那首詩裡的希臘古甕相反，詩中說甕上的時間凍結，甕身刻出的劫人場景就此停留在最熱烈的一刻，而觀看甕的人卻會變老、變冷。（這只希臘古甕顛倒了生與死、冷與熱的關係，正是《格雷的畫像》[20]的前身。）

　　關於藝術應該有什麼功能，十九世紀論戰激烈，但各種想給藝術一個有用的目的，或者證明它已有如此目的的嘗試──甚至包括熱愛藝術者如羅斯金[6]和馬修・阿諾德[7]的嘗試──最後都沒有好結果，因為這種嘗試到頭來等於審查制度。如果美即是真而真實會讓你自由，那是否有別種自由必須加以壓抑？有的：醜陋的真實，以及任何對你沒好處的真實，此所以約翰・羅斯金摧毀了許多透納

---

[6]　譯註：John Ruskin (1819-1900)，英國作家、藝評家，對維多利亞時知識分子的品味居主導地位。

[7]　譯註：Matthew Arnold (1822-1888)，英國詩人暨重要文評家。

的情色畫作。認為藝術具有社會用途的人，會把不雅的東西遮蓋起來，就像反宗教改革（Counter-Reformation）期間，教宗把西斯汀禮拜堂米開朗基羅壁畫若隱若現的部分遮蓋起來一樣。

需要刪除的不只是性而已，也包括有煽動群眾之虞的政治觀念、批判宗教的意見、不必要的暴力和污穢，等等。不過當時被刪得最多的還是性，小說家都知道有些東西寫了是無法發行的，因為人家根本不給你印。因此藝術英雄就變成了那些願意挑戰尺度的人。

有些作家挑戰尺度過頭，跟有關當局起了正面衝突「福婁拜，」波赫士說，「是第一個獻身於（我這麼說包括『獻身』此詞的宗教意味）以非韻文創作純粹美學作品的人。」[21]因此福婁拜是殿堂裡又一個祭司，而且還是自動獻身的祭司，全心投入純粹美學的創作，也因此在藝術與這種目的的論戰中自然成為嫌疑犯。他因《包法利夫人》而受審，發現自己不得不遵循敵人的法則──也就是說，他得顯示這本書有健康的道德寓意。於是他辯稱此書確實有健康的道德寓意，因為包法利夫人通姦的下場就是慘死。（嚴格說來並不是這樣──要不是她不智地被激情沖昏了頭，其實是可以逃得過的。）

審查者和古倫地太太[8]們忙了好幾十年，其成就包括

---

[8]　譯註：Mrs. Grundy 典出 T. Morton（1764-1838）的 *Speed the Plough*

將詹姆斯・喬伊斯的《尤里西斯》變成禁書，但這些社會中堅的虛偽更加刺激了藝術家的反抗。極端的例子包括亨利・米勒和威廉・伯若斯[9]，他們不是敢於做不可能的夢，而是敢於印不可印的書。如此明爭暗鬥持續了很長一段時間。我念大學時，加拿大法庭仍未將《查泰萊夫人的情人》解禁，亨利・米勒的《北回歸線》也得走私進口。

把這些放進時空脈絡來說，就是：1950年代末，人們無法在藥房直接買避孕用品，如果妳是未婚女性，根本連買都不能買：妳不能墮胎，除非到別的國家去，或者躺在廚房桌子上讓密醫動手：我第一次讀到海明威的〈白象般的群山〉時，完全不知道那對男女在討論什麼。女性生理用品的廣告不能直接說出名稱用途，由此產生了後無來者的超現實廣告作品。我尤其記得一則廣告：一名女子穿著希臘長袍式的白色晚禮服，站在大理石台階上凝望大海，底下寫著：「摩黛絲……因為。」**因為什麼啊？**我小時候總是納悶。至今這問題還會出現在我夢裡。

但話扯遠了，還是回來談藝術論戰。「為藝術而藝術」是迪歐菲爾・高蒂耶高舉的大纛上的奇怪標誌，[22]叛

（1798）一劇中的人物，現用以代稱迂腐守舊之人。

[9]　譯註：William Burroughs (1914-1997)，美國作家，與艾倫・金斯堡（Allen Ginsberg）及傑克・凱魯亞克同為「垮掉的一代」文學運動的創始者。

逆地不顧所謂社會利益、個人修身、道德誠意等等。這標誌最後終於變成投身藝術者的信條。及至十九世紀末，奧斯卡・王爾德已可做出如下的宣言，而不至於顯得過分驚世駭俗：

> 人的道德生活是藝術家主題的一部分……藝術家沒有任何倫理信仰。藝術家若有倫理信仰，風格便會是不可饒恕的故步自封。藝術家不能稱為病態。惡與善是藝術家從事藝術的工具……造出無用東西的唯一理由，就是因為你無比欣賞熱愛它。所有的藝術都是無用的。[23]

這些東西無用但值得欣賞熱愛。——價值就在它們本身，因為，愛默生說過，「美便是其自身存在的理由」，[24] 一如上帝。那麼，造出這些東西的又是什麼樣的人？「藝術家是創造美麗事物的人。」王爾德說，「藝術的目標在於揭露藝術，隱藏藝術家。」[25] 如今藝術家跟浪漫主義的天才大不相同，是要謙卑自抑的，他要躲在別人目光不及之處，服事自己的志業。前面提過詹姆斯・喬伊斯的那三大項：「沉默、放逐，及敏銳」，提倡的就是一種唯美主義、一種媲美道明會見習修士的克己忘我。喬伊斯說，身為藝術家的作家必須是「想像力的祭司」。[26]

藝術是一種抽象範疇。然而提到祭司，便意味有個神

祇存在：這兩者息息相關。如果藝術要成為神或者要有個神，會是哪一種？一個答案在伊莉莎白‧巴瑞‧勃朗寧1860年的詩作〈樂器〉裡，當時藝術論戰正激烈，為藝術而藝術的觀念尚未獲得決定性的勝利。這首詩是這樣的：

1.

祂在做什麼，那大神潘恩，

在河邊的蘆葦叢中？

散播毀滅，毫無忌禁，

用羊蹄踩得水花四濺，

踢散漂浮水面的金色睡蓮

以及河上的蜻蜓。

2.

祂拔起一根蘆葦，那大神潘恩，

拔自既深且涼的河床；

清澈水流變得濁渾，

折斷散落的睡蓮奄奄一息，

祂將蘆葦從河裡採起之際，

蜻蜓也已經逃離遠颺。

3.

高高坐在岸上，那大神潘恩，

河裡是濁渾的流水：
大神以無情的鐵石之心
切砍著那根耐心的草梗，
直到它半片葉子不剩，
看不出是方從河裡採下的蘆葦。

4.
祂截短蘆葦，那大神潘恩，
（蘆葦原先在河中高高挺立！）
然後穩穩調音，一如將人心
從內在取出挖取
把那中空乾枯的可憐工具
刻出洞孔，就在祂坐在河邊之際。

5.
「就是這樣。」那大神潘恩帶著笑意
（祂坐在河畔帶著笑意），
「打從神祇創造美妙音樂起，
就只有這樣才能成功。」
然後祂嘴湊上蘆葦的一孔，
在河邊使勁吹起。

6.

美妙，美妙，美妙，哦潘恩！
河邊的美妙樂音響徹天空！
美妙得令人盲目，哦大神潘恩！
山頭的太陽忘記西下
睡蓮起死回生，蜻蜓呀
也回到河邊做夢。

7.
然而祂半是野獸，那大神潘恩，
祂坐在河邊帶著笑
把凡人變成詩人；
真神們爲他付出的代價和痛苦嘆息──
因爲那根蘆葦再也不能長在河裡
與其他蘆葦一同曳搖。[27]

　　或者，在她之後的Ｄ・Ｈ・勞倫斯也曾說：「不是我，不是我，而是吹過我的那陣風。」[28]或者，里爾克在寫給奧菲斯的第三首十四行詩裡也曾說：

……歌是存在。對神而言很容易。但
我們何時存在？祂又是何時將

大地和星辰投注在我們的存在中？

　　當我們愛的時候嗎？這是你年輕時的想法；

　　並非如此，儘管聲音迫使你張開嘴，

　　學習忘記你以前如何歌唱。那種歌聲會消退。

　　真正的歌唱是一種不同的呼吸。

　　一種無物的呼吸。神之中的一陣連漪。一陣風。[29]

　　在巴瑞‧勃朗寧那首詩裡，詩人是演奏美麗音樂的工具。但詩人並非出於自己選擇演奏音樂。首先，他是被神揀選的，從此與其他人有所不同，再也不能回頭與其他人為伍。其次，他是殘缺不全的，心被挖走，整個人變得中空、乾燥、空蕩。他演奏音樂全靠靈感——也就是神用他來吹奏。不只這樣，這神還不是個很好的神：潘恩有一半是獸形——下半身。大神潘恩只在乎音樂，一點也不在乎那個被祂挖空的詩人，而演奏完之後，想來詩人就會被殘忍地拋在旁，像根折斷的蘆葦。詩中提到其他神——那些「真神」關懷你付出的代價和所受的痛苦。但我們懷疑祂們演奏起音樂可能很差勁。評斷藝術時，存心良善是不能增加美學分數的。異教的藝術之神也許是個狠心的傢伙，還是個偶像假神，但祂確實擅長自己的本行。因此如果你渴望藝術，美麗的藝術，那就一定得供奉這個神，不管你對祂是愛是恨。

　　這個版本的藝術之神殘忍又自私，似乎帶著些維多利亞最盛時期的道德意味，但卻是十九世紀末、二十世紀初

唯美主義（甚至包括最激烈的唯美主義）的基礎。就像巴瑞·勃朗寧詩中所說的，崇高藝術之神要求活人獻祭。如果藝術是宗教，藝術家是祭司，那麼藝術家也得有所犧牲，犧牲的就是他們自己比較有人性的部分──從心開始。一如祭司，他們必須犧牲人世之愛的可能，才能更完美地服事他們的神。

「在美麗事物中找到美麗意義的人，是文雅之人。」奧斯卡·王爾德為自己的書辯護道。「這些人還有希望。對這些受揀選的人而言，美麗的事物只有一個意義，就是美。」[30]這是基督教的語言──希望是獲得救贖的希望，而「受揀選的人」就是注定獲得救贖之人。所以這是很小的一群入門弟子，精選的少數，得靠他們來拯救其他大多數。

但受揀選的人總是有可能以身殉道，而身為藝術家並非真正出於自己的選擇──是藝術之神選中你，而不是你選擇服事祂。因此，藝術志業就有種在劫難逃的悲劇氣息。「我等詩人年輕快樂地動筆」，華茲華斯說，「最後結局卻是消沉和瘋狂。」[31]想想法蘭茲·卡夫卡的〈絕食藝術家〉那篇小說。絕食藝術家是個完全投身於藝術的藝術家。這藝術家很怪異：他待在籠子裡要把自己餓死，很像古時候自我折磨的基督教禁欲者。起初他大受歡迎，四周圍滿讚嘆的群眾；然後流行趨勢變了──在卡夫卡的時

代，為藝術而藝術的流行已逐漸不太受人喜愛——絕食藝術家最後淪落到馬戲團動物圍欄一個被人遺忘的角落，沒人記得他在籠子裡。最後有人翻動籠裡的爛稻草，終於發現了半死不活的他。然後：

> 「我只是一直希望你們欣賞我的絕食表演。」絕食藝術家說。「我們是很欣賞啊。」管理員配合地說。「但你們不應該欣賞。」絕食藝術家說。「好吧，那我們就不欣賞，」管理員說，「可是為什麼？」「因為我非絕食不可，我別無選擇。」絕食藝術家說。「隨便啦。」管理員說，「為什麼你別無選擇？」「因為，」絕食藝術家說……「我從來沒找到我喜歡的養分。相信我，要是找得到的話，我絕不會亂來，一定會乖乖吃我的飯，就像你和其他人一樣。」這就是他的遺言……[32]

絕食藝術家的飢餓跟聖人的飢餓一樣，都是渴求不屬於這個世界的食物。在這一點上，他是崇高的。但他也是荒唐可笑的，因為他是這麼一個無法適應社會的可憐蟲。藝術之神選擇絕食藝術家做他的使徒，但卡夫卡式的結果則是綜合了怪胎秀和佛洛伊德派的強迫行為。

一旦開始數算起死在藝術祭壇下的犧牲者，就會發現人數眾多。等到喬治・紀辛1891年出版《新文丐街》時，

作家已經認為自己和自己的活動是適合於藝術的主題，因此出現了大量——而且愈來愈多——作家寫來談作家寫作的書。《新文丐街》裡主要的作家有三個。第一個是下賤的賈斯伯‧米爾凡，他完全是財神的信徒，玩文學遊戲只為賺錢，絲毫不想成為想像力的祭司。他說他「沒有寫小說的本事」——「這當然很可惜——小說能賺的錢可多了。」[33] 一如這世間的許多惡人，他飛黃騰達。第二個是艾德溫‧理爾登，他有才華、有感性、有崇高的原則，靠著在文學上小有成就，娶了個一心追求社會地位的妻子。但妻子對發財的期望給他很大的壓力，他失去靈感，痛苦不堪，歷來書中描寫作家文思枯竭的景況沒有比他更慘的。他寫不出作品，妻子便離他而去，後來他病死了。第三個是貧窮的哈洛‧畢芬，他像福婁拜一樣嘔心瀝血地寫著一本寫實主義作品，名為《雜貨商貝里先生》。這本小說是失敗的——書評說它「**做作又無聊**」[34]——但畢芬選擇以《劫後英雄傳》式的「人只能盡其所能」論點來為自己辯護。「他盡自己所能完成這本書，這讓他很滿意。」最後他既沒希望也沒錢，選擇自殺，死得很平靜——「他腦海裡出現的都是關於美好事物的思緒，彷彿回到從前，在寫實主義文學的使命尚未壓在肩上之前……」[35] 啊，那命中注定的使命重擔。受到感召的人很多，但被揀選的人很少。而在這少數人當中，又有些會以身殉道。

　　若說男作家必須犧牲，女作家又得做何等更多的犧牲？是什麼讓我們想到，霍桑的小說《紅字》當中，遭到懲罰、備受辱罵的荷絲特‧普林胸前那花俏的刺繡紅字Ａ，代表的不只是通姦（Adulteress），更代表藝術家（Artist）甚至作者（Author）？一個扮演偉大藝術家角色的男人是應該「體驗生活」的。這是他服事藝術的職責之一，而「體驗生活」的內容包括美酒、女人、笙歌。但如果女作家也嘗試美酒和男人，很可能會被視為淫蕩的醉鬼，所以她就只剩下笙歌這項選擇，尤以天鵝垂死之歌為佳。人們認為一般女人應該結婚，但女藝術家則否。男藝術家可以結婚生子，只要別讓家庭生活妨礙創作（據詹姆斯、康諾利等人的說法，這種希望很渺茫），但對女人而言，結婚生子被視為**就是**她的人生。所以女性藝術家必須完全揚棄這種人生，才能走上創作之路，走上藝術的大道。

　　例如，前面提過的以薩‧迪納森那篇小說裡，即將在索連森先生製作並扮演普羅斯斐洛的《暴風雨》中，飾演愛瑞兒的年輕女演員瑪荔就是如此。瑪荔為了藝術放棄激情的愛戀。「『我們又能得到什麼回報？』」她相當合情合理地問索連森先生。「『回報就是，』」他說，「『全世界對我們的不信任，以及極度孤寂。如此而已。』」[36]

　　這夠悲慘的，但還可能更悲慘。例如《格雷的畫像》中的年輕女演員希蓓‧范恩——一有個這樣的名字，她

還有什麼希望？[37]就像歐菲莉雅的妹妹夏洛特大人（載歌載舞的她是十九世紀女藝術家的原型，希蓓自然乖乖引用她的話），希蓓愛上了一個有血有肉的男人，由於她把感情放在人生而非藝術中，藝術之神便懲罰她，讓她失去才華。「沒有了藝術，妳一無是處。」多利安說著也拋棄了她。這下子，可憐的希蓓中空、乾燥、空洞如折斷的蘆葦一般，除了自殺還能做什麼？

　　女演員莎拉・伯恩哈特曾躺在棺材裡讓人拍照，她這麼做是很自覺的。這種戀屍意味及黑色帳幔造成極佳效果，因為這正是大眾所要的、所能了解的女藝術家形象：某種半死不活的修女。

　　1950年代末，當我還是個剛起步的女詩人時，人們普遍認為妳必須有所犧牲。同樣的問題發生在任何職業婦女身上，但藝術領域的情況更嚴重，因為這領域要求的犧牲更完全。妳不能既為人妻母又當藝術家，因為這兩者都需要全心全意的奉獻。我們九歲時都被大人帶去看過電影《紅菱豔》，做為生日派對的餘興節目，我們都記得困在藝術和愛情之間的茉伊拉・席瑞最後臥軌自殺。愛情和婚姻拉著妳朝一個方向走，藝術則把妳往另一個方向拉，而藝術就像魔鬼附身一般，會讓妳跳舞跳到死，會完全占有然後毀滅妳。再不然它就是毀掉妳身為普通女人的可能。

　　但妳並非只能要麼當想像力的修女，要麼一事無成。

祭司的女性版不只是**修女**，更是**女祭司**，所以妳有選擇，這其中是有差別的：基督教沒有女祭司，所以這詞蘊含著某種異教的甚至狂歡縱欲的意味。修女與男人隔離，女祭司則不然，不過女祭司跟男人的關係通常也稱不上家常就是了。

我第一次讀到藝術的女祭司，是在羅伯‧葛雷夫斯[10]的作品《白色女神》[38]中，該書主張女人若要成為真正的詩人就必須扮演「惡夢雖死猶生三重女神」（Nightmare Life in-Death Triple Goddess）。成為女神的祭司，把男人像蟲子般踩在腳下，啜飲他們的血。[39]我讀到這書時大約十九歲，對一個曾在「瓦斯公司持家小姐」選美比賽中獲得第二名的女孩，這念頭並不太令人鼓舞：啜飲情人的血在我看來不像是有趣的週六夜約會。很土是吧，不過我就是這樣想的。但葛雷夫斯確實對我造成震撼，讓我開始納悶自己是否真的適合藝術人生。

當我讀到喬治‧艾略特1876年的小說《丹尼爾‧德隆達》時，就更納悶了。主角的母親是位歌劇名伶，在丹尼爾兩歲時便將他送給別人，部分原因是不想讓母職妨礙了她的藝術追求。她有很多仰慕者，但在父親嚴格操控下長大的她冷若冰霜，只喜歡男人五體投地，讓她踩在他們脖子上。她宣稱自己並非怪物，但描述她的文字讓我

---

[10] 譯註：Robert Craves (1895-1095)，英國詩人、小說家、古典文學家。

們對此感到懷疑。她「算不上人類母親，而是『梅盧西納』」──半是女人半是蛇身的怪獸。[40]

「看著她，」艾略特說，丹尼爾的心情「有種騷動，彷彿見到她經歷某種奇怪的宗教儀式，將一項罪行尊為神聖」。[41]我們猜得到那是什麼宗教，尤其是書中告訴我們她把所有情感都投入藝術，除此之外「給不了任何東西」。[42]她還保持些人性的地方在於她會受苦，但她受的苦最主要來自離棄藝術，而非離棄自己的孩子。放棄歌唱是一項違背她宗教──藝術的宗教──的罪惡，她因此受到懲罰。

丹尼爾的母親也被稱為女祭司，這與**致命的女人**已經非常相近，而致命女人的典型在十九世紀末的文學中處處可見。此時期最受青睞的一個人物是莎樂美，我很小就知道這個名字，因為有首跳繩的童謠是這樣：**莎樂美會跳舞，舞跳得真正好，她舞跳得真正好，衣服也穿少少**。在藝術作品中，我們有福婁拜的短篇小說〈莎樂美〉、奧斯卡・王爾德的劇作《莎樂美》、理查・史特勞斯的歌劇《莎樂美》，以及許多畫作。Ｔ・Ｓ・艾略特筆下的艾弗瑞・普魯佛勞想像自己的頭被放在盤子上端出，用的也是她的典故。她的吸引力何在？在莎樂美這個人物身上，致命的女人與女藝術家合而為一。她的舞藝精湛，足以顛倒眾生，但她任由自己的藝術被隨之而來的獎賞腐化，先是希律王答應只要她跳舞，隨便她要什麼都賞給她：在某些

版本中，後來她對施洗者約翰的肉欲激情更使她進一步墮落：如果她得不到完整的他，至少也要得到他的項上人頭。最後（至少是在王爾德和史特勞斯筆下）她因如此變態的行為而被處死，或者是因為她揭下第七層紗的關係——我們無法完全確定究竟是何者。

奇怪的是，1960年我參與編輯校園文學雜誌時，收到很多年輕女性投稿的詩作都以莎樂美為題。那種恐懼似乎在於：怕自己從事藝術會使與自己有性愛關係的男人因此喪命，有朝一日醒來會發現他的人頭放在盤子上。我想這有一點佛洛伊德的味道吧：太活躍或太聰明的女人掀開輕紗，男人身體的某一部分便隨之落地。

六〇年代正值菲力普・懷利的《一代毒蛇》將全世界的問題歸罪於「過度崇拜母權」，而這一點本身繼承了（在當時仍然非常有影響力的）十九世紀傳統——擔心女人閹割男性。爾文・雷頓在其1958年短篇小說集《太陽的紅地毯》的前言中說：

> 在我眼中，現代女人扮演復仇女神的角色，一心要閹割男性；當代文明使男性揭露真實的此一創作角色變成多餘——甚至成為危險因素，礙手礙腳惹人厭——如此文明的險惡力量更是助紂為虐。如今是大眾之女的不光彩年代，她的品味主導一切……酒神已死……[43]

　　對年方十八、努力要成為詩人的我而言，讀到這種論點還真怪。如今回頭來看，我可以看出其中混淆了許多比喻——復仇女神找上的通常是犯下弒母之罪的的男人，而那些瘋狂地閹割男人（包括詩人奧菲斯）的米納德[11]並非殺死酒神，而是膜拜酒神：不過這一點也無法讓當年的詩人感覺比較安全，感覺不會受所謂有閹割狂熱的女人的威脅。

　　有時候女作家自己也會參與這種神話。既然被這樣稱呼，不如乾脆加入遊戲。想像力的修女和想像力的女祭司最後都可能在藝術祭壇下過著不生不死的生活，但差別在於女祭司會找個墊背的一起帶去。「我吃食男人如空氣，」西薇亞・普拉斯〈拉撒路夫人〉一詩中，那個既反抗又擁抱死亡的、有著一頭巫女紅色長髮的拉撒路夫人如是說，由此也在此一傳統站穩了腳。

　　等到我開始寫作的時候，人們已經熟知了身為女作家（尤其是女詩人）有哪些不利之處。潔曼・葛瑞爾在《穿拖鞋的希蓓們》[44]一書中，已經非常詳盡敘述了十九世紀末到二十世紀中女詩人的悲哀寫作生涯和通常悲慘的死亡。深居簡出的艾蜜莉・狄瑾蓀，透過裹屍布上蟲蛀小孔

---

[11] 譯註：Maenad 是古希臘供奉酒神戴奧尼索斯（Dionysus）的女性，傳說她們離家在荒野遊蕩，進行混亂狂歡的宗教儀式。

觀看人世的克莉斯汀娜‧羅賽提，有毒癮和厭食症的伊莉莎白‧巴瑞‧勃朗寧，自殺的夏綠蒂‧繆伊，自殺的西薇亞‧普拉斯，還有同樣是自殺的安‧賽斯頓。「噴射出的血柱是詩，」西薇亞‧普拉斯自殺兩天前寫道，「沒有止血的方法。」45 難道想像力的女祭司下場注定就是如此──成為地板上的一灘血紅？

在劫難逃的女藝術家並沒有消失，小說家尤其常探索這個主題。A‧S‧拜雅特的小說《佔有》[12]，為揚棄人間愛戀的女詩人此一人物典型添加了複雜的變化；在卡蘿‧席爾茲[13]的《斯萬》中，變化更為險惡──全心投入藝術的女詩人被丈夫殺害，因為他受不了自己不是她的最愛。然而，這兩本小說的背景一本設定在過去，另一本則在偏遠的鄉間。除非像薩爾曼‧魯西迪的新作《她腳下的土地》那樣，將女藝術家主角塑造成有自我毀滅傾向、拚命嗑藥、私生活紊亂、有名得不得了的搖滾樂手，否則如今很難再讓這種垂死天鵝式的形象有足夠的現代感，也無法像以往那樣完全直截了當。

然而，我開始寫作之際，這種形象仍然十分直截了

---

[12] 譯註：即電影《無可救藥愛上你》（2002）原著，中文版由漫遊者文化出版。

[13] 譯註：Carol Shields (1935-)，生於美國、現居加拿大的小說家，曾獲加拿大總督文學獎（1993）、美國國家書評獎（1995）、普立茲獎（1995）等。

當，理所當然的程度甚至到了：在我頭兩本薄薄的詩集出版之後，人家不是問我會不會自殺，而是問我什麼時候自殺。身為一個女詩人，除非妳願意冒生命危險——或者徹底放棄生命——否則別人不會太認真看待妳，至少這套神話是這樣規定的。幸好我除了寫詩也寫小說，雖然自殺的小說家也不乏人在。不過我確實感覺寫作非詩類文字有平衡的效果。可以說是盤子上多了一點肉和馬鈴薯，少了一些砍下來的人頭。

如今女作家比較能被視為，唔，就是女作家：既非修女也非狂歡雜交的女祭司，既非太無人性也非太有人性。然而這種神話仍然具有力量，因為關於女人的這類神話仍然具有力量。米納德和事奉阿波羅的預言女祭司仍等在一旁，或者說她們空空的戲服仍等在一旁，而最可能把她們重新召喚出來的莫過於「為藝術而藝術」的宗派。

在第一章中，我談到作家——大寫的作家——角色被投射了各種期待及焦慮。本章中我談到其中一部分，關於拒斥財神的世俗價值，全心獻身藝術，也談到與此種獻身有關的犧牲。

但是，若你在「路窄門直」的為藝術而藝術之路上避開了「喪氣的泥坑」，卻走上了另一條標示著「社會意義」的路，又如何？[46]接下來是否會走到座談會之類的場合，如果是，這座談會是否在地獄？但如果你轉身不顧

「社會意義」，難道你的文字不會只是藝術宮殿中鍍金扶手椅上又一條蕾絲小飾巾嗎？這種可能總是存在的。

註釋

1　Théophile Gautier, Preface, *Mademoiselle de Maupin* (New York: Modern Library, 1920), p. xxv.

2　Anna Akhmatova, "The Muse," Stanley Kunitz with Max Hayward (trans.), *Poems of Akhmatova* (Boston: Atlantic Monthly Press, 1973), p. 79.

3　Rainer Maria Rilke, "26 [But you, godlike, beautiful]," David Young (trans.), *Sonnets to Orpheus*, Part I (Hanover, NH: Wesleyan University Press, 1987), p. 53.

4　Irving Layton, Foreword, *A Red Carpet for the Sun* (Toronto: McClellan and Stewart, 1959).

5　Henry James, *The Lesson of the Master and Other Stories* (London: John Lehmann, 1948), p. 60.

6　Elmore Leonard, *Get Shorty* (New York: Delta, Dell, 1990), p. 313.

7　麥斯威爾・柏金斯（1884-1947）是 Scribners 出版社總編，也是典型照顧作家的編輯，曾出版恩尼斯特・海明威、史考特・費茲傑羅以及湯瑪斯・沃夫（Thomas Wolfe）的作品。據信，沃夫作品《你不能再回家了》（*You Can't Go Home Again*, 1941）中佛斯霍・艾德華茲此一人物便是以他為本。

8　這是改寫大家都耳熟能詳的那兩句：「懂得逃命的士兵／才有機會再反攻。」

9　Cyril Connolly, *Enemies of Promise* (Harmondsworth, Middlesex: Penguin, 1961).

10　James Joyce, *A Portrait of the Artist as a Young Man* (New York: Penguin, 1993), p. 241.

11　Eudora Welty, "The Petrified Man," *Selected Stories of Eudora Welty* (New York: The Modern Library, 1943), p. 55.

12　Lewis Hyde, *The Gift: Imagination and the Erotic Life of Property* (New York: Vintage, Random House, 1979, 1983).

13　Isak Dinesen, "Tempests," *Anecdotes of Destiny* (London: Penguin, 1958), p. 72.

14　「主啊，我不敢當。」《馬太福音》第八章 8 節。

15　《約翰福音》第八章 32 節。

16　See John Keats, "Ode on a Grecian Urn," Douglas Bush (ed.), *Selected Poems and Letters* (Cambridge, MA: Riverside Press, 1959).

17　亨利・詹姆斯 1884 年發表的〈《貝爾崔佛歐》的作者〉(The Author of *Belerafio*) 中，有關於此一論爭確切而濃縮的描述。另見本書第四章

18　Alfred, Lord Tennyson, "The Palace of Art," George Benjamin Woods and Jerome Hamilton (eds.), *Poetry of the Victorian Period* (Chicago: Scott, Foreman, 1930, 1955).

19　Ibid.

20　Oscar Wilde, *The Picture of Dorian Gray* (Ware, Hertfordshire: Wordsworth Editions, 1992).

21　Jorge Luis Borges, Esther Allen (trans.), "Flaubert and his Exemplary Destiny," Eliot Weinberger (ed.), *The Total Library: Non-Fiction 1922-1986* (London: Allen Lane, Penguin Press, 1999), p. 392.

22　有著奇怪標誌的大蠹典出朗費羅（Longfellow）的詩作〈精益求精〉（Excelsior）。配上漫畫家詹姆斯・圖伯（James Thurber）力道十足的插圖。

23　Wilde, Preface, *Dorian Gray*, pp. 3-4.

24　Ralph Waldo Emerson, "The Rhodora," Reginald L. Cook (ed.), *Ralph Waldo Emerson: Selected Prose and Poetry* (New York: Rinehart, 1950), p. 370.

25　Wilde, Preface, *Dorian Gray*, p. 3.

26　Joyce, *Portrait of the Artist*, p. 215.

27　Elizabeth Barrett Browning, "A Musical Instrument," E. K. Brown and J. O. Bailey (eds.), *Victorian Poetry, Second Edition* (New York: Ronald Press 1962).

28　D. H. Lawrence, "Song of a Man Who Has Come Through," *Look We Have Come Through!* (New York: B. W. Huebsc, 1920).

29 Rilke, "3 [A god can do it. But tell me how]," *Sonnets to Orpheus*, Part I, p. 7.

30 Wilde, Preface, *Dorian Gray*, p. 3.

31 William Wordsworth, "Resolution and Independence, stanza 7, Stephen Gill and Duncan Wu (eds.), *William Wordsworth: Selected Poetry* (Oxford University Press, 1998).

32 Franz Kafka, "A Fasting-Artist," Malcolm Pasley (trans.), *The Transformation and Other Stories* (London: Penguin, 1992), p. 219.

33 George Gissing, E. J. Taylor (ed.), *New Grub Street* (London: Everyman, 1997), p. 7.

34 Ibid., p. 452.

35 Ibid., p. 459.

36 Dinesen, "Tempests," *Anecdotes*, pp. 145-6.

37 「希蓓」（Sibyl）是阿波羅所愛的一名女先知，但混得不好，最後淪落到一只瓶子裡；＊「范恩」（Vane）來自「風向標」(weathervane) 一詞，又與「虛榮」、「徒勞」(vanity, in vain) 同音。

38 Robert Graves, *The White Goddess: A Historical Grammar of Poetic Myth* (London: Faber and Faber, 1952), p. 431.

39 出自 Samuel Taylor Coleridge, "The Rime of the Ancient Mariner," The *Rime of the Ancient Mariner and Other Poems* (New York: Dover, 1992），引用於葛雷夫斯書中。

40 George Eliot, *Daniel Deronda* (Oxford University Press, 1988), p. 536.

41 Ibid., p. 537.

＊ 譯註：在希臘羅馬神話中，Sibyl 是具有預言能力的女先知。早期希臘作品只提及一名曾預言特洛伊戰爭的 Sibyl，後至羅馬時期增至十人，此處指的是 Sibyl of Cumae；阿波羅允諾實現她任何心願，她便要求長生，但忘了同時要求青春永駐，最後變得蒼老不堪，身體皺縮到可以倒懸在瓶中，卻求死不能。

42   Ibid., p. 543.

43   Layton, Foreword, *A Red Carpet for the Sun*.

44   Germaine Greer, *Slip-Shod Sibyls: Recognition, Rejection and the Woman Poet* (London: Penguin, 1995).

45   Sylvia Plath, "Kindness," February 1963, *The Collected Poems* (New York: Harper and Row, 1981), pp. 269-70.

46   典出 John Bunyan, Roger Sharrock (ed.), *The Pilgrim's Progress* (London: Penguin, 1965, 1987)。

第四章

誘惑：
普羅斯佩洛、奧茲巫師、
梅菲斯托一干人等

是誰揮動魔杖，操縱戲偶，在惡魔的書上簽名？

魔鬼又帶他上了一座最高的山，將世上的萬國，與萬國的
榮華，都指給他看；
對他說，你若俯伏拜我，我就把這一切都賜給你。

　　　　　　　　　　　　　　　《馬太福音》第四章8-9節

要在任何一項藝術出類拔萃，必須被魔鬼附身。

　　　　　　　　　　　　　　　　　　　　　　伏爾泰[1]

這個宮廷弄臣真貴！

　　　　　　　　　　　　　　　伏爾泰筆下之腓特烈大帝[2]

希望你不會問我這一切是什麼意思，或箇中有什麼道德寓
意。我自認與歷史家一樣都是說故事的人，唯一的職責就
是不動感情地追索論點。講述傳奇的人必須……處在適當
的高度，就像操縱線的人，並應有偶戲師傅的態度……

　　　　　　　　　　　　　　莫利斯‧修列，《森林情人》[3]

……詩人不該是詩人，而必須是某種道德的庸醫。

　　　　　　　　　　　　　　　　　　　　艾笛絲‧希偉[4]

……細看古往今來的作家，便會發現作家永遠都有政治性……否定作家的政治性，就等於否定他部分的人性。

希瑞爾·康納利，《承諾之敵》[5]

有些人自信滿滿，
渴望多多益善的字詞，
參加派對佩戴別針，不時來段訊息，
得到聽眾，以及會議廳的注意、
在腹語術表演者的膝上，在那搖頭擺腦的
聰明機智中，他們擁有的只是油彩和紙板。

Ａ·Ｍ·克藍，〈詩人風景繪像〉[6]

可惜我們無法操控自然元素一如他操控人類邏輯和信仰……如果沒成功，變魔術的人可以為人類的苦難嘆息，因為人類失去了神祕尊嚴，他也失去了賺錢機會：如果成功了，變魔術的人可以表現優雅內斂的態度，同時注意實務細節。或者他也可以在群眾專注投入的力量下深深一鞠躬，彷彿他是個難得的誠懇魔術師，對自己的技藝無比尊敬，對魔術真正的力量感到畏懼。

關多琳·麥依文，《魔術師朱利安》[7]

　　上一章中我說形象一度是神祇，但由此也可推出，神祇一度曾是形象。我們知道有些神祇形象看來彷彿會吃喝，有些看來彷彿會說話，還有些內在有著熔爐，把小孩放進去獻祭。匠人製造出形象，祭司則是幕後操縱戲偶的人。

　　形象本身，如舊約先知唾棄譏嘲的那種，是冷冰冰、硬梆梆、不會動作的，然而十九世紀後半為藝術而藝術派的作家對之卻十分著迷。形象是藝術品，也可能是半可動彈的偶像，如梅里美〈島嶼的維納斯〉小說中將愛人壓死的維納斯，或者福婁拜那殘酷又花枝招展的《薩朗波》中致人於死地的女神。在製造藝術的人與藝術可能的消費者之間的激烈衝突下，有著關於偶像崇拜的弦外之音。崇拜「假」神──包括脫離了人類社會需求的藝術與美之假神──是否並非只是中立，而是崇拜邪惡？那麼，作家對自己的藝術該感到多內疚？

　　對此類問題最感焦慮的作家，似乎是亨利・詹姆斯。1909年他出版了《大師的課程》，收錄了1890 年代主要為「唯美主義」刊物《黃皮書》所寫的短篇小說，雖然他基本上並不贊成唯美主義。這些小說每篇的主角都是一個或數個作家：一名年長作家力勸年輕後進禁欲，對藝術付出教士般的無私全心奉獻，然後自己娶了年輕作家喜歡的女孩；一個沒沒無名的好作家，被並不了解他藝術的社交世界發掘且捧為名流，最後因此被害死；一個貧窮但認

真的作家渴望名利而不可得，另一個有錢有名的粗俗作家（是個女的）卻渴望得到在大眾市場失敗的作家享有的那種藝術認可；一位大師級作家，沒人了解他藝術的中心祕密：還有一位名聲顯赫的作家，但其實是個騙子。詹姆斯在這些故事中寫出緊張兮兮的樂趣，這些小說加在一起，描繪出對於「身為作家」此事基本上福婁拜式的態度，這些態度由來已久，已成了眾所承認的作家智慧。

另外有篇小說也可以加在這個行列：發表於1884年的〈《貝爾崔佛歐》的作者〉。但這個故事黑暗得多。一個名叫馬克・安比昂的作家——或許馬克（Marc）是取自馬可斯・奧里略（Marcus Aurelius）[1]，安比昂(Ambient)則是取自「環境燈光」（ambient glow）——這位大師寫出了一本大師級的小說叫做《貝爾崔佛歐》，這小說等於「發出了美學的戰爭呼喊」。他住在一處迷人的「比例稍小的藝術宮殿」，有個可愛的小兒子，但他太太卻是「心胸狹窄、冷淡的喀爾文派，固守刻板的道德規範」。他太太看不起他對美的熱愛，認為他的書很邪惡，甚至試圖不讓兒子接近他，憂懼於兒子有朝一日會長大到讀得懂他的書的年齡。小說以譏嘲的口吻說她相信藝術應該有「『目的』」。對於信奉「藝術福音」的人而言，這是何等異端邪說！

---

[1] 譯註：羅馬皇帝（161-180），斯多噶派哲學家。

　　表面上看來，一心追求完美的馬克・安比昂或可說是詹姆斯本人藝術觀中「好」的化身，其妻則代表惡劣褊狹的庸俗之輩。但這只是表面而已，亨利・詹姆斯大受美國清教徒影響，不可能只顧追求美學而不理會道德。馬克・安比昂認為「所有生命」都是他藝術的「雕塑材料」，而這種藝術本質是可疑的。他說：

　　「這新的作品必須是黃金容器，盛滿對現實的最純淨過濾成果。哦，我是多麼擔心這花瓶的造型、這金屬的錘鍊啊！我必須將它錘鍊得無比細緻、無比平滑……同時還得小心翼翼，不讓任何一滴液體流掉！」[8]

　　此處或許又用了希臘古甕的典故，但在這脈絡中，意味的不只是喬伊斯《青年藝術家的畫像》結尾所指的那種手藝匠人，更是處理各種過濾物質的煉金術士。而他如此辛苦製造的容器是什麼，裡面裝的又是什麼？是長生不死的靈藥，還是獻祭牲禮的鮮血？

　　從故事的結局，我們猜想是後者，因為代表藝術家的丈夫和代表社會的妻子把夾在兩人之間的孩子害死了。安比昂傑作的書名，暗示著孩子的死不只是妻子的責任，犧牲他的並不只是道德常規那種狠毒狹隘的偶像，也是藝術的鍍金偶像。貝爾崔佛歐（Beltraffio）並不是個既有的

詞,似乎也不是義大利或任何地方的宮殿名稱:但值得一提的是,tra在義大利文中表示「在……之間」,而fio表示「刑罰」。至於bel當然是「美麗」,但義大利文中惡魔巴茲巴(Beelzebub)叫做Belzebù——和古代中東各地區所稱的Bel和Baal語出同源,也就是《聖經》中一再嚴詞譴責的魔王。小說中寫道,妻子臨死之前讀起「黑暗的《貝爾崔佛歐》」。我們只能希望這番閱讀沒有毀滅她的靈魂,因為,在西方的文學傳統中,黑暗之書的主人只有一個。

至於那個孩子,若藝術與社會兩者有所妥協,或許能夠挽救他,但此一妥協該以何種形式出現?這問題顯然讓詹姆斯輾轉難眠。

上一章中我談到,作家身為藝術家的此一身分常被許多誇張的神話環繞,將之描繪成虔誠獻身的想像力的祭司或女祭司,事奉艱苦嚴苛的、可能毀滅他們的「為藝術而藝術」的宗派。若作家將自己放進這個架構,便會看見自己的職責是全心奉獻給藝術,要追求的目標則是完美的作品。事實上,喬治・艾略特的小說《丹尼爾・德隆達》中,音樂家克里斯莫告訴社交界的女孩關朵琳・哈勒司,如果妳不至少有一點效忠這個理想,恐怕就只能達到平庸,或者「刺眼的無足輕重」。[9] 任何藝術都是一種紀律,它是但不只是一項技藝,更具有宗教意味,你必須徹夜守候等待,摒除自我,創造出易於接收神啟的空無心靈

境界，這些都很重要。

但這只是藝術家與其藝術的關係。他和外界——也就是我們所稱的社會——的關係又該如何？在這方面，許多人曾做出各種宣言，告訴我們，筆比刀劍更有力，[10] 還說，詩人是未獲承認的世界的立法者。[11]

這可能有點太誇大了，尤其是在這原子彈、網路，以及地球上動植物快速滅絕的時代。不過，還是讓我們假設作家寫出的文字並非存在於某個圍著圍牆的、名為「文學」的花園裡，而是真正進入世界，有其影響和後果。這樣一來，是不是就應該開始談倫理學，談責任，談其他諸如此類討人厭的東西，亦即想像力的祭司宣稱他有權不予理會的東西？

但讓我們再想一想**祭司**一詞。祭司不只是個膜拜者，也要執行儀式不是嗎？他不也是人民的牧羊人、上帝與凡人之間的中介嗎？喬伊斯筆下的史蒂芬·戴達勒斯說他要「在我靈魂的打鐵鋪裡冶煉出我族未經創造的良心」。[12] **良心**：這是個充滿道德意義的詞。如果作家有這種力量，讓我們想想怎麼行使這種力量，包括它與行使者（作家）和被行使者（我們其他人）的關係。

沒有人比作家更恨作家：對作家之為個人以及之為典型，最惡毒、最鄙夷的描繪都出現在作家寫的書裡。也沒有人比作家更愛作家：自大狂和偏執妄想都是作家攬鏡自

照的心境。作家像浮士德，在鏡中看見堂皇的、邪惡的、超乎人類的梅菲斯托，其他人如同繫著線被他操控的傀儡，如同內心祕密被掌握在他手中的愚人；作家也像梅菲斯托，在鏡中看見顫抖可悲的浮士德，渴望青春永駐、美好性愛、無比財富，拚命守住可憐的幻想，相信自己埋頭苦寫便可獲得這一切，而他竟敢把這幼稚的文字遊戲稱為「藝術」。

二十世紀的作家，大體上都困擾於自己無足輕重的此一念頭。普遍的形象不是雪萊筆下形塑世界的有力詩人，而是艾略特筆下遲疑的艾弗瑞・普魯佛勞。許多作品都談到或討人厭，或充滿羨妒，或小心眼，或愚蠢的作家。以下是一段將作家描繪成神經兮兮怪胎的文字，出自唐・德里洛[2]的《毛二世》。一名編輯對作家描述自己的工作：

> 「許多年來，我都高高興興地聽作家那些精采絕倫的緊張焦慮。愈是成功的作家就愈會抱怨……我在想，不知一流作家的特質是否也造就了他獨到又眾多的抱怨內容。是寫作來自於怨恨和憤怒，還是怨恨和憤怒來自於寫作？……獨處真要命啦、夜裡失眠啦、白天充滿擔憂和痛苦啦，抱怨個沒完沒了……」
>
> 「你一定很辛苦吧，」〔作家說，〕「得一天又一

---

[2] 譯註：Don De Lillo (1936-)，美國小說家。

天面對這些鬼傢伙。」

「不會，很簡單。我帶他們上大餐館。我說：這個這個這個，我說：喝那個喝那個。我告訴他們，他們的書在連鎖書店暢銷極了，讀者大批大批湧進賣場。我說：嘰哩呱啦嘰哩呱啦……有人想把書改編成電視影集啦。有人想做有聲書啦，白宮也想要一本放在總統書房啦。」[13]

接下來則是梅維絲・加蘭的短篇小說〈一件痛苦的事〉中，英國作家普里森寫給法國作家格西普的信。格西普說想搬到倫敦住，普里森勸他打消念頭：

普里森寫道，在巴黎，人們會認爲格西普是個有格調地打文學零工的人，沒有人會說他汲汲營營往上爬——至少不會當面說。格西普似乎年紀輕輕就進入了巴黎藝術圈的中上高峰，藝術家可以同時看見歐斯曼大道百貨公司裡掛著的機器織及喀什米爾外套，也可以看見五千法郎一套的手工西裝。英國的種姓標誌則大不相同，他可能會被認爲是皮條客或毒販，而在公車站被人開槍打死。[14]

普里森和格西普都很虛榮，對自己的名聲都很敏感，都試著用想像出來的雞毛蒜皮怠慢來壓下對方。馬丁・艾

米斯的小說《資訊》與此類似，其他還有許多作品亦然，其中最近的一個例子是大衛・佛斯特・華勒斯的《與極惡之人的短暫訪談》中的「作家」角色。為什麼作家如此厭憎自己？也許是繼承自浪漫主義的藝術家形象與現實之間的差距使然。那些文學巨人、光彩的死者，對這些軟腳蝦後代會作何感想？

關於現代詩人沒沒無名的可恥處境，Ａ・Ｍ・克藍是這麼說的：

> 我們只確知，在這真實的社會
> 他已經消失了，根本不算數，
> 除了在人口統計的繁衍中——
> 也許投了某人一票，匿名地
> 挑戰蓋洛普民調，政府統計圖表裡的一個點——
> 但沒人感覺到他，當然離盛名差得遠——
> 在大吼大叫的烏合之眾中，是某個人的嘆息。
>
> 哦，他曾在筆下卷軸中展開我們的文化——
> 君王引用他的話，震撼講台的呼聲——
> 以一個名字他曾清楚述說
> 天堂，以另一個名字述說七重天，
> 他，若他真的存在，是一個數字，一個X，
> 是旅館登記簿裡的張三先生，——

隱姓埋名，遺失，空缺。[15]

（受這種心靈創傷的多半是男人。女人不包括在浪漫主義大點名的陣容中，也從沒被硬生生安上一大堆天才勳章：事實上，在我們的語言裡，「天才」和「女人」這兩個詞根本湊不在一塊兒，因為人們預期男性「天才」會有的怪異行徑若出現在女人身上，只會變成「瘋子」這個標籤。用來形容女人的詞是「有才華」，甚至「偉大」。但就算女性藝術家真的對社會產生影響，她們通常也不自稱有這種野心。因此，今日的女性藝術家並不覺得力量減損或者在世界舞台上的地位下降，反而可能覺得如今女性的際遇比以前好，所以跟眾多顯赫的女祖先相較之下，並不會自覺太微不足道。）

除了作家為藝術而藝術的崇高理想之外，接下來我想討論一些其他的可能面向，以及這些面向可能對自我認知造成什麼樣的危機。其中一個面向是關於藝術、金錢和權力交錯的那奇特的一點；另一個也與之相關的面向，則是我們所謂的「道德責任」或「社會責任」。別人對作家的影響（可能控制他寫出什麼作品）可稱為「錢與權」；作家透過自己的作品對別人產生的影響，則可稱為「道德及社會責任」。

錢與權的問題可以縮減成最精簡的形式：你的靈魂是

否待價而沽，如果是，價錢為何，買主又是誰，而如果你不賣，誰會把你像軟殼蟹一樣壓扁，你出賣靈魂希望換取的又是什麼？

有個笑話是這麼說的：

> 魔鬼對作家說：「我要讓你變成你這一代最偉大的作家。何止這一代——這個世紀最偉大的。不——這一千年以來最偉大的！你不只最優秀，也會最出名、最富有，除此之外，還極具影響力，顯耀名聲流傳千古。只要把你祖母、你媽、你老婆小孩、你的狗和你的靈魂賣給我就行。」
>
> 「沒問題。」作家說，「非常樂意——筆給我，我該把名字簽在哪？」然後他遲疑了。「等一下。」他說。「這其中有什麼圈套？」

假設作家簽了魔鬼的合約，假設合約內容包括人世間的權力，就像耶穌若屈服於荒野受到的試探所會得到的一樣。如果作家得到這種權力，要到什麼程度才能說他濫用了權力？社會責任的問題最精簡的形式大概是：你是否看顧你的兄弟[3]，如果是，又到何種程度，你是否願意扭

---

[3] 譯註：典出《創世記》第四章，該隱殺害弟弟亞伯後，耶和華問該隱亞伯何在，該隱答不知，說弟弟又不歸他看顧。

曲自己的藝術標準，變成操縱戲偶的人，擺布扁平人物以達說教效果，以便傳達某種──通常是藝術以外的──寓意？

如果你不看顧你的兄弟，如果你把自己關在象牙塔裡，那麼，由於你什麼也不做，你是否便成為殺人的該隱──不，該說是謀害兄弟的該隱，因為所有男人皆兄弟──手上沾著鮮血，額頭上有印記？你的袖手旁觀是否會導致社會罪惡？

這些問題沒有清楚的答案，但如果你動筆寫作，遲早會遇上這些問題。也許我根本不該稱這些問題為問題，也許該稱之為「謎題」。

首先來談談，道德社會責任與藝術品內容的關係。舉例來說，若某人殺了人，便是殺人犯，有關單位會盡力緝捕他、審判他，等等。但若作家在書裡殺人，若他筆下有個人物專心致志要進行最完美的謀殺，並視之為美學行為（例如安德烈・紀德的《梵諦岡的地窖》），那麼他有什麼罪，我們又該如何評判他的罪？我們是否應該──事實上，是否能夠──僅以審美標準來評斷他的書，將其視為藝術品，只看它的段落有多流暢、結構是對稱還是歪斜、隱喻的手法是否恰當又特殊、結局又是否有令人滿意的驚奇或淡淡的反諷？如果有人看了他的紙上謀殺後起而效之，真的去殺人呢？

作家是否超越道德法則，是不是尼采式的超人，不須受限於無聊愚昧、毫無才華、庸俗平凡的大眾所遵循的普通法則？另一方面，如果寫作表達的不只是其為藝術品的層面，如果它真的是作家的**自我**表達，那麼這樣一個創作謀殺情節的作家，暴露出來的又是什麼樣的自我？大概不是很好的自我吧，最好也只是無涉道德，而最壞則會是洋洋自得的怪物。

身為現代主義興盛期及後現代主義興盛期主要女祭司的蘇珊・桑塔格，近期談她自己早期反傳統的文章時，坦承：

> 我當時極力禁欲……那些文章不只是風格嚴峻，根本就是苦行，彷彿我不信任自己想像力的感官力量。我想當時我是害怕迷失，只想支持能改善人心的好事，而這麼做對我很自然，因為我的思考模式一直都有道德框架。[16]

改善人心。可不是嗎。藝術這種改善人心的功能是每個為人父母者都渴望的，也是北美每一所學校的董事會都會贊同的，然後其中有些人就會用這番贊同做為審查制度的藉口。但如何**改善人心**？又是哪些人、在哪些方面需要被改善？而且除了改善還要保護，以便這些人不受某些可能被視為不利改善的事物影響？

　　這其中便有個故事，而且說來話長。故事內容包括柏拉圖要將詩人踢出《理想國》中倡議的理想國度，因為他們說謊；包括許多被焚燒的書，以及某些被焚燒的人，還有伊斯蘭的格殺令及天主教的禁書目錄，更不用說還包括你的莉拉姑媽不肯理你，因為她認為自己就是你最新一本小說裡那個放蕩成性的X夫人，她根本就沒做過那些事，你好大的膽子竟然亂寫。你活該，誰叫你偷了她的梅蕙絲頭[4]和1945年的窄腰身套裝，改穿戴到另一個完全不同的人物身上。

　　但身為藝術家的你，真的有權偷拿莉拉姑媽衣櫥裡的配件嗎？你是否有權把她在公車站偶然聽到的對話拿來加在自己的深奧大作裡？你是否可以隨意運用所有事、所有人，就像艾莉絲・孟若短篇小說〈題材〉中的作家修果那樣把他們視為**題材**——而他妻子罵他是「骯髒的道德白癡」？修果是可憎作家的縮影，起初他妻子不相信他真的是作家：

　　　　我以為作家都該有種權威，但他沒有。他太緊張，面對每個人都太敏感易怒，又太愛現。我原先相信作家是冷靜、憂傷、知道得太多的人，相信他們有種特

---

[4]　譯註：finger-wave 是一種服貼的波浪狀短髮式，由於女星梅蕙絲（Mae West）之故，在二、三〇年間風行一時，故此處譯為梅蕙絲頭。

171

殊之處,從一開始就有種堅硬、閃亮、令人生畏的罕見特質,但修果沒有。[17]

但結果是,修果確實有。兩人離婚後,妻子偶爾看見修果寫的一篇小說,其中主角的創作依據是妻子對他們以前樓上鄰居陶蒂的描述,而修果自己在現實生活中跟那個鄰居幾乎沒什麼往來。妻子說這是一篇很好的小說:

> 戲法不能感動我。或者說只有很好的戲法才能感動我,巧妙的、誠實的戲法。陶蒂從生活中被取出,放在光線下細看,彷彿懸浮在透明果凍中,修果一輩子都在學習製作那種奇妙的果凍。就像施展了一項魔法,這點無可否認……〔陶蒂〕進入了藝術。這種事不是每個人都碰得到的。[18]

妻子坐下來寫信給修果表示欣賞,卻發現自己憤怒地寫著:「**這並不夠,修果。你以為夠,但是並不夠。你錯了。**」[19]

什麼並不夠?巧妙的戲法和魔法。藝術。這些並不能——至少在那女人的心目中不能——彌補修果骯髒的道德白癡行為。

一旦問起什麼**才**夠,又是在哪方面**夠**,一大堆問題就

會接踵而來。藝術家信奉的神應該是古典主義的阿波羅，充滿美麗的形式，還是淘氣、狡詐、守護小偷的莫丘理？你的靈感來源應該是聖靈，如彌爾頓在《失樂園》中所說的那樣，還是火熱的繆思女神，如莎士比亞《亨利五世》序幕所說的那樣，還是變戲法的哈利·胡迪尼？

才華在哪些方面使你與眾不同（如果它真使你與眾不同的話）？它是否讓你免於其他人必須遵從的職責和責任？或者它給你更多的職責和責任，只是種類不同？你是否該扮演疏離的觀察者，追求為藝術而藝術，享受各種晦澀的樂趣（或者說各種能使你更加了解人生和人類處境的經驗），如果這麼做的同時排除了其他人和他們的需要，你是否會變成滿身罪惡的怪獸？或者你該專心致志為世上被踩在腳下的卑微人物喉舌，就像果戈里、查爾斯·狄更斯、維多·雨果、寫《萌芽》的左拉，或者寫《巴黎·倫敦流浪記》的歐威爾？你是否該像左拉那樣寫《我控訴》，還是這種控訴全都很鄙俗？你是應該支持有價值的理念，還是避之惟恐不及？面對一般奉公守法的公民，你是多餘的寄生蟲，還是事物的本質中心？你是否應該被貼上難看的「知識分子工人」標籤，一如過去許多共產政權做過的那樣——永遠焦慮於自己是否走對了黨的路線？黨的路線可以是任何一種：1930年代左派的政治正確，跟在那之前沒多久的右派宗教正確很類似，跟如今的新自由主義意識形態也相去不遠。不管哪種黨的路線，都是穿過透

鏡去看現實,而透鏡是會扭曲景象的。

比方說,那個F開頭的字[5]。如果妳是女性又是作家,如此性別和職業的組合是否自動使妳成為女性主義者,而這又到底是什麼意思?是否表示妳書裡不可以出現任何好男人,儘管妳在現實生活中確實挖掘到一兩個?如果妳真的勇敢承認自己是那種F開頭的女人,這種自我分類又該對妳的穿著打扮造成何種影響?我知道這樣講很不正經,但如果穿著打扮的問題真的那麼不正經,又為什麼有那麼多人認真對此做出許多沉重的意識形態討論?就算妳不是嚴格意識形態意義下的女性主義者,緊張的評論家是否仍會抨擊妳是女性主義者,只因為妳代表了「寫作的女人」這種可疑人物?這是說,如果妳書裡有任何不快樂的女人、不好的男人的話。唔,他們八成會這麼做。這種事以前也發生過。

簡言之:如果你承認自己對社會有任何責任,儘管只是宣稱描寫社會,那麼,你的職業是讓你成為筆下一切的主人,還是成為別人神燈裡的奴隸?

在所謂「為別人好」這句話裡,**好**(good)有很多種意思:「好的」(good)、「擅於」(good at),以及「合適(good for)。藝術和藝術家應該是其中哪些意義的

---

[5] 譯註:作者在此顯然有玩笑意味。英文說"F-word"一般指髒話,但此處指的是女性主義者(feminist),以及圍繞著此一標籤的種種迷思及刻板印象。

「好」？有太多座談會都在討論這類題目，此種座談會通常叫做「作家與社會」之類，認為作家有（或者應該有）與其他人相關的功能，這功能應該是有用的，而非只是裝飾性或娛樂性——在某些人眼中，裝飾和娛樂就算不是罪惡，也是無足輕重——而這功能有用的程度應該要可用藝術家本身以外的標準來丈量。永遠不乏人能想出各種你該做的好事，只不過那些好事並不是你擅長做的事。

每當有人邀我參加這種討論，我都想跑得遠遠的——雖然不是每次都成功。這其中的原因無疑在於，1960年我還是個二十歲詩人時，有個年紀較長的男詩人告訴我，除非我先當過卡車司機，對普通人每天實際做些什麼有第一手經驗，否則成不了大器。我不認為人生與藝術之間有任何經過驗證絕對有效的、像灌香腸機器那樣因果分明的關係，至少這種關係跟品質無關——也就是說，並不是在卡車司機的座位上吸收材料，就能變成一流的藝術家。但是，如果我當時可以當卡車司機（彼時彼地女人是沒有這個可能的），也許我真的會去，然後那就會變成傳記作者最喜歡談的影響傳主一生的經驗，然後我對人生和藝術的關係或許就會有不同的看法。

「要成為作家，是否必須受苦？」剛起步的作家常這麼問。「別擔心，」我通常會說，「不管你喜不喜歡，一定都會受到苦。」我應該再補充說的是：很多時候，受苦是寫作的**結果**而非起因。為什麼？因為世上有很多人絕不

肯讓你這麼好過，你這自以為是的自大傢伙。出書常常很
像出庭受審，受審的罪名跟你心裡知道自己做出的事大
不相同。「只有小說家了解祕密人生，了解所有隱晦和忽
視之下的憤怒。你們大部分都算得上半個殺人犯。」《毛
二世》的一個人物如是說；[20]有同樣看法的包括許多評論
家、許多高度警戒的委員會（其憤慨的成員專心致志要為
今日年輕人清除不良讀物），以及許多獨裁政權的政府。
他們知道有具屍體埋在哪裡，一心要把它挖出來，要追捕
你。問題是，他們挖出的東西通常不對。

在這個層面上，寫作與其他種類的藝術——或者今日
的**媒體**——有何不同（如果真有不同的話）？各類藝術都
曾飽受誹謗，每一種藝術家都曾面對行刑的槍手。但我認
為作家特別容易受到有權力譴責他們的人報復、在街頭遭
到暗殺、被丟下直昇機，不只是因為作家太大嘴巴，更因
為——不管你喜不喜歡——語言本身就具備道德層面：如
果你說**雜草**，便不可能不對那種被你歸類為雜草的植物表
示負面評判之意。

我念大學的時候，我們全都得熟悉阿齊鮑德·麥李許
一首名為〈詩之藝〉的詩，其中幾句是：「詩應是可以觸
及的，緘默的／一如成熟的果實」，結尾是：「詩人不
應意指什麼，只消存在。」[21]這首詩當然違背了自身的教
誨：它是一首詩，但並不緘默也不乏意義，事實上，它穩

穩立足在提供告誡的傳統裡。長久以來，評論家主張藝術的目的在寓教於樂，我認為這首詩「教」的部分遠超過「樂」，甚至可說是在**訂規定**，而例如葛楚德・史坦茵那句著名的小詩「草地上的鴿子哎呀」[22]就遠沒有這種意味。麥李許這首詩也不像塞尚式對蘋果之為蘋果的本質沉思，並將之視為詩的理想——想必是指抒情詩，因為我們顯然不能指望《伊里亞德》或《神曲・地獄篇》只有這些水果類特質。

　　前陣子，我請教了一位來我家作客的小說家[23]的意見。我問，是否有可能寫一篇毫無道德意味的小說？「不可能。」她說，「道德意味部分不是你能控制的，因為故事必然有個走向，而讀者對結局是對是錯自會有其意見，不管你喜不喜歡。」她想起好些曾試著除去此一元素的作家：寫《拉夫卡迪歐》的紀德、宣稱要去掉人物和情節這兩種過時概念的霍格里耶。我還記得五〇年代末讀過霍格里耶的作品——感覺就像讀還沒放上任何東西的餐盤。不過我也要說，霍格里耶確實相當接近寫出道德中立的文章，但這種文章在其他許多方面也是中立的——而那些正是使許多作品有趣的因素。「他的散文寫得好笑極了。」我那朋友說。「對，不過妳還讀他的小說嗎？」我說。「不讀了。」她說。「小說裡什麼都沒發生，也沒有任何笑話。」

　　作家無須對人物或結局做價值判斷，至少不必做得很

明顯。契訶夫有句不甚真確的名言是，他從不評斷他筆下的人物，我們也可以看到許多評論都心照不宣地支持這種克制的態度。但讀者會評斷人物，因為讀者會加以詮釋解讀。我們每個人每天都在進行詮釋，必須解讀的不只是語言，更是整個環境，了解**這個**代表**那個**——「小綠人」表示可以過馬路，「小紅人」表示不可以——如果不做詮釋解讀，我們就會死。語言並非道德中立，因為人腦的欲望並非中立。狗腦也是如此，鳥腦也是如此：烏鴉就很討厭貓頭鷹。我們喜歡某些事物、討厭某些事物，讚許某些事物、不讚許某些事物，這就是有機體存在的天性。

這樣一來，為藝術而藝術的觀念處境如何？恐怕處境艱難吧。確實如此：周遭充滿人人搶破頭競爭的報紙幻想世界、政治反應、市場力量，藝術和社會為了象糞裝飾的聖母像之類的事物發生衝突，雙方都在收票數錢。

關多琳，麥依文說：「詩人是不靠快速手法變戲法的魔術師。」[24]我想提出三個虛構人物，從另一個角度來談這個主題。這三個人物都是類似魔術師的角色，法蘭克，鮑姆的童話《綠野仙蹤》中的奧茲巫師、莎士比亞劇作《暴風雨》中的普羅斯斐洛、克勞斯·曼的小說《梅菲斯托》中瘋狂追求權力的演員亨利克·霍夫根。這三者有什麼共通之處？三人都處在藝術與權力的交叉點，因此有著道德和社會的責任。三人也都製造不同類型的幻象，就像

那個骯髒的道德白癡修果和他那神奇的魔法果凍。

　　先從《綠野仙蹤》談起——這本書我年紀很小就讀到了。各位都知道書中的主角是桃樂絲，這個堪薩斯州的小女孩被龍捲風吹到奧茲王國，那裡還有女巫存在，好的壞的都有。桃樂絲前往翡翠城，那裡一切都是綠色，據說住著一位巫師，可以幫她回到堪薩斯。她一路上經歷各種冒險，同行的包括相信自己缺乏勇氣的膽小獅、認為自己沒有大腦的稻草人，以及宣稱自己沒有心的鐵樵夫。他們全都在尋找改善自己生命的事物，想要更有自尊自信，希望能從巫師那裡得到這些，而每個人眼中看到的巫師都不一樣：偉大可怕的奧茲在他們眼中依序成了巨大頭顱、熊熊火焰、野獸、美女。

　　但輪到桃樂絲見巫師時，她的狗托托撞倒了角落的屏風，露出真正的巫師——他是個小老頭，用各種道具、把戲、腹語術演出這一切。翡翠城之所以看起來這麼綠，也是他用染色眼鏡做出的假象。但他解釋說，他製造出這些幻象全是為了人民好。他必須假裝具有令人生畏的魔法，那些真正具有超自然能力的壞女巫才不會毀滅他們。於是他創造出：一個烏托邦，或者說一個懷柔的獨裁政權，看你從哪個角度去看。他也耍了桃樂絲，以虛假的承諾騙她去跟最後一名邪惡女巫作戰：事實上他並不知道該怎麼幫她回家。

桃樂絲不太欣賞這種行徑。「我認為你是個非常壞的人。」她說。

「哦，不是，親愛的。」巫師說。「我其實是個非常好的人，只是個非常差的巫師……」[25]

若你是**藝術家**，身為好人這一點跟你實際的成就並沒有什麼關係。完美的道德修養無法彌補差勁的藝術成績：唱不出高音C並不能因為你對狗很有愛心而得到補救。然而，若你湊巧是個**好巫師**——擅於施展魔法，做出那「神奇的透明果凍」，製造出幻象使人信以為真——那麼你是好人還是壞人這一點就**有關係**了，因為若你是個有能耐的巫師，就可能得到各式各樣的力量——與社會有關的力量，屆時你身為好人或壞人這一點將決定你會用這股力量來做什麼。

自命為魔法師的奧茲巫師是個施展權力、操控別人、製造幻象的冒牌貨，這類人物由來已久。他的遠祖可能是個薩滿巫醫、高等祭司或江湖術士，或者綜合了這些功能。民間傳說裡也能找到其他祖先。在比較近期的文學作品中，可以從馬婁筆下的浮士德博士追溯到《暴風雨》中的普羅斯斐洛。普羅斯斐洛之後有江森的《煉金術士》，《煉金術士》之後又有薩克萊《浮華世界》的偶戲序幕，操縱戲偶的人就是作者。許多暴君式魔法師和藝術家型人物也出自此一傳統，包括納桑尼爾·霍桑〈胎記〉和〈拉

帕齊尼的女兒〉中邪惡或癲狂的煉金術士。有時情節會有可怕的發展，就會出現E‧T‧A‧霍夫曼[6]筆下的壞魔法師（另可見於奧芬巴赫[7]的歌劇《霍夫曼的故事》），以及喬治‧莫里哀《崔爾比》中趁機為惡的催眠師史文加利。此外還有一堆關起門來亂搞的東西，誰知道誰從誰而來，再來就是《紅菱豔》電影中那個令人發毛的製鞋匠，以及喬瑟夫‧羅司的小說《一千零二夜的故事》中蠟像館的館主，他創造出不存在的怪物，因為人們就愛看這種怪物。此外還有湯瑪斯‧曼〈馬里歐與魔術師〉中的催眠師，羅伯森‧戴維斯筆下戴普福三部曲的魔法大師、又名保羅‧鄧普斯特的「偉大的艾森葛陰」，以及柏格曼電影《魔術師》中飽受煎熬的主角。這些人物有的是只想賺點小錢的表演者，也有人疑心自己的魔術可能成真，以為自己變出的奇幻世界是**真的**奇幻，並使其他人也感受到驚異奇幻。

接著我們來談莎士比亞的普羅斯斐洛，因為就某方面而言，他是這眾多角色的祖師爺。我們都知道他的故事。他被弟弟背叛篡位，帶著女兒和書本（其中包括魔法書，這點並非湊巧）一起被放逐，來到一座熱帶島嶼，試著教

---

[6]　譯註：E(rnst) T(heodor) A(madeus) Hoffmann (1776-1872)，德國作家、作曲家，是德國文學浪漫主義的重要人物。

[7]　譯註：Jacques Offenbach (1819-1880)，生於德國的法國作曲家，其輕歌劇作品被視為喜歌劇的傑作。

化當地唯一的原住民，就是女巫所生的卡力班，教化不成時則用魔法來控制他。一場船難，壞心的弟弟和拿坡里國王及其隨從來到了島上。普羅斯斐洛召來供他使喚的空氣精靈愛瑞兒，將這些如今被命運交到他手中的昔日敵人加以引誘，使之迷惑、嚇個半死。據他說，他的目的不在於報復——只是要讓他們悔悟：「既然他們懺悔了，／我唯一的目的也就達到，／不必再緊皺著眉心了。」[8]他如是說。等他們懺悔之後，他就會恢復米蘭大公的身分，他高貴的女兒也會嫁給國王高貴的兒子，同時阻止壞人想暗殺王子的企圖。簡言之，普羅斯斐洛運用自己的藝術——魔法技藝，幻象的藝術——不只是為了娛樂（雖然這方面他也做了一點），而是為了改善道德及社會現實。

但同時我也必須指出，普羅斯斐洛扮演了上帝的角色。如果你湊巧不同意他的想法（就像卡力班那樣），你就會罵他是暴君（也就像卡力班那樣）。只要情境稍有點變化，普羅斯斐洛也可能是首席宗教審判官，嚴刑拷打犯人都是為了他們自己好。你也可以說他是篡位者——他奪走了卡力班的島，就像他弟弟奪走他的大公國一般；你還可以說他是魔法師 (sorcerer)，卡力班也曾這麼叫他[9]。我

---

[8] 譯註：《暴風雨》第五幕第一景。本章及後幾章的莎翁作品譯文皆引自方平所譯之《新莎士比亞全集》（台北：貓頭鷹，2000）。

[9] 譯註：《暴風雨》第三幕第二景。

們身為觀眾，傾向於姑且相信他存心不壞，視他為懷柔的獨裁者。至少我大部分時間傾向如此。但卡力班的觀點並非沒有道理。

若沒有魔法技藝，普羅斯斐洛就無法統治。這是他力量的來源。卡力班也指出，沒了書他就什麼也不是。因此打從一開始，這個魔法師的角色就帶有冒牌貨成分：統而觀之，他是個立場曖昧的紳士。唔，他當然立場曖昧啊——畢竟他是藝術家。全劇最後的尾聲是普羅斯斐洛的口白，其身分既是劇中角色也是扮演此角色的演員，同時更是創造出他的作者，亦即又一個在幕後掌控的暴君。且聽普羅斯斐洛、兼飾演他的演員、兼寫出他台詞的莎士比亞，是怎麼請觀眾包涵的：「你們有罪過，希望能得到寬宥，／願你們也寬大為懷，放我自由。」這不是藝術和犯罪第一次被相提並論。普羅斯斐洛知道自己做了些什麼，而這「什麼」是有點罪惡的。

我第三個要談的幻象製造者是亨利克・霍夫根，出自克勞斯・曼1936年的小說《梅菲斯托》。霍夫根是非常優秀的演員，演出最精湛的角色是歌德《浮士德》裡的梅菲斯托。但這本小說的背景設定在第三帝國時期，霍夫根變成了自己的梅菲斯托，引誘自己內心像浮士德一樣易受影響的那部分，帶自己走上世俗權力的邪惡之途。為了獲得權力，他採取親納粹的立場，不是因為相信納粹的信條，

而是因為如此才能得利。他背叛昔日的左派朋友，包括摯友奧圖，也拋棄了情人，因為她是黑人。「『劇場需要我，』」他說，「『而這個政權需要劇場。』」他說得一點也沒錯——極權主義向來都有某種戲劇化的成分，也跟戲劇一樣非常倚賴幻象：門面光彩，幕後則是髒亂寒酸，充滿操縱擺布。

最後，一個年輕人帶著口信來見霍夫根——傳信的人是剛被黨衛隊拷打而死的奧圖。大致說來，口信的內容是：**我們最終必將勝利，屆時我們知道該吊死誰**。這信差的來訪讓霍夫根很緊張。「『人們到底要我怎麼樣？』」他可憐巴巴地怨嘆，「『他們為什麼不放過我？為什麼對我這麼壞？我只是個可憐的演員啊！』」[26]

情況變糟時，梅菲斯托便拋開戲服，變回幕後那個害怕的人。但這就能讓他擺脫先前自己為求名利權位、拿藝術做偽裝和工具的所作所為嗎？

在此類魔術師或巫師或幻象製造者的角色中，作假騙人、操縱某種權力的問題從來都不會離得太遠。看來，當藝術家試圖獲致超出自己藝術領域的力量時，就進入不保險的狀態：但若他壓根不面對社會現實，就有變成完全無足輕重的危險——只是亂塗亂寫，做些解悶的手工，擺弄些零零碎碎，躲在自己的世界裡，天天思考筆尖上能容多少天使跳舞。

該怎麼做？該邁向何方？該怎麼繼續下去？有沒有一種身分能讓作家結合責任與藝術堅持？如果有，又是什麼？拿這問題去問我們所生活的這個時代，它可能會回答——見證。並且，如果可能的話，親眼去見證。

這是個古老的角色。**當時我在場，我看到了，事情發生在我身上**：這是很有誘惑力的建議，深深吸引著想像，希羅多德以降的作家都知道。「好文字就像一扇窗。」喬治・歐威爾如是說，意味著我們透過這扇明淨窗戶看見[27]的就是事實，完整的事實，除了事實還是事實。

「唯有我一人逃脫，來報信給你。」《約伯記》裡的四個證人這麼說。[28]必須有人存活下去，才能敘述發生了什麼事，這是描繪集中營的電影《爭取時間》中，一名老人將自己那一小份臘腸，遞給凡妮莎・蕾格瑞芙飾演的小提琴家時所說的話。敘述牢獄，敘述漂流，講述戰爭，講述內戰，敘述奴隸生活，講述災難，頑強罪犯和海盜的回憶錄，亂倫受害者的故事，蘇聯勞改營的故事，暴虐罪行的故事：若我們認為這些故事是真人真事，尤其是發生在作家自己身上的話，會覺得它多麼具說服力啊！

這種敘事的力量極為強大，尤其是與藝術力量結合之下。寫作這類敘事的勇氣，以及有時需要偷偷夾帶出境使它能夠出版的勇氣，也同樣令人震撼。這些故事存在的領域既非事實亦非虛構，或許兩者皆是：我們就稱之為加強版的事實吧。其中兩個極端的例子是：波蘭作家里札・卡

普金斯基的《皇帝》，敘述衣索比亞皇帝垮台的故事，以及庫吉歐・馬拉帕德[10]驚人的作品《完蛋》，在二次大戰期間的納粹占領區偷偷地、零星地寫成——當時這份稿子若有任何一頁被發現，他一定會被槍斃。

現實生活中的險惡極端加上文字藝術，效力極為強大，有時更具爆炸性。此所以許多人曾經捏造這類故事，至少可以從丹尼爾・狄孚開始算起。有些人甚至為此還編出了假身分。假冒北美印第安人，假冒澳洲原住民，假冒納粹大屠殺倖存者，假冒受虐婦女，甚至假冒烏克蘭人——多年下來例子不勝枚舉，這些只是被揭發的例子。就連作家並非捏造見證人故事、而是清楚承認這是虛構小說時，仍可能被指控盜用他人的聲音。具有社會意識的作家很容易就會被指控為剝削社會底層不幸之人的苦難，只圖自己得利。這樣講，我們看《孤雛淚》的角度是不是會有所不同？查爾斯・狄更斯究竟是鼓吹社會改革、維護美德與正義，還是跟艾莉絲・孟若筆下的修果一樣，是個骯髒的道德白癡？兩者之間的界線有時很薄弱，有時全取決於觀者。

此外，目擊證人也可能是一種偷窺者。里昂・艾德爾為亨利・詹姆斯1901年的小說《神聖的泉源》作序時，提

---

[10] 譯註：Malaparte 原名 Curzio Suckert，為義大利記者、外交人員，曾任職法西斯政府，但後唾棄墨索里尼。

到當時的一篇書評說。詹姆斯的小說製造出：「一個人透過鑰匙孔偷窺一個透過鑰匙孔偷窺之人」[29]的效果。該書的主角是個小說家，這點並非湊巧；但可笑之處在於，儘管他總是在窺看其他人，到頭來卻永遠不確定自己究竟看到了什麼。利·巴比塞[11]的小說《地獄》場景設在旅館房間，敘事者透過窺孔觀看隔壁各種殘酷現實的事件。這跟十八世紀偏愛的那種旁觀角色——遊手好閒的觀者——很不相同，跟我們熟悉的二十世紀「視角」和「觀點」也不一樣，但都是同一類：有看的人，也就是作家，還有被看的人。此所以《大亨小傳》中有一副高高在上的巨大眼鏡——那是一份破舊的驗光師廣告，但在書中扮演非關道德、事實上也無力回天的上帝的眼睛——看見一切，什麼也不做，頭腦部分空空如也。《沒有臉的眼睛》，這是我最早讀過的現代詩選集之一的標題。[30]

　　《我是攝影機》，這是克里斯多夫·伊許伍知名作品的書名。事實上沒有任何人是攝影機，這麼一個自我定義是哪裡來的？我們猜想，可能跟私家偵探來自同一個地方[12]；此種獨特類別混合美學與科學，在十九世紀末產生抽鴉片、拉小提琴、眼神銳利如鷹的夏洛克·福爾摩斯，以及奧斯卡·王爾德筆下的亨利·渥頓勳爵，他是超級美

---

[11] 譯註：Henri Barbusse (1873-1935)，法國小說家。

[12] 譯註：私家偵探在英文中又稱 private eye，在此成為雙關語，承接以上關於「觀看」、「眼睛」的論點。

學家、疏離的旁觀者，像化學家一般拿別人的情感來做實驗。

葉慈叫未來世代的詩人冷眼看生死，是什麼意思？為什麼眼光要這麼冷？這問題困擾了我好多年。也許葉慈是終於決定完全站到藝術這一邊，站到藝術之為機巧的這一邊，與他早年的政治參與畫分界線。或者，他的意思也許是像以下這樣，這一段引自布萊恩・摩爾1962年的小說《來自臨駁[13]的答案》。主角是個作家，站在母親的墳旁：

> 在洞穴上方，挖墳工人的鏟子動作一致，挖土、填土，挖土、填土。泥土落在泥土上……神父合上祈禱書。記住這一切。
>
> 然後，彷彿喝醉的、一心想報復的布連丹來到我身旁……在我耳邊重複他在多芒德的派對上那些憤怒的話語：站在妻子身旁看著她的臉扭曲，這樣才能把她的死前痛苦看得更清楚。他沒法不這麼做。他是作家。他無法感受，只能記錄。

『我已經變得連自己都認不出來了。』」作家心想，

---

[13] 譯註：limbo 是基督教傳統中介於天堂與地獄之間的地方，供基督降生前的善人、不及受洗便死去的嬰兒、白癡等的靈魂棲息，此處譯為「臨駁」。

「『我已經失去了、犧牲了自己。』」[31]

所以，我們又回到了冷眼冷心的藝術家，為藝術 牲自己、喪失身為人的感受能力，但這一回其中清楚地意味與惡魔簽下合約。失去的不只是心，還有靈魂。

然而，藝術家的眼光之所以冷，還可能有另一個理由。且看艾竺恩‧瑞琪〈來自監獄〉一詩的結尾幾句：

> 這隻眼
> 不是用來哭泣
> 它的視野
> 　　必須清楚不模糊
> 儘管淚流在我臉上
>
> 它意在清晰
> 　　必須什麼
> 也不忘[32]

這是埃及與美索不達米亞文化中冥界文書的眼睛，也是基督教天堂中負責記錄的天使的眼睛。這眼睛之所以冷是因為它清楚，而它之所以清楚是因為眼睛的主人必須看：必須看見一切。然後必須記錄。

作家要怎麼決定自己與全人類的關係？他或她在權力的天梯上該站在哪裡，如果這種位置還能為作家所有的

話？該怎麼選擇？我說過，我沒有答案，但我已指出一些可能性，以及其中可能潛伏的一些危險，一些謎題。至於，如果你是個年輕的作家想尋求建議——我或許可以說，就像艾莉絲‧孟若曾說過：「做你想做的，接受其後果。」或者我可以說：「故事往哪裡走，你就往哪裡走。」或者我也可以說：「你專心把作品寫好就好，社會意義部分會自有著落。」

事實上，這是真的，因為祕密在於——你可以在你參與的任何座談會裡運用這祕密——祕密在於，決定作品是否有意義的不是作家自己，而是讀者。因此下一章，我們就要來談讀者。

註釋

1　Voltaire，引用於 Nancy Mitford 之 *Voltaire in Love* (London: Hamish Hamilton, 1957), p. 174。

2　Ibid., p. 160.

3　Maurice Hewlett, *The Forest Lovers* (London: Macmillan, 1899), p. 2.

4　Edith Sitwell，引用於 Victoria Glendinning 之 *Edith Sitwell* (London: Phoenix, 1981), p. 140 。

5　Cyril Connolly, *Enemies of Promise* (London: Penguin, 1961), p. 109.

6　A. M. Klein, "Portrait of the Poet as Landscape," *The Rocking Chair and Other Poems* (Toronto: Ryerson Press, 1966), p. 53.

7　Gwendolyn MacEwen, *Julian the Magician* (Toronto: Macmillan, 1963), p. 6.

8　Henry James, "The Author of *Beltraffio*," *In the Cage and Other Tales* (London: Rupert Hart-Davis, 1958), p. 56.

9　George Eliot, *Daniel Deronda* (Oxford University Press, 1988), p. 224.

10　Baron Edward Bulwer-Lytton, *Richelieui*, Act I, Scene ii (London: Saunders and Otley, 1839), p. 39.

11　Percy Bysshe Shelley, "A Defense of Poetry," ' Donald H. Reiman and Sharon B. Powers (eds.), *Shelley's Poetry and Prose: Authoritative Texts, Criticism* (New York: Norton, 1977), p. 508.

12　James Joyce, *A Portrait of the Artist as a Young Man* (New York: Penguin, 1993), p. 247.

13　Don De Lillo, *Mao II* (New York: Penguin, 1991), p. 101.

14　Mavis Gallant, "A Painful Affair," *The Selected Short Stories of Mavis Gallant* (Toronto: McClelland and Stewart, 1996), p. 835.

15　Klein, "Portrait of the Poet as Landscape," *The Rocking Chair*, p. 50.

16　Susan Sontag 接受 Joan Acocella 訪問，"The Unquiet American, " *Observer*, 5 March, 2000

17　Alice Munro, "Material," *Something I've Been Meaning to Tell You* (Toronto:

McGraw Hill Ryerson, 1974), p. 35.

18　Ibid., p. 43.

19　Ibid., p. 44.

20　De Lillo, *Mao II*, p. 158.

21　Archibald MacLeish, "Ars Poetica," *Collected Poems 1917-1982* (Boston: Houghton Mifflin, 1985), pp. 106-7.

22　Gertrude Stein, *Four Saints in Three Acts, Gertrude Stein: Writings 1903-1932* (New York: Library of America, 1998), p. 637.

23　Valerie Martin.

24　見 Rosemary Sullivan 對 Gwendolyn MacEwen 的介紹，Margaret Atwood and Barry Callaghan (eds.), *The Poetry of Gwendolyn MacEwen: The Later Years* (Toronto: Exile Editions, 1994).

25　L. Frank Baum, *The Wizard of Ox* (London: Puffin, 1982), p. 140.

26　Klaus Mann, Mephisto (Hamburg: Rowohlt, 1982), p. 77.

27　George Orwell, "Why I Write," *The Penguin Essays of George Orwell* (London: Penguin, 1968), p. 13.

28　《約伯記》第一章 15-19 節。

29　Henry James; *The Sacred Fount* (New York: New Directions, 1905), p.ix.

30　Kenneth McRobbie, *Eyes Without A Face* (Toronto: Gallery Editions, 1960).

31　Brian Moore, *An Answer from Limbo* (Boston: Atlantic, Little, Brown, 1992), p. 322.

32　Adrienne Rich, "From the Prison House," *Diving into the Wreck* (New York: Norton, 1973), p. 17.

第五章

交流：從誰也不是到誰也不是

永遠的三角關系：作者，讀者，做為中介的書

因此，讀者若察覺我們在此書中遵守了當代最佳大廚的崇高原則之一，或者說是賀里歐加巴盧斯的原則[1]……如此一來，毫無疑問，我們的讀者會願意永遠讀下去，就像上述那位偉人據說曾讓某些人永遠吃個不停。

　　　　　　　亨利・費爾丁，《湯姆・瓊斯》[1]

聽故事的人與說故事者身在同一時代，就連誦讀故事的人也與聽者共處一地。然而，小說讀者是孤立的，比任何其他讀者更為如此……在這孤寂中，小說讀者比任何人都更貪戀地緊抓住內容，準備占為己有，將之吞噬。

　　　　　　　華特・班雅明，〈說故事的人〉[2]

戴勒夫・里連克隆曾諷刺地寫道：詩人很難逃避名聲。如果他無法獲得當代群眾青睞，後代便會讚揚他英勇餓死的行徑。簡言之，暢銷就是徹底出賣自己。

　　　　　　　彼得・蓋伊，《樂趣之戰》[3]

---

[1]　譯註：Heliogabalus，羅馬皇帝（218-222 AD），以生活放蕩、極端追求美食知名。

……我們是這個時代的重大宣言
因此，可以預期聽眾的數目會很小。

關多琳·麥依文，〈選擇〉[4]

淨會惹麻煩的大報發現了他，如今他被簇擁、被冊封、被戴上王冠。他被賦予的地位極為公開，彷彿有個拿著魔杖的肥胖帶位員指向最高處的座位……突然間，不知怎麼的，一切都不一樣了，我提到的這波巨浪捲走了某樣東西。我想，它是沖倒了我習慣的小小祭壇、我那閃爍微光的蠟燭和我的花束，變成一座光禿禿的廣大廟宇。如果尼爾·帕拉戴走出家門，會變成一個當代人物。事情就是這樣：那可憐人會被擠進他那可怕的時代。

亨利·詹姆斯，〈獅子之死〉[5]

我撕開信封，我在曼谷
……妳從這些方格，這些藍色封套流出。
我正感覺在這世上失去了妳，
跟不上妳，
妳的明信片就來了，寫著
「等我」。

安·麥可斯，〈瑪莎寄來的信〉[6]

　　我想從信差談起。信差永遠存在於三角關係：寄信人，信的人或物，收信人。因此，讓我們想像一個三角形，但不是完整的三角，而比較像個倒V字。作家和讀者在兩邊角落，但彼此之間沒有線連接，在他們之間──不管是在上或下──有第三點，就是文字，或文本，或書，或詩，或信，或其他什麼。古早以前我曾教過寫作，當時便常對學生說：「要尊敬書頁。除此之外你別無他物。」

　　作家與書頁溝通，讀者也與書頁溝通，作家與讀者的溝通只經由書頁。這是寫作的三段論之一。別理會那些出現在脫口秀、報章採訪等等的作家摹本，他們與身為讀者的你及你正在讀的書頁無關，書頁上的記號是某隻看不見的手先前留下供你解讀的，彷彿約翰‧勒卡雷筆下某個死掉的間諜留下一隻浸透水的鞋子，裡面藏著一個小包要給喬治‧史麥里。[7] 我知道這個比喻有點誇張，但其實也有種奇怪的貼切，因為讀者的眾多身分之一就是間諜，是侵入者，是個有習慣讀他人信件和日記的人。諾索‧佛萊便曾表示，讀者不是去聽，而是無意中聽見。[8]

　　目前為止我談的主要是作家，現在多少算是輪到讀者了。我想提出的問題首先是：作家為誰而寫？其次：書本介於作家和讀者之間，其功能或說職責是什麼？依寫書人的看法，書應該做些什麼？最後的問題則是從前兩個而來：讀者閱讀時，作家在哪裡？

　　如果你真的有習慣讀別人的信件和日記，這第三個問

題你立刻就答得出：你閱讀時，寫的人跟你**不在同一個房間裡**。如果對方在場，要不就是你們直接交談，要不就是對方把偷看的你逮個正著。

作家為誰而寫？這問題最簡單的形式，出現在寫日記的人身上。答案很少是「誰也不為」。但這樣講有誤導效果，因為我們能聽到的答案都是出現在作家已經寫好出版的書裡。瑞典作家希加瑪・索德柏1905年出版的驚人小說《葛拉斯醫師》中，有寫日記習慣的同名主角這麼說：

> 此刻我坐在打開的窗邊，寫著──為了誰？不為任何朋友或情婦，甚至也不為我自己。我今天不會讀自己昨天寫了什麼，明天也不會讀今天寫了什麼。我寫，只是為了讓手動，讓思緒自由移動。我寫，是為了排遣失眠的時光。[9]

說得跟真的一樣，而他**確實**說得夠逼真──我們讀者很容易就相信了。但真正的事實，在這幻象背後的事實是，寫這段文字的人並不是葛拉斯醫師，也不是毫無對象。寫作的人是希加瑪・索德柏，對象則是我們。

小說中進行書寫的虛構人物，鮮有不為任何人而寫的。通常就算是寫虛構日記的虛構作家，也希望預設讀者的存在。接下來我要舉喬治・歐威爾《一九八四》的一段為例，該書於1949年出版後不久，當時年紀還很小的我便

讀到了。我們都知道，《一九八四》的故事背景在一個由「老大哥」統治的、晦暗極權的未來。主角溫斯頓・史密斯在破爛店櫥窗裡看見一樣違禁品：「一本厚厚的、四開大的空白記事本，封底是紅色，封面是大理石紋」，有著「平滑的乳白色紙張」。[10] 他渴望擁有這記事本，儘管如此會帶來危險。哪一個作家不曾有過類似的渴望？又有哪個作家不曾意識到這其中的危險——質言之，亦即揭露自我的危險？因為如果你拿到一本空白的本子，尤其是有著乳白內頁的本子，你就會想要在上面寫字。溫斯頓・史密斯就這麼做了，用的是真正的筆和真正的墨水，因為這樣才對得起那漂亮的紙頁。但一個問題接著冒出來：

> 他突然開始納悶，自己寫這本日記是為了誰？為了未來，為了尚未出生的人……他第一次體會到自己所做的這件事多麼非同小可。你怎麼能跟未來溝通？這種事本質上就是不可能的。要麼未來跟現在一樣，那麼它就不會聆聽他；要麼未來跟現在不同，那麼他的困境屆時也就沒意義了。[11]

這是作家常碰到的兩難問題：誰會讀你寫的東西，不管是現在或以後？你希望誰來讀？溫斯頓・史密斯的第一個讀者是自己——把自己違禁的思想寫在日記裡，讓他覺得滿足。我十幾歲的時候，很受溫斯頓・史密斯這本記事

本的描述吸引，也試著寫起日記，不過不了了之。當時我之所以寫不成日記，是因為無法想像讀者。我不想讓任何人讀我的日記，只有我自己能看，但我已經知道自己可能會在日記裡寫些什麼，那又何必把它寫下來？好像只是浪費時間。但很多人並不認為如此。許多世紀以來，至少是用筆用紙的那些世紀，無數人忠實地寫出無數本日記，其中大部分沒沒無名，有些則很出名。山繆爾・佩皮斯是在為誰寫日記？或者聖西蒙？或者安妮・法蘭克？這種真實人生留下的文件，有某種魔力。它們竟能存留下來、傳到我們手中，感覺彷彿得到意外寶藏，或者死者復活。

如今我倒是會記日記，主要是為了保護自己，因為我知道讀者是誰：就是大約三星期之後的我自己，因為我現在已經無法記得自己在某日某時做了什麼。人年紀愈大，就愈能體會貝克特的劇作《克拉普的最後一捲錄音帶》。這部劇作中，克拉普用錄音帶寫日記，年復一年。他唯一的讀者或說聽者——是他自己，將自己早年生活的錄音帶片段放出來聽。隨著時光流逝，他愈來愈難把現在的自己跟以前的那些自己連在一起。就好像那個關於老年失智症的差勁笑話（「至少這樣你天天都有不認識的新朋友」），但在克拉普的情況，以及我自己也愈來愈常發生的情況下，這些新朋友就是你自己。

就作家對讀者的關係而言，私人日記是再簡單不過的了，因為作者和讀者理應是同一人，就形式而言，私人日

記也是最私密的。其次我想則是私人信件：一人寫，一人讀，分享一份私密。「這是我寫給世界的信／這世界從不曾寫信給我。」艾蜜莉・狄瑾蓀說。[12]當然，要是她把信寄出，應該就會得到比較多回音。但她確實設想了一個或多個讀者。至少是未來的讀者：她把自己的詩作仔仔細細收好，甚至縫成一本本小冊子。她相信未來會有讀者，讀者會認真讀她的作品，這點跟溫斯頓・史密斯的絕望正相反。

當然，歷來有許多作家運用過書信體，將信件插入敘事中，有時候甚至整本小說都以信件組成，如理查森的《潘蜜拉》、《克拉莉莎・哈婁》和《查爾斯・葛蘭迪森爵士》，以及拉克羅的《危險關係》。對讀者而言，讀到幾個人物間虛構的信件往來，有種像情報員在竊聽一樣的愉悅：信件有種過去式文句無法提供的當下即時感，人物的謊言和擺布也能**當場**察覺。至少原意是如此。

這裡稍微講一下寫信這件事，及其特有的焦慮。我小時候，小女孩的生日派對上有種很受歡迎的遊戲，是這樣玩的：

孩童圍成圓圈，其中一人做鬼，手拿手帕繞著圓圈外圍走，其他人則唱道：

　　我寫了封信給情人，
　　不小心掉在半路，

> 一隻小狗把信撿起
> 放進自己口袋裡

然後歌詞講到被狗咬，接著鬼把手帕丟在某人身後，那人就得繞著圓圈追鬼跑。當時我對這些都不感興趣，只顧著擔心那封信。信弄丟了，收信人永遠收不到，這是多糟糕的事啊！同樣糟糕的是，信還被別人撿到了！我唯一的安慰只在於狗不識字。

打從書寫發明以來，這種意外就一直具有顯著的可能性。文字一旦被寫下，就成為實體物品的一部分，必須冒一些險。國王聖旨在信差不知道的情況下被掉包，害無辜的人遭到處決——這種情節不只發生在古老的民間傳說裡。偽造的信件，被寄丟、收信人根本沒收到的信件，被毀掉或者落入不該落入的人之手的信件——不只這些，還有偽造的手稿、整本整本遺失而再也讀不到的書、被燒毀的書、落入以有色眼鏡來讀它們的人之手的書，或者這些人雖然明白書中真正的意思，卻仍然對其深惡痛絕——這一切混淆、錯誤、誤解及惡意的行動都發生過很多次，也仍繼續發生。被任何獨裁政權盯上、囚禁、殺書的人當中，總是包括若干作家，這些作家的作品很顯然落入了錯誤的讀者之手。腦袋挨上槍可是很壞的書評。

但每封信每本書都設想一個讀者，一個真正的讀者。那麼該怎麼把信或書送到正確的對象手上？溫斯頓‧史密

斯寫著日記，發現自己無法滿足於只有自己這個讀者。他
選擇了一個理想讀者——一個名叫歐布萊恩的黨內官員，
史密斯自認察覺那人跟他一樣有顛覆思想的跡象。他沒猜
錯：這個他所設想的讀者確實了解他。歐布萊恩已經想
過溫斯頓‧史密斯正在想的事，但他之所以想那些是為了
準備好進行反制，因為歐布萊恩是祕密警察，而他了解的
意思就是溫斯頓背叛了此一政權。然後他逮捕可憐的溫斯
頓，毀了他的日記和他的心智。

　　歐布萊恩是「作家致親愛的讀者」的負面或邪惡版
本，這種關係的理想狀態是讀的人正是應該讀的人。「魔
鬼讀者」的近期變奏，出現在特別擅長描寫極端偏執狂
的史蒂芬‧金筆下——每一種口味的偏執狂他都寫得出
來，於是當然也有為作家量身打造的一種。這本書就是
《戰慄遊戲》，[13] 書中的作家專寫一個名叫「可憐女」
（Misery）的苦命女主角受盡磨難的羅曼史，這作家落進
一個精神不正常的護士之手，護士自稱是「你的頭號書
迷」。一聽到這句話，辦過許多簽名會的老手作家就知道
該立刻衝進廁所爬窗逃走，但這本書的主角沒法逃，因為
他出了車禍，行動不便。這位「頭號書迷」要求他特別為
她寫一本關於可憐女的書，然後他醒悟到，護士接下來打
算把他幹掉，如此一來她便能成為這本書唯一的讀者。這
是蘇丹迷宮此一母題的變奏，許多作品都運用過，包括
《歌劇魅影》；[14] 所謂蘇丹迷宮，就是出錢贊助某一藝術

品的主子想要殺死創作者，如此一來便只有他知道箇中祕密。經過不可或缺的血腥破壞場面之後，《戰慄遊戲》的主角逃出生天，留下我們思考：一對一的「作家致親愛的讀者」關係有可能會緊密得讓人難以消受。

同樣令人難以消受的是，讀者把作家與文本混為一談：這種讀者想抹消中介，想藉由了解作家本人來了解文本。我們很容易假設文本的存在是作家與讀者間的溝通，但文本難道不也是一種偽裝，甚至是一面盾牌、一種保護嗎？劇作《大鼻子情聖》[15]描述一位大鼻子詩人藉由假扮其他人來表達他對女主角的愛——但贏得她芳心的文采盎然情書是他寫的。書本也是如此，在表達書中的情感與思想同時，也隱藏寫出這些東西的人。大鼻子西哈諾與書本的不同之處在於西哈諾傳達的是自己的情感，但書本中描寫的思想與情感卻不一定是作者本人的意思。

儘管讀者可能帶來這些風險，但讀者必須是也確實是作家的必要條件。必要，但鮮少以任何確切特定的形式出現——除了最第一手的讀者，例如書前題獻的對象：「Ｗ・Ｈ・先生」[16]或「吾妻」等等，或者致謝中提到的朋友和編輯。但除此之外，讀者是一大未知數。艾蜜莉・狄瑾蓀對此一主題是這麼說的：

我「誰都不是」！你是誰？
你也——「誰都不是」——嗎？

那我們兩個就是同類了！

別說出去！——他們會大肆張揚——你知道的！

身為——「有名有姓的某某人」——是多麼可怕！

多麼公眾——就像青蛙——

把自己名字掛在嘴上——整個夏天——

朝著欣賞牠的爛泥塘叫！[17]

　　作家便是「誰都不是」，讀者亦然。從這個角度來說，所有書本都是匿名的，所有讀者亦然。閱讀和書寫這兩種活動——不像（比方說）演戲和看戲——都預設某種程度的獨處，甚至某種程度的隱密。我想艾蜜莉・狄瑾蓀用「誰都不是」（Nobody）一詞包括兩種含意：既是無足輕重的人，但也是永遠不得相識的隱形作家，在對永遠不得相識的隱形讀者說話。

　　如果說作家「誰都不是」，對同樣也「誰都不是」的讀者說話——波特萊爾說，這虛偽的讀者就像他，是他的兄弟[18]——那麼那個可怕的「有名有姓的某某人」和欣賞他的爛泥塘又是哪裡冒出來的？

　　出版改變了一切。艾蜜莉・狄瑾蓀已經警告過：「他們會大肆張揚」，說得一點也沒錯。一旦圖書目錄發行，讀者就不可能只有一個人——朋友或情人，甚或單獨一個未知的「誰也不是」。出版後，文本自我複製，讀者再也

不是某個親近的、與你一對一的人。讀者跟書本數量一樣愈來愈多，這些「誰也不是的人」，形成了閱讀大眾，如果作家的書暢銷，他就成了「有名有姓的某某人」，大批讀者也就成了欣賞他的爛泥塘。但從誰也不是的無名小卒變成有名有姓的人物，其中也不是沒有創傷的。「誰也不是」的作家必須拋開隱形斗篷，披上知名度斗篷。據說瑪麗蓮‧夢露曾說：「如果你誰也不是，那麼你不可能變成有名有姓的某某人，除非你變成另一個人。」[19]

然後疑慮就開始出現。寫作當下的作家，以及當時設定會成為其作品接收者的「親愛的讀者」，這兩者之間的關係跟大量生產的書本與「閱讀大眾」之間的關係大不相同。「親愛的讀者」是單數——第二人稱單數，是一個「你」。但一旦書和「親愛的讀者」都變為成千上萬，書就成了一個出版數據，「誰都不是」就可以量化、成為市場、變成第三人稱大量複數的「他們」，而「他們」可是完全不同的另一回事。

被「他們」認識，就成為所謂的「名氣」，而人們對名氣及成名的態度，從十八世紀末到十九世紀末之間有劇烈的轉變。在十八世紀，預設的讀者群是受過教育、有品味的，例如伏爾泰便認為名氣表示人們認同他的才華，而非帶來負面影響。連早期的浪漫主義者也不反對名氣，事實上他們渴望成名。約翰‧濟慈在一封信中說：「名氣的號角有如力量的高塔，有野心之人將其吹響，安然無

羞。」[20]但及至世紀末，人口中有愈來愈多人識字，如今是討厭的資產階級（更不用說更討厭的烏合大眾）決定書能賣多少本，出版變成了商業，「名聲」被視為等同於「受歡迎程度」，此時作家反而希望自己的讀者人數少但有眼光。

這種態度一直延續到二十世紀。以下是格雷安·葛林《愛情的盡頭》中的一個角色：一個頗卑鄙的小說家，名叫莫利斯·班德瑞斯。受到為藝術而藝術思想影響的他，知道自己即將犯下一個大錯：變成「鄙俗的成功作家」。[21]他準備接受一個打算在文學雜誌裡稱讚他的文評家訪問，心想：

> 我太清楚……他會發掘出我自己所不知道的隱藏意義，以及我受夠了、懶得再去面對的那些缺陷。最後他會一副施恩模樣地把我放在 —— 八成比毛姆高一點，因為毛姆很受歡迎，而我還沒犯下那項罪行 —— 還沒，但是，儘管我仍保有一點點孤高的不成功，這些書評，就像聰明的偵探，可以聞出它的蹤跡。[22]

葛林意在諷刺，但他所諷刺的這種態度確實存在：太受歡迎在當時仍被視為罪行，如果你嚮往成為以前所謂的「高蹈」作家的話。希瑞爾·康納利在《承諾之敵》中說，太失敗和太成功都不是好事。在年輕作家必須小心的

各種事物中，其中一項就是潛在讀者，因為一旦你開始安慰自己「不管書評怎麼說，至少讀者都愛我」的話，那你就完了，再也算不上嚴肅作家。「在文學的所有敵人當中，成功是最陰險的。」[23]康諾利說。然後他引用托洛普的話：「成功是一種春藥，只該在年紀大的時候服用，而且劑量要少。」[24]若指出只有成功的人才會說這種話，似乎太酸：但康諾利進一步闡釋，把成功分為幾類——社會性的成功：不算太壞，因為可以提供題材；專業性的成功：受自己同儕藝術家的肯定，整體來說是件好事；受大眾歡迎的成功：非常危險。他將這最後一類又分為三種：作家受歡迎可能是因為娛樂價值、政治因素，或觸及人性。他認為這三者當中對藝術最無致命影響的是政治因素，因為政治情勢瞬息萬變，你很難因此自滿懈怠。提供娛樂的人從來無法從內行的評論中獲益，因為從來沒有這種評論，他只能「不停繼續下去，直到有朝一日醒來，發現自己過氣了」。[25]但觸及人性的作家，其藝術成就可能會毀滅——康諾利說：「不管是嚴苛的書評、同儕的鄙視、高人的輕蔑，都無法影響這種作家，因為他們挖到了受苦受難的人心，發現這是一座大金礦。」[26]

康諾利並不是唯一一個如此分析的人，事實上，在他那年頭（和我那年頭）以前，這種態度在立志成為藝術家的人當中已經很普遍。舉以薩・迪納森的〈帶著康乃馨的年輕人〉為例，小說開頭講到一個名叫查理的作家，他第

一本小說就相當成功，內容描寫的是窮人的掙扎。現在他覺得自己像個冒牌貨，因為他不知道接下來該寫什麼；他受夠了窮人，再也不想聽到關於窮人的半個字，但讚賞他的人和大眾已經認定他秉性高貴，正期待他筆下寫出更多更好的關於窮人的作品。如果他寫些別的，他們會認為他膚淺空洞。他感覺自己不論怎麼做，都難逃劫數——一定會使大眾失望，使龐大的「他們」失望。他甚至連自殺都沒辦法擺脫一切：「現在名聲已像刺眼的聚光燈打在他身上，千百隻眼睛都看著他，無論他是失敗、是自殺，都會是世界知名的作家的失敗和自殺。」[27]

　　沒有一個曾獲致任何成功的作家不曾面對這些疑慮。要麼就是重複寫缺乏新意的作品來滿足「他們」，要麼就是寫不一樣的東西而讓「他們」失望。或者更糟的可能是重複寫缺乏新意的作品來滿足「他們」，然後被指摘缺乏新意。

　　有些我們讀過的故事，尤其是年紀小的時候讀到的，在我們心中會變得具有象徵意義。對我來說，雷·布萊貝利[2]《火星編年史》中名為〈火星人〉的一篇，就有這種意義。故事內容是：

　　美國在火星設立了殖民地，其中一部分變成類似退休

---

[2]　譯註：Ray Bradbury (1920-)，美國科幻小說家，知名作品包括《火星編年史》、《華氏 451 度》等。

城鎮。原來的火星人可能已經絕跡，要不就是躲到山上去了。一對在地球痛失年幼愛子湯姆的中年美國夫婦如今住在這裡，某天半夜聽見有人敲門，院子裡站著一個小男孩，長得像他們死去的兒子。丈夫偷偷下樓開門，早上就看見生氣勃勃的湯姆。丈夫猜小男孩一定是火星人，但妻子毫無疑問地接受了湯姆，丈夫也隨她去，因為有個像兒子的人總比什麼都沒有好。

　　一切進行順利，直到他們進城。小男孩不想去，也確實有不想去的原因：他們進城沒多久他就不見了，但另一家人突然重獲一個據信已死的女兒。丈夫猜到實情——火星人的外型取決於其他人的願望，也取決於他本身滿足那願望的需要——前去找回湯姆，但那火星人變不回來了：另一家人心願的力量太強。「你就是湯姆，你**曾經是**湯姆，不是嗎？」丈夫懇求地問。「我不是任何人，只是我自己。」[28] 火星人說。這句話十分有意思：自我等同於毫無身分。[29]「不管我在哪裡，我都是某種東西⋯⋯」火星人說。事實證明如此。火星人變回湯姆，但另一家人緊追不捨，他逃經的路上的人也都追在後面，因為他「如銀般的臉」像鏡子，在城鎮的燈光中閃耀。火星人被人群圍困，尖叫起來，臉上飛掠過一張又一張容顏。「他就像融化的蠟，隨他們的心意變形，」布萊貝利說，「他的臉隨著每一項要求消融。」火星人倒地死去，只剩下一灘無法分辨的各種特徵。

　　我開始出書，並看見作品接受評論（也等於看見好幾個我不太認識的人掛著我的名字到處跑）之後，這故事對我來說就多了一層新的意義。「原來是這樣。我的臉融化了。」我想，「我其實是火星人。」這確實解釋了很多事。濟慈讚美否定的能力，[30] 而作家要是沒有一點這種特質，筆下人物就會淪為只是自身觀點的傳聲筒。但作家若有太多這種特質，也就有變成融蠟的危險，隨著讀者的欲望和恐懼與之互動而改變，不是嗎？有多少作家戴上（或者被戴上）其他面具，然後摘不下來？

　　在本章開頭，我提出三個問題。第一個問題是關於作家與讀者——作家為誰而寫？答案包括「誰也不是」和欣賞他的爛泥塘。第二個問題是關於書本。書本位於作家和讀者間的中介點，其功能或者說職責為何？

　　「職責」一詞意味某種自我意志，而書本之為獨立自主的個體，是個值得探討的文學概念。郵局裡有個部門叫「死信部」，處理無法投遞的信件。這個詞意味著其他的信是活的——這樣說當然是胡扯，但這種想法卻很古老也很廣泛。比方說，《聖經》常被稱為神活潑的話（the living Word of God）。另一個例子是：幾百年前，男作家很流行說自己懷孕——懷了文字之子，是靈感甚至繆思播的種，如果這種性別顛倒不會把你搞昏頭的話；然後這些作家會描述該書的妊娠孕育期，然後是它的誕生。當然書

跟嬰兒其實一點也不像——其中部分原因跟屎尿有關——
但將文字比擬為活物的傳統始終存在。此所以伊莉莎白·
巴瑞·勃朗寧（持這種看法的遠不只她一人）說：「我的
信！全是死去的紙……瘖啞而蒼白！——／然而它們似乎
活生生顫抖著……」[31]

我念大學時，一位也是詩人的教授常說，關於任何作
品，唯一該問的問題是——它是活，還是死？我同意這種
說法，但這種活或死的成分是什麼？生物性的定義會說，
活物是會生長、會改變、會繁衍後代的，而死的東西則全
無活動。文本要怎麼生長、改變、繁衍後代？唯有透過
與讀者的互動，不管那讀者與作家的時空距離有多遠。
「詩不屬於寫的人。」《郵差》一片中，那個偷詩的小人
物郵差對詩人巴布羅·聶魯達說。[32]「而是屬於需要它的
人。」確實如此。

人類用來做為象徵的一切事物，都有負面或邪惡的版
本，而就我記憶所及，「自有其生命的文本」最邪惡的版
本再一次出自卡夫卡筆下。猶太文化中有種關於「泥人」
（Golem）的傳說，只要將寫著上帝之名的紙捲放進它嘴
裡，它就會活起來。但泥人可能會失控為害，到時候你就
麻煩大了。[33]卡夫卡的小說〈流刑地〉就是一種泥人的故
事。故事中心是政府用來處決犯人的一部司法機器，而那
些犯人到死都不知道自己犯了什麼罪。要啟動機器，得
把寫有一句話的紙（設計出這句話的是該地的已故前指揮

官）插進機器頂上。這句話（sentence）有兩個意思：既是文法上的句子，也是對將遭處決之人的判決[3]。然後司法機器便發揮功能，以一整排像筆的玻璃針在犯人身上寫出那句子，筆法細緻又繁複。六小時後，犯人便應該會開始了解寫在自己身上的內容。「『連最魯鈍的人都會出現醒悟的靈光。』」崇拜這架機器的警官說，「『起先是你眼睛一亮，然後亮光慢慢擴散開來……除此之外什麼也不會發生，犯人只是開始解讀自己身上的文字，撮起嘴沉思，彷彿在側耳傾聽。』」[34]（這種教人閱讀的方式真新鮮，目前還沒有學校測試過。）

故事最後，警官發現法律的老信成了死信，於是犧牲自己獻給這架機器；這次機器運轉不對勁，輪軸和齒輪崩裂四散，但現在它已經有了生命，仍繼續戳戳寫寫下去，直到警官死亡。

這故事中的書寫者不是人，紙頁是讀者的身體，文本內容無法解讀。詩人米爾頓·艾空有一句話說：「如同詩抹去並重寫詩人」，[35]如此一來文本也成了主動的一方，但我想如此變奏八成不是卡夫卡的原意。

所謂有生命的文字，通常以正面得多的形象出現。在劇作中，尤其是伊莉莎白時代的戲劇，文本常會在劇末

---

[3]　譯註：英文 sentence 一字有「句子」和「判決」兩種意思。

「踏出框架」，那一刻戲似乎根本不是戲，而是跟觀眾一樣有生命。其中一名演員會站出來，直接對觀眾說話。基本上，他們說的等於是：「哈囉，我其實不是你們原先以為我是的那個人：其實我是個演員，頭上這個是假髮。雖然這齣戲不甚完美，但仍希望你們看得高興；如果你們確實看得高興，請善待我們這些演員，給我們一點掌聲。」再不然，就是劇情正式開始前會有段楔子，由一名演員說幾句關於這齣戲的話，向觀眾推薦它。然後重新回到劇情框架裡，成為劇中人之一。

這一類的推薦，或者揭露與結論，在許多長篇小說和長詩中也以小插曲形態出現，要不就是楔子，要不就是跋。此種形態的源頭最明顯的時候，莫過於小說家假裝筆下這本書是某部劇作：例如薩克萊《浮華世界》的開頭，便有一段稱為「序幕之前」，在這段話中他說這本書是浮華場——讀者也在這場子裡——的一場木偶戲，而他這個作者只是負責監督演出的經理。書末他則說：「來吧，孩子們，咱們關上箱子收起木偶，因為戲演完了。」但在許多楔子或跋中，作家則揭露自己便是這本書的創造者，並為書中的人物辯護，好像一封隨著求職履歷一起寄上的推薦函，或者專利藥物瓶罐上引述某客戶表示滿意的一段話。

或者，在故事結尾處，作家也可能向書告別，彷彿送它出門遠行——他或她祝書一切順利，送走它，也可能向

一路走來的沉默旅伴，也就是讀者，說再見。楔子和跋說出了很多作家與書之間複雜又親密的關係，以及書與讀者之間的關係。書常被作家稱為「小」——「去吧，小書」——彷彿它是個孩子，現在必須自己到世界上去闖蕩；但它的道路，它的職責，在於把自己送到讀者手裡，並盡可能傳達書中的意義。「你知道，」普利摩‧李維寫給他的德文譯者的一封信裡說，「我只寫過這麼一本書，現在……我感覺自己像個父親，兒子已經成年離開，再也沒人能照顧他。」[36] 最令人失笑的跋之一出自弗蘭索瓦‧維庸之手，這位十五世紀法國詩人永遠處於無賴的破產狀態，他叫自己的詩趕快把一份非常緊急的訊息傳達給一位富裕王子：

> 去吧我的信，快快飛奔
>
> 雖然你既沒舌頭也沒腳
>
> 快去說明，用你的口才滔滔
>
> 說我正缺錢缺得緊。[37]

其他作家沒這麼厚臉皮，只是對讀者表示友善的關心。以下就是俄國詩人普希金，在其詩作《尤金‧奧涅根》結尾對讀者的迷人道別：

> 讀者，在我們分別之際，我盼——

　　無論你是誰,是友

　　還是敵——我們的心情都帶著溫暖。

　　再見,這裡就是盡頭。

　　無論你在這粗糙作品中想尋見

　　什麼——高潮迭起的記憶,

　　各種艱難困苦之餘的一點安寧,

　　或者只是挑挑語病,

　　一抹鮮豔色彩,一句俏皮話語——

　　願上帝保佑,希望這本小書

　　讓你讀得快活,讀得滿足——

　　有夢想,有新聞報導似的戰役,

　　願上帝保佑你都至少讀到一丁點。

　　我們就此告別:再一次,說再見。[38]

　　這類文字最早也最完整的例子之一,是出於約翰‧班揚手筆的兩段,分別在《天路歷程》第一部及第二部的開端。第一部的楔子〈作者對此書的辯解〉很像打廣告——這本書對你有如此這般的好處,還列出此書各種有益身心的成分——但第二部的楔子〈作者發表《天路歷程》第二部的方式〉中,書變得擬人化:

　　現在去吧,我的小書,到每一個地方,

　　到我第一個**天路客**只偶一露面的那些地方,

在門前叫喚，若有人説，「是誰來了？」
你便回答，「是克莉斯提雅娜[4]來了」[39]

接著班揚對書詳細吩咐一番，但書對自己的任務感到害怕，開始回嘴。班揚安慰它，回答它的反對意見，告訴它在各種困難處境該說些什麼，最後告訴它——或者「她」——不管她多麼美好，總會有人不喜歡她，因為事情就是這樣：

有人不愛乳酪，有人不愛魚，有人
不愛朋友，也不愛自己的房子或家庭；
有人討厭豬，受不了雞，不愛家禽
也不愛杜鵑或貓頭鷹。
這些人，我的克莉斯提雅娜，就由他們去，
妳去找另外的人，他們會高興見到妳……[40]

我想這對任何一本書都是很有用的鼓勵和忠告。「古舟子」有一個別無選擇、只能聆聽的聽眾，但並非每個敘事者都有這麼閃亮的眼光，或者這麼幸運。班揚最後以非常新教徒、帳目清楚、非常儉省、物超所值的禱告做結

---

[4] 譯註：《天路歷程》是一本堅定宗教信仰的書，而 Christiana 與「基督教」（Christianity）字出同源，暗喻其意。

尾：

> 願這本小書能帶來祝福，
> 給喜愛這本小書的人與吾，
> 願買這本書的人沒有理由說，
> 他的錢花得很不值得……[41]

　　克莉斯提雅娜又變回了書，一本身為物體的書，而且是要拿來賣的物體。

　　這樣從書到人、從人到書的轉變，事實上相當普遍，也可能有兩刃劍的效果。我們都知道書並不是有血有肉的真人，但如果你愛的是身為書本的書本（也就是其物體的一面），而忽略了書中的人性成分（也就是書的「聲音」），你就犯下了靈魂的錯誤，因為你等於是崇拜偶像，或者戀物成癖。伊利亞·卡內提《信念之舉》一書中的主角彼得·基恩便是如此。書名原文 Auto da fé，意為「信念的舉動」，指的是宗教審判曾大量燒死「異端邪說者」的行為。基恩是藏書家，深愛書本的物質實體，但討厭小說──因為小說裡有太多感情。他愛自己收藏的這些書本物體，但愛的方式很扭曲，只知囤積；此外我們也知道他的心靈有毛病，因為他拒絕讓一個渴求知識的小男孩讀他的書，反而把男孩一腳踢下樓。

　　故事開始不久，基恩做了個惡夢，夢見一堆篝火，還

有阿茲特克式的活人獻祭，但當那人胸口被剖開時，跳出來的不是心，卻是一本書——然後是一本接一本。書全落進火堆，基恩叫那人合攏胸口挽救這些書，但只見愈來愈多書流出來。基恩衝向火堆要搶救書，但每當他伸出手，抓住的都是又一個尖叫的人。「『放開我。』」基恩大喊，「『我又不認識你，你纏著我幹嘛？這樣叫我怎麼搶救書？』」[42]

但他沒領悟到重點。夢裡他抓到的那些人**就是**書本——是書中的人性成分。他聽見上帝的聲音說：「『這裡沒有書本。』」但他會錯了意。小說最後，他收集的所有書都活了起來反抗他：——它們是他的囚犯，被他鎖在私人圖書室裡，現在它們要爭取自由，把書中信息傳送出去，因為，就像我說過的，書必須在讀者之間來去，才能繼續活下去。最後他放火燒書，自己也同歸於盡：這是一個**信念的舉動**，異端邪說者的命運。書本焚燒之際，他聽見書中文字逃出他所創造的那間「死信部」[5]，再度逃到外面的世界。

有時候作者讓書自己發言，不加干預。以下是傑・麥

---

[5] 譯註：英文 letter 一字有「字母」，及「信件」之意，這裡的 Dead Letter Office 一方面呼應作者先前所提的郵局中處理無法投遞之信件的部門，一方面也比喻基恩深鎖的圖書館其實裝滿了死的文字。

佛森的一首詩，詩名很簡單，就叫〈書〉。道不但是一本說話的書，也是一個謎語，答案就是詩名。

> 親愛的讀者，我不似你是血肉形塑
> ——我無法像你那樣去愛，你也不像我——
> 但我和你一樣都在洪水中出航，
> 薄弱的小船面對驚濤駭浪。
>
> 在水流表面上來去自如的
> 纖細水蠅不會比我更輕盈：
> 貪婪掃視海底的古老鯨魚
> 也不會比我更沉重。
>
> 儘管藉由創作者的意志我可以
> 遍布空中、火中、水中和土地，
> 但在你手中卻其輕無比。
>
> 我在你眼中繁盛，一切都為你。
> 我是人的僕役，卻也與人激烈扭打：
> 被緊握被吞噬的我，賜福予人。讀者，請拿取。[43]

小書除了是一艘船、一隻鯨魚、與雅各摔角並賜福予他的天使之外，也是聖餐中你領取的物體——這種食物你

可以吞下但永遠不能毀滅，這種盛宴永遠自我更新，就像與宴賓客與性靈的關係日新又新一般。讀者不但要跟天使扭打，更必須將之同化，它才能變成他或她的一部分。[44]

由此我們來到我的最後一個問題：讀者閱讀時，作家在哪裡？這問題有兩個答案。第一，作家哪裡也不在。霍荷‧路易斯‧波赫士在那篇短小作品〈波赫士與我〉中，對自己的存在做了一番放在括弧中的旁白。「（如果我確實是某人的話。）」他說。[45]待我們這些讀者讀到那篇文字時，這個**如果**已經很不確定，因為及至讀者閱讀之際，作家可能根本不存在了。因此作家是透明人的原型：完全不在，同時卻又實實在在，因為**讀者閱讀時，作家在哪裡**此一問題的第二個答案是：「就在這裡。」至少我們有這種感覺，覺得他或她就在這裡，與我們同處一室，我們可以聽見他們的聲音。或者說，我們可以聽見某個聲音。至少感覺起來似乎如此。如同俄國作家阿布蘭‧特茲在小說〈冰柱〉中所言：「看，我正在對你微笑，正在你內在微笑，正透過你在微笑。若我在你手的每一下顫抖中呼吸，我怎麼可能死去？」[46]

卡蘿‧席爾茲的《斯萬：一個推理故事》[47]講的是一名遭謀殺的女詩人，也談及她的讀者。書中敘述，死去女詩人詩作的最初版本已無法清楚辨識——這些初稿是寫在舊信封上，被人誤當垃圾丟掉，撿回來時已經相當

模糊不清。更糟的是，有個懷恨在心的行家特地四處摧毀少數僅存的頭版書。幸好有幾個讀者背下了那些詩或詩的片段，在書末他們以背誦片段的方式，就在我們眼前創造──或者重新創造──出其中一首詩。「艾西絲以記憶保持歐塞瑞斯不死。」杜德利·楊說。[48]「記得」（remembering）自然一語雙關：既是記憶的動作，也是分解（dismembering）的相反詞。至少聽起來是這個感覺。每一個讀者都在創造，方式是將讀過的書的片段──畢竟我們只能以片段方式進行閱讀──組合起來，在腦海中變成有機的整體。

也許你會記得雷·布萊貝利那本描寫未來、充滿惡夢氛圍的《華氏451度》[49]的結尾。所有的書都要焚燬，只剩下無所不在的電視螢光幕，能更完全地控制社會。主角一開始是協助燒書的消防隊員，[50]後來加入搶救書本、保存人類歷史與思想的地下運動。後來他來到反抗分子躲藏的森林。這裡每一個人都**變成**一本書，因為他們將該書的內容背下。消防隊員被引介見到了蘇格拉底、珍·奧斯汀、查爾斯·狄更斯等等，每個人都在背誦自己「同化」的──或者說「吞食」的那本書。讀者等於消滅了三角形的中間那一點，也的是白紙黑字形態的文本，而變成書本身，或者反過來說亦然。

繞完了這一圈，現在我要回到第一個問題──作家為

誰而寫？並提出兩個答案。第一個答案是一個故事，關於我的第一個真人讀者。

九歲時，我加入了一個祕密會社，其中特殊的握手方式、口號、儀式、座右銘一應俱全。這會社名叫「棕仙」[6]，相當怪異，參加的小女孩假裝是仙子、矮地精和精靈，領頭的成人則叫「棕色貓頭鷹」。不幸的是，她並沒有打扮成貓頭鷹，我們這些小女孩也沒有仙子服裝可穿，這讓我頗失望，不過沒有到失望透頂的地步。

我不知道棕色貓頭鷹的真名叫什麼，但我認為她很有智慧又公平，而當時我需要這樣的一個人，因此非常崇拜棕色貓頭鷹。我們的活動包括完成各種任務，完成後或許可以得到徽章縫在制服上。要得到徽章有很多方式，包括縫紉、撿拾秋天的種子等等，我另外還做了幾本小書，方法很平常：把書頁折好，用補襪子的毛線縫好，然後加上文字和頭。我把小書交給棕色貓頭鷹，她很喜歡，這一點對我來說絕對比得到徽章更重要。這就是我第一次真正的作家─讀者關係。作家是我，中介是我那幾本小書，對象是棕色貓頭鷹，結果是：她得到樂趣，我得到滿足。

許多年後，我把棕色貓頭鷹寫進一本書。她在我的小說《貓眼》中仍然吹著哨子、監督結繩測驗，她出現的原因就是許多人事物被寫進書裡的原因。當時是1980年代，

---

[6] 譯註：Brownies，傳說中夜間幫人做事的小精靈。

我想真實生活中的那位棕色貓頭鷹一定早就過世了。

然後幾年前，一個朋友對我說：「妳書裡的那個棕色貓頭鷹是我阿姨。」「她還在？」我說，「她不可能還活著吧！」但她確實還在，於是我們前去拜訪她。棕色貓頭鷹已經九十多歲了，但她和我都很高興見到對方。喝過茶後，她說：「我想這些應該給妳。」然後拿出我五十年前做的那幾本小書——不知為什麼她還留著——交還給我。三天後，她過世了。

這就是我的第一個答案：作家寫作是為了棕色貓頭鷹，或者為了當時生命中等同於棕色貓頭鷹的人。一個個別、特定、真實的人。

接著是我的第二個答案。在以薩·迪納森的〈帶著康乃馨的年輕人〉中，年輕作家查理正為作品感到絕望，聽見了上帝的聲音。「『來吧，』主說，『我和你立個約。除了寫書必須的苦難之外，我不會額外給你更多苦難……但你必須寫書。因為是我要那些書被寫出來，不是大眾，更不是書評家，而是我，我！』『我可以確定這一點嗎？』查理問。『不是時時刻刻都能。』主說。」[51]

所以，作家就是為這個對象而寫：為了讀者。讀者不是「他們」，而是「你」。為了「親愛的讀者」。為了存在於棕色貓頭鷹和上帝之間某處的，理想中的讀者。而這個理想讀者可能是任何人——任何**一個**人——因為閱讀永遠跟寫作一樣個別獨特。

註釋

1　Henry Fielding, *Tom Jones* (New York: Signet, Penguin, 1963, 1979), pp. 24-5.

2　Walter Benjamin, "The Storyteller," Hannah Arendt (ed.), *Illuminations* (New York: Schocken Books, 1969), p. 100.

3　Peter Gay, *The Pleasure Wars* (New York: Norton, 1998), p. 39.

4　Gwendolyn MacEwen, "The Choice," *The Rising Fire* (Toronto: Contact Editions, 1963), p. 71.

5　Henry James, "The Death of the Lion," *The Lesson of the Master and Other Stories* (London: John Lehmann, 1948), p. 86.

6　Anne Michaels, "Letters from Martha," *Miner's Pond, the Weight of Oranges, Skin Divers* (London: Bloomsbury, 2000), pp. 32-3.

7　John Le Carré, *Smiley's People* (New York: Bantam, 1974).

8　他事實上說的是：「詩人不是被聽見，而是被無意中聽見。」作者就讀多倫多大學時，諾索‧佛萊常在課堂上這麼說。

9　Hjalmar Söderberg, Paul Britten Austin (trans.), *Doctor Glas* (first published 1905) (London: Tandem, 1963), p. 16.

10　George Orwell, *Nineteen Eighty-Four* (Harmondsworth, Middlesex: Penguin, 1949), pp. 8-9.

11　Ibid., p. 10.

12　Emily Dickinson, "441 [This is my letter to the World]," Thomas H. Johnson (ed.), *The Complete Poems of Emily Dickinson* (Boston: Little, Brown, 1890, 1960), p. 211.

13　Stephen King, *Misery* (New York: Viking, Penguin, 1987).

14　Gaston Leroux, *The Phantom of the Opera* (New York: HarperCollins, 1988).

15　Edmond Rostand, *Cyrano de Bergerac* (first published 1897) (New York: Bantam, 1954).

16　《莎士比亞十四行詩》便是獻給此人。

17 Dickinson, "288 [I'm Nobody! Who are you?]," *Complete Poems*, p. 133.

18 「虛偽的讀者！──你！──我的孿生手足！──我的兄弟！」
    Charles Baudelaire, "To the Reader," Roy Campbell (trans.), *Flowers of Evil* (Norfolk, USA: New Directions, 1955), p. 4.

19 許多瑪麗蓮‧夢露的傳記都提到此言。

20 John Keats, Letter to Benjamin Robert Haydon, May 10-11, 1817, Douglas Bush (ed.), *Selected Poems and Letters* (Cambridge, MA: Riverside Press, 1959).

21 Graham Greene, *The End of the Affair* (New York: Penguin, 1999), p. 129.

22 Ibid., p. 148.

23 Cyril Connolly, *Enemies of Promise* (Harmondsworth, Middlesex: Penguin, 1961), p. 129.

24 Ibid., p. 134.

25 Ibid., p. 133.

26 Ibid.

27 Isak Dinesen, "The Young Man With the Carnation," *Winter's Tales* (New York: Vintage 1993), p. 4.

28 Ray Bradbury, "The Martian," *The Martian Chronicles* (New York: Bantam, 1946, 1977) p. 127.

29 與第二章有關並值得一提的是，波赫士很喜愛《火星編年史》。
    See Jorge Luis Borges, "Ray Bradbury: The Martian Chronicles," Eliot Weinberger (ed., trans.), *The Total Library: Non-Fiction 1922-1986* (London: Allen Lane, Penguin Press, 1999), pp. 418-19.

30 濟慈對否定的能力的定義是：「……一個人能夠處於不確定、神祕、疑慮中，而不會煩躁地伸手探求事實和理由。」Letter to George and Thomas Keats, December 22, 1817, *Selected Poems and Letters*.

31 Elizabeth Barrett Browning, "Sonnets from the Portuguese," xxviii, E. K. Brown and J. O. Bailey (eds.), *Victorian Poetry* (New York: Ronald Press, 1962)

32　*Il Postino*, Written by Massimo Troisi et al., directed by Michael Radford.

33　Eduard Petiska and Jana Svábová (trans.), *Golem* (Prague: Martin, 1991).

34　Franz Kafka, "In the Penal Colony," *The Transformation and Other Stories* (London: Penguin, 1992), p. 137.

35　Milton Acorn, "Knowing I Live in a Dark Age," Margaret Atwood (ed), *The New Owford Book of Canadian Verse in English* (Toronto,: Oxford University Press Canada, 1982), p. 238.

36　Primo Levi, Raymond Rosenthal (trans.), *The Drowned and the Saved* (London: Abacus, 1999), p. 142.

37　François Villon, "Ballade [My lord and fearsome prince]," Galway Kinnell (ed.), *The Poems of François Villon* (Boston: Houghton Mifflin, 1977), p. 197.

38　Alexander Pushkin, "Eugene Onegin," Avraham Yarmolinsky (ed.), *The Poems, Prose and Plays of Alexander Pushkin* (New York: The Modern Library, 1936), p. 301.

39　John Bunyan, Roger Sharrock (ed.), *The Pilgrim's Progress* (London: Penguin, 1987, p.147).

40　Ibid., p. 151-2.

41　Ibid., p. 153.

42　Elias Canetti, *Auto da Fé* (New York: Picador, Pan Books, 1978), p. 35.

43　Jay Macpherson, "Book," Robert Weaver and William Toye (eds.), *The Oxford Anthology of Canadian Literature* (Toronto: Oxford University Press Canada, 1973), p. 322.

44　將文字比為食物是個很古老的概念。《新約》中的基督即是道成肉身（the Word made Flesh），而這肉身即是聖餐中的聖體。此外《聖經》中還有可以吃的卷軸（《以賽亞書》第三十四章4節）及可以吃的書（《啟示錄》第十章8-10節）。非常有趣的例子可見《湯姆‧瓊斯》，費爾丁在楔子中寫出一份菜單，將此書比擬為客棧裡的一頓飯。Henry Fielding, *Tom Jones* (New York: Signet, Penguin, 1963, 1979).

45 Jorge Luis Borges, "Borges and I," James E. Irby (trans.), *Everything and Nothing* (New York: New Directions, 1999), p. 74.

46 Abram Tertz, "The Icicle," *The Icicle and Other Stories* (London: Collins and Harvill, 1963).

47 Carol Shields, *Swann: A Mystery* (Toronto: Stoddart, 1987).

48 Dudley Young, *Origins of the Sacred: The Ecstasies of Love and War* (New York: St. Martin's Press, 1991), p. 325.

49 Ray Bradbury, *Fahrenheit 451* (New York: Ballantine Books, 1995).

50 參看歐威爾《一九八四》中的記憶之洞，以及 Bohumile Hrabal, Michael Henry Heim (trans.), *Too Loud a Solitude* (London: Abacus, 1990），或 Ursula K. LeGuin, The Telling (New York: Harcourt, 2000)。

51 Dinesen, "The Young Man With the Carnation," p. 25. 歷來當然有許多作家感覺自己是受上帝或某神神祇之命而寫作——其中最近引起我注意的是加拿大小說家瑪格麗特・羅倫斯，她向另一位作家麥特・柯恩（Matt Cohen）承認這一點。見 *Typing* (Toronto: Knopf Canada, 2000), p. 186.

第六章

向下行：與死者協商

是誰到地府一遊，又為了什麼？

哦諸位大神，夜之君王，
明亮的諸神，融爐基布里，伊拉
地府的統帥……
請與我的占卜同在。
我獻上這隻羔羊，
願真實顯現！

美索不達米亞之禱詞[1]

那麼建造死亡之船吧，因為你必須踏上
最長的旅程，邁向遺忘。
漫長又痛苦地死去，那種死亡
乃介於舊的自我和新的自我之間……

哦建造你的死亡之船吧，你的小方舟
裝滿食物，小蛋糕，葡萄酒
準備向下漫長地航向遺忘。

D・H・勞倫斯，〈死亡之船〉[2]

冬季籠罩在暗井上，
我背對天空，
探看黑暗中是否有某物動靜，

或微微閃亮，或眨眼睛：
或者，從井底向上望，我看見
天空是白的，我的眼瞳——
與所有失落的、發光的事物同在——
我與死者共度之冬：

一口裝著真實、意象、文字的井。
在獵戶星的低空
我凝視冬至穹窿變成梯階，
群星高升。

傑・麥佛森，〈井〉[3]

移動的和活著的
　　占據同一個空間
碰觸到曾碰觸他們之事物者
　　　欠他們……

站在及膝的，蘊含他們
輕飄飄骨頭的泥土
在考古學的陽光下……

站在及腰的，縱橫交錯的

陰影的河流，
在夜色降臨的村莊，

獵人沉默而女人
彎身在暗暗篝火旁，
我聽見他們破碎的子音⋯⋯
艾爾・勃帝，〈一座印第安村莊的遺蹟〉[4]

從我雙手掌心接過喜樂
片段的蜂蜜與陽光：
如同波希鳳的蜜蜂叫我們做的那樣。
歐西普・曼德斯丹，〈從我雙手掌心接過喜樂〉[5]

　　我年紀還小、找到什麼就讀什麼的時候，曾讀到家父的一些舊書，該書系叫做「每個人的圖書館」（Everyman's Library)。當時那套書的蝴蝶頁是類似威廉‧莫里斯[1]式的設計。圖案有花有葉，還有個穿著中世紀優雅飄逸衣裳的仕女，手拿卷軸和一根結了三顆蘋果或其他球形水果的樹枝。花葉中交織一句座右銘：「每個人我會與你同行指引你，在你最需要的時候陪伴你。」這話在我看來很令人安心。這些書宣稱它們是我的夥伴，答應伴我四處旅行，而且不只會給我一些有用的暗示，更會在我真正需要的時候陪在身旁。有個可以依靠的人，總是件好事。

　　結果，若干年後我進入大學，必須在課程中填補先前知識的空缺，包括中世紀英文——這下子我終於大吃一驚地發現這段親切可愛的文字出自何處。那是一齣名為《每個人》的劇作，主角「每個人」並不是在鄉間愉快散步，而是在前往墳墓的途中。「每個人」的朋友全棄他而去，包括一聽到目的地就開溜、要去喝酒壓驚的「友誼」。唯一忠實的朋友是「善行」，但他力量太薄弱，也無法救

---

[1]　譯註：William Morris (1834-96)，英國詩人、藝術家、社會政革者，提倡回歸中世紀的設計、工藝、社群傳統。1861 年與羅賽提等前拉斐爾派畫家成立設計公司，生產的裝飾品以精細手工及自然美感聞名，直接啟發了美術與工藝（Arts and Crafts）運動，此運動影響遍及歐美，以及日後的新藝術（art nouveau）風格。

「每個人」不受自己行為後果的懲罰。然而「善行」有個姊妹叫「知識」，是「知識」表示願意提供有用的指引，陪伴「每個人」一路走到墳墓，我先前引的那兩句話就是她的台詞。

於是，我與這些書本之間的關係，並不像我原先想像的那麼溫暖。發現了那兩句話的出處之後，那位前拉斐爾派仕女手持的三顆水果看起來也變得不祥：這時我已經讀過羅伯・葛雷夫斯的《白色女神》[6]，心想那看來正是給死者吃的食物。

至今我仍對這套古早書系的編輯，以及他們選擇的圖案和警句感到驚奇。他們到底認為《傲慢與偏見》和《莫莎仙子》對我悠閒邁向火葬場的路程會有什麼幫助？——不過仔細想想，我們全都坐在同一列火車上前往同一個地方，而且還是單程票，那麼路上有些好書可讀也不錯。而且還得帶些吃的——那些水果的存在一定就是這原因。

本章的標題是「與死者協商」，其背後存在的假設是：不只是部分、而是所有的敘事體寫作，以及或許所有的寫作，其深層動機都是來自對「人必有死」這一點的畏懼和驚迷——想要冒險前往地府一遊，並將某樣事物或某個人帶回人世。

你或許會覺得這標題有點怪。確實有點怪。寫作本身就有點怪。

　　我會做出此一假設，有好幾個原因。第一個原因是杜
德利・楊《神聖的起源》[7]一書中隨口說到，克里特島上
興盛一時的邁諾安文明留下的文字記載少得出奇，可能是
因為邁諾安人並不特別怕死——寫作本身尤其是對死亡恐
懼的一種反應。儘管作家的信件和詩篇中充滿各式各樣關
於名傳千古、人死留名的話，我先前並沒有想到寫作本身
就是對死亡恐懼的一種反應——但一旦醒悟之後，就很容
易發現愈來愈多的證據。

　　以下幾個例子，是從我書房地上堆的書本中幾乎隨手
抽取的。「他們都死了。」安瑪莉・麥唐諾的小說《跪
下》[8]這樣開始。「露絲・柯爾成為作家的部分原因是，
〔她哥哥〕湯瑪斯和提摩西在她出生前便已身亡。」約
翰・厄文在近作《寡居的一年》[9]中說。契訶夫則說：

> 當一個心情憂鬱的人獨自面對大海，或面對任何看
> 來壯闊的景色，不知為何，他心中總是會出現一種混
> 雜憂鬱的確信感，確信自己會活得也死得沒沒無聞，
> 於是反射性地抓起一枝鉛筆，匆匆把自己名字寫在手
> 邊最方便的東西上。[10]

　　這種連結有很多其他的例子，不見得一定是「對死亡
的恐懼令我惶恐」[11]那種對死亡的恐懼，但的確是對它的

關切——對人生稍縱即逝、方生方死的體悟，加上創作的衝動。但且讓我們接受例子所示的連結（或者說有夠多的例子、足以建立起可供討論的前提），自問：為什麼是寫作，遠遠超過其他任何藝術或媒介，特別與人對自己終將滅絕此事的焦慮堅密相連？

部分原因自然在於寫作的本質——看來似乎能持續永遠，並能在書寫的動作結束之後繼續存在——不同於，比方說，一場舞蹈表演。若說書寫的動作記錄了思想過程，那麼這種過程便留下痕跡，像一排變成化石的腳印。其他藝術形式也能留存久遠，如繪畫、雕刻、音樂，但它們無法保留**聲音**。我說過，寫作就是寫下某些字句，而寫下的字句就是聲音的樂譜，而那個聲音最常做的——即使在絕大多數抒情短詩中——就是說故事，或起碼說一個迷你故事。有某樣事物展開，顯露自己。歪扭的被拉直拉正，或者以如今這個時代而言，該是歪扭的變得更歪扭；無論如何，總之有一條路徑存在。有個開頭，有個結尾，不見得按照這順序，但不管你怎麼敘述，都有情節存在。這聲音在時間中移動，從一個事件到另一個事件，或者從一個知覺到另一個知覺，而事情會改變，不管是在個人腦海還是在外在世界。事件發生，與其他事件形成關係。這就是時間。時間就是一件該死的事情之後接著另一件，而這句子裡最重要的詞是**之後**。

敘事——或者說故事就是述說在時間中逐一發生的事

件。你不能只拿面鏡子映照大自然就算故事，除非其中某處有節拍器在滴答作響。里昂‧艾德爾便曾說過，只要是小說，其中一定有個時鐘在。[12] 他是亨利‧詹姆斯的傳記作者；而詹姆斯是歷來對時間最敏感的小說家之一，所以艾德爾說的應該是內行話。一旦有了時鐘，也就會有死亡和死人，因為我們都知道時間不停流逝，然後某個人的時間用完，死人是位在時間之外的，活人則仍置身其中。

但死人仍留在活人的腦海裡。自古以來，鮮少有人類社會認為人死了就是徹底消失。有時候社會中有禁忌，不得公開提起死者，但這並不表示死者已然不存：一個為人所知的東西在日常對話中缺席，反而更凸顯其強烈存在，例如性愛之於維多利亞時代的人。大部分社會都給死者的靈魂安排一個或好幾個居處：如果他們認為人死後靈魂會分成好幾部分，或者如古埃及人相信靈魂有不止一種，那麼每一部分就必須各有歸屬。

人類社會也擅於設計各種規則和儀式——現在則稱為「迷信」——以確保死者和生者各安其位，兩者間只有在我們想要的時候才會有所溝通。[13] 若死者在你始料未及的時候回來，那可能是令人毛骨悚然的經驗，尤其是如果死者感覺他們的需求受到怠慢，或者更糟的是，如果他們生氣了的話。「記得我。」哈姆雷特父親的鬼魂要求道。[14] 這不是死者第一次向生者做出如此沉重的命令，也不會是最後一次。死者不請自來幾乎都不是好事，事實上反而可

能是一大警訊。「明天上戰場，你別想忘得了我。」被謀害的克拉倫斯的鬼魂對理查三世說：但對理查三世的敵人里其蒙，同一個鬼魂則說：「天神將為你助陣，一生都榮耀！」[15]因為儘管死者有負面力量，卻也有護佑人的正面力量。想想供應灰姑娘舞會禮服及玻璃鞋的亡母就知道了。

許多管理生死兩界之間往來的迷信（或說規則及儀式）都跟食物有關，因為人們認為死者是飢渴不滿的。墨西哥的「亡者之日」有各種意義，其中之一就是死者大吃大喝的日子。除了小孩吃的糖做的骷髏頭，以及各式有趣的錫製骷髏人偶開心地進行活人的各種活動（盛裝打扮啦、演奏音樂或玩牌啦、喝酒跳舞啦），每個家庭都會為自家的死者準備特別大餐，全是他們愛吃的食物，甚至可能還有水盆和毛巾，讓他們洗洗我們看不見的手。有些社群中，這些食物會由各個家庭當場在墳墓邊吃喝；有些社群則會標示出一條小路——通常是用金盞花瓣——從墳墓到家裡，好讓死者找得到路前來吃喝，之後也會回到自己該回去的地方。人們將死者仍視為社群的一分子，但不是永久居民。即使至親也只是客人，受活人尊敬、體貼的對待，有吃有喝，而接受款待的死者也該像個好客人，派對結束了就乖乖回家。

這類儀式並沒有絕跡，且有很多類似儀式或儀式殘存的片段散布世界各地。前陣子我跟一個希臘人談到這些

事，他描述當地一種烘烤某類麵包（圓形的，給死者的食物常是這個形狀[16]）的習俗，而在專為死者訂定的那個日子，你必須把這種麵包拿到祖墳，然後盡可能說服經過的陌生人吃上一小口，人數愈多，表示你未來一年的運氣愈好。也許陌生人代替了死者，把這種特殊食物給他們吃，就能取悅他們、確保他們的支持，[17]在日本、中國及許多其他文化中，也必須供一份食物給祖先，至少象徵性的要有一點。如果他們覺得受你尊敬，就會幫助你，否則——唔，凡事還是小心為上。

此外還有我們的萬聖節，這是基督教之前塞爾特人亡者之夜的遺緒——現則主要是北美地區在過這個節。鬼魂四散，你需要保護，所以就拿南瓜刻出哥布林的臉，裡面點枝蠟燭，護衛你家門戶。扮死者的是穿戴面具服裝的小孩——以前扮的通常是鬼、女巫、哥布林，現在則可能是貓王、超人或米老鼠，如今我們顯然把這些人物也當做祖先了。他們來到你家門前要吃的，「不給糖就搗蛋」這句順口溜的意思是，如果鬼魂沒得到食物，他們就會對你搞鬼。同樣地，給死者食物在此也是取悅他們並為生者帶來好運的意思，就算這「好運」只是不受騷擾的自由。

1970年代，我們住在安大略鄉間一棟老房子，這房子鬧鬼——當地人是這麼說的，有些訪客也見過鬼——於是我們問對面農莊那個熟悉鄉野傳說的女人該怎麼辦。「把食物擺出來過夜。」她說，「為他們準備一餐。這樣他

們就知道你們接受他們，也就不會來騷擾你們了。」我們覺得有點蠢，但還是照做了，也確實有效。德國詩人里爾克在《給奧菲斯的十四行詩》中，也以稍微不同的方式說過：「別把麵包或牛奶放在桌上／夜裡，會招來死者。」[18]

這樣一來，我們都會對聖誕夜要喝牛奶吃餅乾的聖誕老公公多了點不同的想法，尤其是如果你知道在西西里島，給小孩的禮物是在「萬靈夜」送的，而且送禮者不是穿紅衣服的男人，而是死去的祖父母。我們何必驚訝？聖誕老人本就是從「另一個地方」來的，儘管我們偽稱它為北極；而任何來自那「另一個地方」——不管我們稱它為天堂、地獄、仙境，還是冥界——的人會帶給我們好運，或者保護我們不受傷害，只要我們給他們一些東西——最起碼也要致上祝禱和謝意。

除此之外，死者還可能要求什麼？各種東西，視情況而定。例如哈姆雷特之父要的是復仇，而有這種要求的也不只他一個：在人類史上第一樁謀殺發生後，亞伯的血在地上喊，給了我們第一個「說話的血」的例子，但不是最後一個。[19]其他會說話的身體部位還包括骨頭和頭髮，例如民謠（比方廣為人知的〈比諾利的兩姊妹〉[20]）和民間故事如〈唱歌的骨頭〉[21]，故事中那根骨頭是被殺害的女孩的腿骨，變成一枝笛子。

深植於此一傳統的，還包括現代刑事鑑識病理學家的故事，如派翠西亞・康薇爾推理小說的女主角凱・史卡佩塔，或者麥可・翁達傑最新作品《艾尼爾的鬼魂》的主角。這種傳統如此古老而持久是因為它太基本了，緊緊交織著人對正義的願望及對復仇的渴望。當翁達傑小說中的盲眼老人用手指「閱讀」頭骨，便重演了一幕非常古老的畫面。這其中的前提是，屍體會說話，只要你懂得聆聽，而且他們**想要**說話，想要我們坐在一旁聽他們悲哀的故事。[22] 一如哈姆雷特臨死對朋友霍拉旭說：「你就暫且忍耐著留在這冷酷的人間，／也好有人來交代我的事蹟。」[23] ──他們想要被人敘述。他們不想變得沒有聲音，不想被推開、被抹去，他們想要我們知道。他們的心聲就如〈兩姊妹〉那首民謠中，用死去女孩頭髮做的豎琴或其他樂器所唱出譴責凶手的詞句：「願天罰我的姊妹，壞心的愛琳。」莎士比亞也說過──或者該說是馬克白說過──「血債要用血還。」[24]

但另一世界的訪客要的不只是復仇和正義。有時候，如同許多民謠中的鬼魂（比方「我的愛，她穿著一身白到來」，以及其他任何可能在雞鳴之前惆悵地出現在你床邊的前任情人）要的是性愛，而且要你跟他們一起走。有時候其中也包含「魔鬼情人」的元素。[25] 有時候其中牽涉到合約──你賣了你的靈魂，債主現在來索討。若我們想用一個字概括他們所要的一切，一個包括生命、犧牲、食

物、死亡的字——那就是「血」。這就是死者最常要的東西，此也之所以供奉死者的食物多半是（儘管並非總是）圓形，而且是紅色。接近心形，有著血的顏色，就像波希鳳的石榴。[26]

以下是《奧狄賽》第六卷中的一段，奧狄修斯正在進行必須的獻祭，吸引死者的靈魂：

> 我祝禱完畢，結束對死者世界的召喚，便抓起綿羊，在壕溝上方一隻隻割開喉嚨，讓深紅的血流進去。此時死者的靈魂群聚而起……眾多靈魂在壕溝旁來回飄盪，發出詭異的喧囂。我感到驚慌，兩頰沒了血色。[27]

確實夠讓人面無血色的。奧狄修斯拔劍坐在壕溝旁，得到他想要的東西之前不讓任何鬼魂喝血，因為他獻祭是為了跟他們協商一番、談個交易。簡言之，亦即他獻祭是有交換條件的。

那麼，死者是喜歡血的。動物的血就可以，或者在非常特殊的場合也得用人血。這通常也是神祇要的東西，更不用說吸血鬼了。所以各位對情人節得多加三思。我一直都是如此——以前我有個男朋友，送給我一顆真的牛心（裝在塑膠袋裡，以免血流出來），上面插著一根真的箭。各位或許猜想得到，他知道我對詩有興趣。

　　我最早接觸到的、「應死者要求」的詩，是歷來加拿大詩人最有名的一首作品：我們當學生時都得背誦。這詩通常不被認為是在跟死者協商，而比較被看做虔敬的紀念詩句，因此每年都會在十一月十一日陣亡將士紀念日的十一點出現。我的生日也在十一月，以前我對這點很不高興，因為生日蛋糕上沒有相應的裝飾可用，不像五月有花朵、三月有紅心；但後來我發現，就占星學來說，十一月是天蠍座的月份，此星座主掌死亡、性愛以及重生。（不過這對生日蛋糕的裝飾還是幫不上忙。）

　　為什麼這三樣會連在一起？死亡跟性愛和重生有什麼關係？光這點就值得特別加註一條，事實上，還值得特別另寫一本書，書名或許會是佛雷澤的《金枝》。總之，以下就是那首詩——約翰·麥克雷的〈法蘭德斯的原野上〉：

　　　　法蘭德斯的原野上罌粟花綻放
　　　　在十字架之間，一行又一行
　　　　　　標記我們的位置：在空中
　　　　　　飛翔的雲雀仍勇敢啼鳴
　　　　下方槍砲聲中幾乎無人聽見他們歌唱。

　　　　我們是死者。短短幾天前
　　　　我們仍活著，感覺黎明，看日落暉焰，

愛人也被愛，現在卻躺臥在
法蘭德斯的原野上。

接續我們與敵人的爭鬥：
向你們，我們用逐漸無力的手
　　拋出火炬；你們要將它高舉。
　　若你違背了我等死者的誓語
我們將無法安眠，儘管罌粟花綻放在
法蘭德斯的原野上。[28]

　　請注意：活人被包括在時間中，包括在黎明和日落之間，而死者，總稱的死者，則在時間之外。請注意死者提出的那項交易，以及若活人不遵守條件的話他們威脅的報復：我們最好照他們要求的做，因為我們可不想有無法安眠的死者到處作祟。你或許會認為道首詩裡沒有食物，除了罌粟花——圓而紅，就像給死者的食物——但請注意死者要的是什麼。是的，他們的要求很傳統：他們要血。他們要活人的血，或至少要活人為他們去冒灑熱血的險。

　　這首詩初次發表時，被視為要人繼續對第一次世界大戰的敵國同仇敵愾。然而那已經是八十多年前的事了，如果這首詩只有那層意思，早就會乏人聞問。但這首詩仍保有某種強大的力量，因為它具現了一種非常古老、非常強烈的模式。這首詩是說：死者會做出要求，你不能隨便對

死者或其要求置之不理，最好認真把他們當一回事。

　　喚起死者，隔著門檻與他們打交道——因為在我們的世界和他們的世界之間永遠有一道門檻，所以賓州那些老穀倉會畫著避邪符號，所以你召喚死者時會畫個圓圈住自己，而我想奧狄修斯拔劍坐在壕溝邊也是這原因，因為許多地方的傳統都認為靈魂無法越過金屬。那麼，呼喚這些鬼魂是一回事，起碼你多少能掌控整個情況。就算死者不請自來，例如哈姆雷特的父親以及死去的摯愛跑回來找你那種情節，你也知道通常只要你能撐到天亮，他們就會離開。但有另一種做法風險大得多：你不在自己的地盤——可愛的中土——上與死者打交道，反而越界進入他們的領域。你可以踏上一趟從此界到彼界的旅程，可以進入死者的國度，然後再出來，重回陽間。但這得你運氣好才行。《伊尼德》第六卷中，庫瑪的希蓓[2]告訴即將踏上這樣一趟旅程的伊尼亞斯說：

> ……前去阿文納斯很容易：
> 死亡的黑暗王國日夜皆敞開大門：
> 但要往回走，找到歸途重見天日——
> 這才是最困難的事。[29]

---

[2]　譯註：請參照第三章註 37 之與希蓓相關的譯註。

　　換言之，這是很棘手的事——你可能會困在那裡回不來——同時也考驗著你的堅忍，這可能就是西方傳統以及許多其他傳統中，都有那麼多英雄英雌前往地府一遊的原因。這些英雄為什麼要這麼做？為什麼要冒這個險？因為身在地底那片危險國度的死者，掌控了一些非常珍貴的好東西，而這些東西當中有些可能是你自己想要或需要的。

　　什麼樣的東西？概括言之：一、財寶；二、知識；三、與邪惡怪獸作戰的機會；四、你所愛並失去的人。除此之外當然還有別的，但以上這四項就是這類旅程的主要目的。當然，也有可能一次得到不止一項，你可以得到財寶加上你所愛並失去的人，或者知識加上與怪獸作戰的機會，或者任何其他組合。

　　關於「財寶」，我想稍提一下仙人金（fairy gold），這種東西很不幸會在第二天早上變成煤炭：還有中國人祖先掌控的財寶，對這些祖先你得燒紙錢，[30] 請他們為你帶來真的財富。此外，人們會向死者獻祭，祈求保佑豐收：主禱文中「賜給我們今日的食糧」這句簡單的請求，便是人對「另一個世界」祈求物質收穫的非常謙卑版本。各式各樣財富從看不見的那個世界流到看得見的這個世界，狩獵社會的巫醫在恍惚出神狀態中靈魂出竅、尋找目標獵物的所在地，也是基於這個信仰：死者控制收成，也能告訴你該去哪裡找馴鹿。[31] 死者的國度充滿神奇，一如阿拉丁

的藏寶山洞，像《歌劇魅影》那個非常怪異的歌劇院怪物
的住處一樣富饒又奇異，像格林兄弟那則與此並非無關的
故事〈十二位跳舞的公主〉中的地底世界，那裡樹上結的
果實是珠寶。也像藍鬍子（又一個帶著冥王氣息的怪物）
儲放寶藏的房間那樣，死者世界的黃金珠寶必須小心拿
取，因為死亡可能已經碰觸過它們。

　　前面我提到的第二樣東西是知識。死者在時間之
外，因此能知道過去也能知道未來。「你為什麼召我
上來呢？」先知撒母耳的鬼魂透過隱多珥女巫對掃羅王
說。[32]掃羅王做了這件自己曾下令禁止的事，因為想知道
接下來的戰役對他是好是壞。（結果是壞。）同樣地，奧
狄修斯去找雙性預言家提瑞西亞斯的鬼魂，也是為了預知
未來：伊尼亞斯藉由庫瑪的希蓓之助，前往冥界也是為了
求知，想知道自己的後代會有如何光輝燦爛的未來。（馬
克白也是想知道這個，結果弄巧成拙；透過那三個已降格
為老醜女巫的希蓓，他得知的反而是另一個人的後代會有
光輝燦爛的未來。）

　　當然，知識和財寶可能互相關聯──知識的內容可
能是關於如何獲取財寶。我最早讀到的現代短篇小說之
一，是Ｄ・Ｈ・勞倫斯的經典〈木馬的贏家〉，從此再也
難忘。故事很複雜，但從與我們的主題有關的角度說來，
大致如下。一個美女財運很差，而且並不真心愛自己的小
兒子。這個小男孩渴望走運，好得到他母親想要的財富，

連帶或許也就能得到一點她的愛。他有預知能力，靠騎著他的木馬搖晃而進入恍惚出神狀態。情況順利時，木馬會把他帶到「走運的地方」，他由此得知接下來賽馬的贏家會是誰。他靠這方法發了大財，但仍得不到愛。在小說結尾，我們發現那個「走運的地方」顯然就是死者的國度：他順利去到那裡，可是這一次他回不來了，就此死去。前往「另一個世界」的人永遠可能碰上這樣的結局。[33]

第三項是與怪物作戰。對巫醫來說，這場仗的對手通常是某個魂靈，如果你贏，魂靈就供你差遣，如果你輸，就會被那魂靈附體。或者也可能是跟眾死者的靈魂作戰，以控制收成。[34] 至於在進入文學作品的神話中，通常範圍變得比較小，由一個英雄對上一個或兩個怪物。熟悉的例子包括希修斯進入迷宮殺死牛頭人身怪物邁諾陶，還有貝奧武夫前去湖畔殺死怪物格連斗的母親。托爾金（哈比人》中的比爾博·巴金斯在地底進行猜謎遊戲，更不用說《魔戒》中的甘道夫大戰炎魔。此外還有耶穌，在耶穌受難日到復活節的三天裡下地獄抵抗魔鬼，並救出一群被關在那裡的好人，因為在耶穌降臨之前，沒有救主能救贖他們。

第四項是前往尋找失去的至愛，談到驅策作家的動機這是很重要的母題。一開始消失的人可能是男性：最古老的尋人者之一就是埃及女神艾西絲，她悲慘地收撿起被殺害的丈夫歐塞瑞斯四散的屍塊，他因此死而復活。

　　希臘女神迪蜜特也有類似事蹟：她女兒波希鳳被冥王黑地斯奪走，但她很有力量，可以討價還價——她是掌管植物的女神，下令所有植物在她女兒回來之前不得結果。黑地斯同意交還波希鳳，條件是她在地底時得不曾進食才行。不幸的是波希鳳吃了一枚石榴的七粒籽——石榴也是又圓又紅的死者食物之一。禁止吃死者的食物，此一習俗極為古老——

　　　　他們會送來河水，
　　　　不要喝死者的水。
　　　　他們會給你田野的穀物
　　　　來自死者，不要拿取那顆種子。

　　這是美索不達米亞的詩句，講的是女神伊拿娜前往地獄的路程。[35]

　　伊拿娜故事中的另兩個人物是她丈夫杜穆茲和丈夫的姊妹格許提拿娜，情節跟波希鳳的故事相似，最後陰陽兩界達成妥協——一年中部分時間待在陰間，部分時間待在人世，這就是冬天的由來。

　　音樂家兼詩人奧菲斯前往陰間尋找亡妻尤瑞蒂絲，成功地與冥界的統治者協商：他用迷人的歌聲取悅他們，他們同意讓他帶尤瑞蒂絲回去，只要奧菲斯在領著她走回人世的路上不要回頭看。但他無法堅持到底，因此尤瑞蒂絲

又飄回了黑暗的地底。你不但不應該吃死者的食物，也不應該太質疑他們送你的禮物。

前去死者國度，將某個已死之人帶回人世——這是一種人心深處的渴望，但也被視為極大的禁忌。但寫作可以帶來某種生命。霍荷·路易斯·波赫士在〈九篇但丁式的文章〉[36]中提出一個有趣的理論：整部《神曲》，全書的地獄、煉獄與天堂三篇，但丁創作出這整個龐大又精細的架構，主要是為了想瞥見死去的碧翠絲，想在自己的詩作中讓她死而復活。因為他正在寫她，而且只因為他正在寫她，碧翠絲才能再度存在，存在於作者和讀者的腦海中。波赫士說：

> 我們必須記得一個無可辯駁的事實，單單一個卑微的事實：這情景是但丁想像出來的。對我們而言，它非常真實，對他而言則並非如此。（對他而言，真實的情況是：碧翠絲先是被人生際遇、而後被死亡從他身旁帶走。）他永遠無法與碧翠絲相聚，孤獨且可能感到羞辱，於是想像出這番情景，以便想像自己與她同在。[37]

接著波赫士指出，「她驚鴻一瞥的微笑」和「永遠轉開的臉」。這與奧菲斯的故事多麼相似——詩人只有自己

的詩作可恃，進入死者國度，越過地獄，到達天堂，找到心愛的人，卻又再次失去她，且這一次是永遠地失去。就像狄朵從伊尼亞斯身旁轉開，就像尤瑞蒂絲從奧菲斯身旁轉開，碧翠絲也從但丁身旁轉開。儘管她轉開的臉是朝向上帝，儘管她很快樂──**對他來說**最重要的一點是，他失去了她。卻又再度得回。卻又再度失去。除非我們對很多東西視而不見，才能把《神曲・天堂篇》結尾看成皆大歡喜的結局。

仔細想想，其實所有書的皆大歡喜結局都是這樣。湯瑪斯・沃夫說，你不能再回家了；但當你書寫關於家的文字，你就多少算是可以回家。但你會走到最後一頁。一本書是另一個國家，你進入，但最後必須離開：你不能住在那裡，就像你不能住在冥界。

我們通常認為維吉爾是第一個**以作家身分**完整敘述冥界景象的作家。且看他在《伊尼德》第六卷的這段短禱：

> 統治靈魂王國的諸神啊！無聲無息的影子啊！
> 混亂，以及火河啊！哦瘖啞廣闊的夜之疆土啊！
> 請讓我說出我所聽到的！請你們同意
> 容我揭露深埋在冥界幽暗中的事物！[38]

請讓我說出。容我揭露。[39]這是作家的祈禱，聽起來

簡直像他自己去過那裡似的。或許就是因為這樣，但丁選擇了詩人維吉爾做為他遊歷地獄的嚮導：前往陌生地方時，最好找個識途老馬一起去，而且——在地獄觀光之旅中最重要的一點——這人也知道怎麼把你弄出來。

　　里爾克在《給奧菲斯的十四行詩》中，根本把前往冥界一遊視為當詩人的必要前提，你必須走這麼一趟。詩人——奧菲斯是箇中楷模——就是可以把冥界知識帶回人世的人，然後將這份知識的好處給予我們讀者。「他是否屬於這個世界？不，他的／廣大天性來自幽明兩界。」里爾克在第一部第六首中如此描寫詩人奧菲斯。在第一部第九首中，他花了更多筆墨談這一點：

> 你必須去過陰影之間，
> 在那裡爲你的琴調音，
> 如果你想有足夠的眼界
> 譜寫出傳唱久遠的讚頌。
>
> 你必須坐下與死者
> 一同進食，分享他們的罌粟，
> 如果你想有足夠的記憶
> 保存最細緻的一個音調……
>
> 世界必須是雙重的

聲音才可能

永恆而溫和。[40]

　　這位詩人不只去過那另一個世界，更參與其中，具有雙重天性，因此可以吃死者的食物，還能活著回來傳講故事。

　　我前面說過，維吉爾被視為第一個進行冥界之旅的作家──也就是說，他在腦海中進行這趟想像之旅，以便敘述旅程，以及其他所有他在地底聽到的故事；而但丁聽到最多也最好的故事，是在《地獄篇》而非《煉獄篇》或《天堂篇》中。想來有點嚇人的是，在地獄你（可能）會永遠困在你個人的故事裡，在天堂你則（可能）可以丟開那一切，吸取智慧。

　　關於到地底冒險的作家，接下來我想提出一個久遠得多的原型──美索不達米亞的英雄吉爾伽美什。寫他的那首史詩一直到十九世紀才被解讀，因此他不太可能曾經直接影響維吉爾或但丁；也因此，他更能用來檢驗杜德利·楊所說的，寫下事物的衝動與對死亡的恐懼有關的這一點。

　　吉爾伽美什是個半人半神的國王，在故事前段，他主要關心的是立威揚名，讓名聲在死後仍然流傳。他有個夥伴，是個名叫安奇度的馴化野人，兩人一起做出許多英雄事蹟。但他們侮辱了掌管性愛與死亡的女神依許塔，因此

安奇度必須死，必須進入當時那極不宜人的冥界，在那裡鬼魂都得吃泥巴，全身長滿臭兮兮的鳥羽毛。

吉爾伽美什非常難過：他救不回安奇度，而且現在他也開始畏懼死亡。於是他出發去找世上絕無僅有的一個不會死的肉身凡人，探問永生不死的祕密。一路上他經過荒野，穿過一座黑暗的山，穿過一座樹上結寶石的花園，然後渡越死亡之水，找到了那個名叫烏納皮許廷的長生不死之人。那人告訴吉爾伽美什洪水的故事，然後交給他永生之鑰；但吉爾伽美什弄丟了鑰匙，只能千里迢迢返回自己的王國。旅程尾聲是這樣的：「他變得明智，看到許多神祕，知道許多祕密事物，為我們帶回洪水之前那段歲月的故事。他進行一趟漫長的旅程，倦了，筋疲力盡了，回來後將整個故事刻在岩石上。」[41]

前陣子，在一場作家聚餐晚會上，我談到這件事。「吉爾伽美什是第一個作家。」我說，「他想知道生與死的祕密，穿過地獄，而後回來，但他並沒有變得永生不死，只得到了兩個故事──一個是關於他旅程的故事，還有額外的一個是洪水的故事。所以他真正帶回來的是兩個故事。然後他非常、非常累，然後把整件事寫在石頭上。」

「對啊，就是這樣。」那些作家說。「你去，弄到故事，累慘了，回來，把故事全寫在石頭上。至少等你修改

到第六稿，稿紙感覺起來就很像石頭了。」他們補充了一句。

「去哪裡？」我說。

「去到故事所在的地方。」他們說。

故事在哪裡？故事在黑暗裡。所以人們會說靈感來時是靈光一現。進入敘事——進入敘事過程——是一條黑暗的路，你看不見前面的路。詩人也明白這一點，他們也走在黑暗的道路上。靈感之井是一口向下通往地底的洞。

「遞給我一朵龍膽，給我一枝火把！」最幽暗的作家Ｄ・Ｈ・勞倫斯的〈巴伐利亞龍膽〉詩中說，「讓我用這花的藍色火舌指引自己／走下愈來愈黑暗的樓梯，藍得又黑又藍／甚至到波希鳳去的地方……」[42]是的，但詩人自己為什麼要走下黑暗的樓梯？詩裡沒有回答這個問題，但我猜詩人這麼做不是因為想死，而是因為他是詩人，必須向下走這麼一趟才能寫詩。如同里爾克所言，詩人必須跨足幽明兩界。

冥界守著祕密，有藏在櫃子裡的骸骨[3]，還有其他任何你想找到的骸骨。那裡有不少故事。「下面那裡有些東西，你想要它被說出。」[43]詩人關多琳・麥依文說。艾竺恩・瑞琪〈潛進殘骸〉一詩中，那個在穿金戴玉的死者之

---

[3]　譯註：西諺 skeleton in the closet 比喻見不得人的祕密，而屍骨的意象又與此章談及的死亡、冥界有關。

間游泳的人（跟提瑞西亞斯一樣是雙性人）　有著類似的
動機：

> 有一座梯子。
> 梯子一直在那裡……
> 我們知道它是做什麼的，
> 我們這些用過它的人……
> 我下去。
>
> 我來探索殘骸。
> 文字是目的。
> 文字是地圖。
> 我來看這裡遭到什麼損傷
> 以及遍布的寶藏……
>
> ……我來要的是：
> 殘骸而非殘骸的故事
> 事物本身而非神話[44]

　　魁北克詩人安・鄂柏也寫過主題類似的一首驚人之
作，名為〈諸王之墓〉。詩中有個做夢的孩子——是個女
孩，「訝然，方才誕生」——進入一座墳墓，穿過地底迷
宮，手握拳攥著自己的心，那顆心是一隻盲鷹。在地底她

找到死去的諸王，也找到他們的故事，「幾齣耐心寫就的悲劇」現在看來像是鑲著珠寶的藝術品。他們做了一番交換——死者飲用生者的血，試圖殺死她，她甩開死者，重獲自由。但經過這一番折騰，她的心——那雙盲眼鳥——出現了能夠視物的跡象。[45]

死者得到鮮血：如我先前所說，他們被認為是既餓又渴的。而詩人則得到視物之明，詩人身分得以完整。這是種存在已久的安排。

所有的作家都向死者學習。只要你繼續寫作，就會繼續探索前輩作家的作品，也會感覺被他們評判，感覺必須向他們負責。但你不只向作家學習，更可以向各種形式的祖先學習。死者控制過去，也就控制了故事，以及某些種類的真實——威佛瑞·歐文在那首描寫進入冥界的詩〈奇異的會面〉中，稱其為「未說出的真實」[46]——所以你若要浸淫在敘事中，遲早就得跟那些來自先前時間層面的人打交道。就算那時間只是昨天，也仍不是現在，不是你正在寫作的**現在**。

所有的作家都必須從**現在**去**到很久很久以前**，必須從這裡去到那裡，必須向下走到故事保存的地方，必須小心不被過去俘擄而動彈不得。所有的作家也都必須動手偷竊，或者說重新領回，看你從哪個角度看。死者或許守著寶藏，但這寶藏是無用的，除非它能被帶回人世，再度進

入時間——也就意味進入觀眾的領域，讀者的領域，變化的領域。

我們可以繼續把先前已經暗示的東西說得更明白。我們可以談靈感，談恍惚出神狀態和夢中異象，談符咒和祝禱——這些都跟歷史久遠的詩人傳統有關。然後我們可以更進一步，談作家扮演的巫醫角色，就像許多人談過的那樣。說「巫醫」當然可能只是比喻，但若是如此，這比喻確實長期以來對作家具有非常重要的意義。

這類主題可能很快就會變得渾濁不清或自以為是。但且讓我以一位真正的學者之言，為這講座尾聲添加可敬的氣息。這段話是出自義大利社會歷史學家卡羅・金茲堡的《狂喜：解讀女巫安息日》：

> 無疑的……這些後來在女巫安息日中融為一體的神話，都有共通且深刻的相似之處。這些神話都有個共同主題：去到他界，再從他界返回。這基礎的敘事核心已與人類同在千萬年，儘管各個建立於打獵、畜牧或農業的迥異社會對此主題做出無數變奏，也不曾改變它的基本架構。為什麼？答案可能很簡單。敘述，意味著在此時此地帶著權威發言，而權威來自於去過（實際上或比喻上）彼時彼地。在對活人及死者世界的參與中，在可見和不可見的範圍中，我們已經認出了一種人類獨有的特性。我們這裡試圖分析的不是許

多敘事中的一份，而是所有可能的敘事的母體。[47]

據權威人士的說法，要去那裡很容易，回來就難了，而且回來後你還得把來龍去脈全寫在石頭上。最後，如果你走運，碰到了對的讀者，石頭便會開口說話。只有石頭會留在世間說故事。

最後，我引用詩人奧維德的話，他藉由庫瑪的希蓓的口，不只替她說話，更是——我們猜想——替他自己說話，也替所有作家的希望和命運說話：

然而，命運將留給我聲音，
世人將藉由我的聲音知道我。[48]

註釋

1　N. K. Sandars (trans.), "A Prayer to the Gods at Night," *Poems of Heaven and Hell from Ancient Mesopotamia* (London: Penguin, 1971), p. 175.

2　D. H. Lawrence, "The Ship of Death," Richard Ellmann and Robert O'Clair (eds.), *The Norton Anthology of Modern Poetry*, second edition (New York: Norton, 1988), pp. 372-3.

3　Jay Macpherson, "The Well." *Poems Twice Told: The Boatman and Welcoming Disaster* (Toronto: Oxford University Press, 1981), p. 83.

4　Al Purdy, "Remains of an Indian Village," *Beyond Remembering: The Collected Poems of Al Purdy* (Madelia Park, BC: Harbour Publishing, 2000), p. 53.

5　Osip Mandelstam, "[Take for joy from the palms of my hands]" *Selected Poems* (New York: Farrar, Straus, and Giroux, 1975), p. 67.

6　Robert Craves, *The White Goddess: A Historical Grammar of Poetic Myth* (London: Faber and Faber, 1952).

7　Dudley Young, *Origins of the Sacred. The Ecstasies of Love and War* (New York: St. Martin's Press, 1991).

8　Anne-Marie MacDonald, *Fall on Your Knees* (Toronto: Alfred A Knopf, 1996), p. 1.

9　John Irving, *A Widow for One Year* (Toronto: Alfred A. Knopf, 1998), p. 6.

10　Anton Chekov, Ronald Hingley (ed. and trans.), "Lights," *The Oxford Chekov Volumn IV: Stories 1888-1889* (Oxford University Press, 1980), P. 208.

11　"Timor mortis conturbat me"，出自 William Dunbar (c. 1465-1513) 的 "Lament for the Makaris"。

12　艾德爾與格雷姆‧吉布森（Graeme Gibson）的對話。

13　關於此主題的進一步討論，見 Claude Levi-Strauss and Wendy Doniger, *Myth and Meaning* (New York: Schocken Books, 1995)

14　這是哈姆雷特被謀害的父親的鬼魂所說的話，見威廉‧莎士比亞《哈姆雷特》，第一幕第五景。

15　William Shakespeare, *Richard Ill*, Act V, Scene ill.

16　如中國人用柑橘供奉死者。

17　See W. G. Sebald, Michael Hulse (trans.), *Vertigo* (New York: New Directions, 2000), pp. 64-5.

18　Rainer Maria Rilke, "6 [Is he of this world: No, he gets]," David Young (trans.), *Sonnets to Orpheus*, Part I (Hanover, NH: Wesleyan University Press, 1987), p. 13.

19　如格林兄弟〈養鵝女孩〉（The Goose Girl）故事中那三滴會說話的 血。Padraic Colum (intro.), *The Complete Grimm's Fairy Tales* (New York: Pantheon, 1972), pp. 404-11.

20　Francis James Child (ed.), "The Twa Sisters," *The English and Scottish Popular Ballads* (New York: Dover, no copyright date given), vol. I, p. 128.

21　Brothers Grimm, "The Singing Bone," Padraic Colum (intro.), *The Complete Grimm's Fairy Tales*, pp. 148-50.

22　見民謠〈拉列多的街道〉（Streets of Laredo），作者佚名。

23　*Hamlet*, Act V, Scene ii.

24　*Macbeth*, Act II, Scene iv.

25　See Elizabeth Bowen, "The Demon Lover," *The Demon Lover and Other Stories* (London: Jonathan Cape, 1945).

26　See Louise Glück, "Pomegranate," *The House on Marshland* (Hopewell, N: Ecco Press, 1971, 1975)，p. 28. 另見基督教聖餐禮的紅色血酒及圓形的聖餐餅。

27　Homer, E. V. Rieu (trans.), *The Odyssey*, Book XI, (London: Penguin, 1991), p. 160.

28　Lieut.-Col. John McCrae, MD, *In Flanders Fields and Other Poems* (Toronto: William Briggs, 1919), pp. 11-12.

29　C. Day-Lewis (trans.), *The Aeneid of Virgil*, Book VI (New York: Doubleday, Anchor, 1952), p. 133, lines 126-9. 此處文字我略有調整。

30　此類紙錢上通常印著「冥府銀行紙鈔」。

31 如 Eitabceth Marshall Thomas 關於史前獵人的小說 *Reindeer Moon* (New York: Pocket Books, 1991)。

32 《撒母耳記上》第二十八章 15 節。

33 見娥蘇拉・勒瑰恩（Ursula K. LeGuin）《地海巫師》（*A Wizard of Earthsea*）一書中的「異界」。

34 See Farley Mowat, *People of the Deer* (Toronto: Bantam, 1984), also Carlo Ginzburg, Anne Tedeschi and John Tedeschi (trans.), *The Night Battles: Witchcraft and Agrarian Cults in the Sixteenth and Seventeenth Centuries* (Baltimore, MD: John Hopkins University Press, 1992).

35 "Inanna's Journey to Hell," *Poems of Heaven and Hell from Ancient Mesopotamia*, p. 145.

36 Jorge Luis Borges, Eliot Weinberger (ed., trans.), "Nine Dantesque Essays 1945-1951," *The Total Library: Non-Fiction 1922-1986* (London: Allen Lane, Penguin Press, 1999), pp. 267-305.

37 Ibid., p. 304. 很多作家都藉由寫作喚回失去的某人。在加拿大作家中，近期的三個例子是：Graeme Gibson, *Gentlemen Death* (Toronto: McClelland and Stewart, 1995); Matt Cohen, *Last Seen* (Toronto: Vintage, 1996); Ruby Wiebe, "Where is the Voice Coming From?," Robert Weaver and Margaret Atwood (eds.), *The Oxford Book of Canadian Short Stories in English* (Toronto: Oxford University Press Canada, 1986)

38 Day-Lewis (trans.), *Aeneid*, Book VI, p. 137, lines 264-8.

39 伊塔羅・卡爾維諾曾談到，巫醫角色是作家的功能之一。見 Patrick Creagh (trans.), *Six Memos for the Next Millennium* (Cambridge, MA: Harvard University Press, 1988)

40 Rilke, "9 [You have to have been among the shades]," *Sonnets to Orpheus*, Part I, p. 19.

41 N. K. Sandars (trans.), *The Epic of Gilgamesh* (London: Penguin, 1960, 1972), adapted from p. 177.

42 D. H. Lawrence, "Bavarian Gentians," *The Norton Anthology of Modern Poetry*, p. 372.

43　Gwendolyn MacEwen, "Dark Pines Under Water," *Gwendolyn MacEwen: The Early Years* (Toronto: Exile Editions, 1993), p. 156.

44　Adrienne Rich, "Diving Into the Wreck," *Diving into the Wreck* (New York: Norton, 1973).

45　Anne Hébert, "The Tomb of the Kings," Frank Scott (trans.), *Dialogue sur la Traduction* (Montreal: Editions HMH, 1970).

46　Wilfred Owen, Cecil Day-Lewis (ed.), "Strange Meeting," *Collected Poems of Wilfred Owen* (New York: New Directions, 1963).

47　Carlo Ginzburg, *Ecstacies: Deciphering the Witches' Sabbath* (New York: Penguin, 1991), p. 307.

48　Ovid, *Metamorphoses*, Mary Innes (trans.), (London: Penguin, 1955), p. 315.

參考書目

Abé, Kobo. Saunders, E. Dale (trans.), *The Woman in the Dunes* (New York: Vintage, 1964, 1972).

Akhmatova, Anna. Kunitz, Stanley and Hayward, Stanley (trans.), *Poems of Akhmatova* (Boston: Atlantic Monthly Press, 1973).

Atwood, Margaret (ed.), *The New Oxford Book of Canadian Verse in English* (Toronto: Oxford University Press Canada, 1982).

Austen, Jane. Tony Tanner (ed.), *Pride and Prejudice* (London: Penguin, 1972).

Baudelaire, Charles. Roy Campbell (trans.), To the Reader, *Flowers of Evil* (Norfolk, USA: New Directions, 1955).

Baum, L. Frank, *The Wizard of Oz* (London: Puffin, 1982).

Benjamin, Walter. Arendt, Hannah (ed.), "The Work of Art in the Age of Mechanical Reproduction" and "The Storyteller," *Illuminations* (New York: Schocken Books, 1969).

Berlin, Isaiah. Hardy, Henry (ed.), *The Roots of Romanticism* (Princeton University Press, 1999).

Birney, Earle, "Yes, Canadians Can Read. . . But Do They?", Canadian Home Journal, July, 1948.

Borges, Jorge Luis. James E. Irby (trans.), "Borges and I," *Everything and Nothing* (New York: New Directions, 1999).

Weinberger, Eliot (ed.), Allen, Esther (trans.), "Flaubert and His Exemplary Destiny," *The Total Library: Non-Fiction 1922–1986* (London: Allen

Lane, Penguin Press, 1999).

Weinberger, Eliot (ed. and trans.), "Nine Dantesque Essays 1945–1951" and "Ray Bradbury: the Martian Chronicles," *The Total Library: Non-Fiction 1922–1986* (London: Allen Lane, Penguin Press, 1999).

Bowen, Elizabeth, "The Demon Lover," *The Demon Lover and Other Stories* (London: Jonathan Cape, 1945).

Bradbury, Ray, "The Martian," *The Martian Chronicles* (New York: Bantam, 1977).

   Fahrenheit 451 (New York: Ballantine Books, 1995).

Brown, E. K. and Bailey, J. O. (eds.), *Victorian Poetry* (New York: Ronald Press, 1962).

Brown, E. K. Smith, A. J. M., (ed.), "The Problem of a Canadian Literature," *Masks of Fiction: Canadian Critics on Canadian Prose* (Toronto: McClelland and Stewart, 1961).

Bulwer-Lytton, Edward, *Richelieu* (London: Saunders and Otley, 1839).

Bunyan, John. Sharrock, Roger (ed.), *The Pilgrim's Progress* (London: Penguin, 1987).

Burroughs, William S., *The Naked Lunch* (New York: Grove Press, 1992).

Calvino, Italo. Patrick Creagh (trans.), *Six Memos for the Next Millennium* (Cambridge, MA: Harvard University Press, 1988).

Canetti, Elias, *The Agony of Flies* (New York: Farrar, Straus, and Giroux, 1994).

   Wedgwood, C. V. (trans.), *Auto da Fé* (London: Picador, Pan Books, 1978).

Carroll, Lewis, *Alice in Wonderland and Through the Looking Glass* (London: Collins, no copyright date given).

Chaucer, Geoffrey. Robinson, F. N. (ed.), *The Works of Geoffrey Chaucer* (London: Oxford University Press, 1957).

Chekhov, Anton. Hingley, Ronald (ed. and trans.), "Lights," *The Oxford Chekhov Volume IV: Stories 1888–1889* (Oxford University Press, 1980).

Child, Francis James (ed.), *The English and Scottish Popular Ballads* (New York: Dover, no copyright date given), vol. I.

Cohen, Matt, *Last Seen* (Toronto: Vintage, 1996).

Typing (Toronto: Knopf Canada, 2000).

Coleridge, Samuel Taylor, *The Rime of the Ancient Mariner and Other Poems* (New York: Dover, 1992).

Connolly, Cyril, *Enemies of Promise* (Harmondsworth, Middlesex: Penguin, 1961).

Davies, Robertson, *The Merry Heart: Robertson Davies Selections 1980–1995* (Toronto: McClelland and Stewart, 1996).

Day-Lewis, C. (trans.), *The Aeneid of Virgil* (New York: Doubleday, Anchor, 1952).

De Lillo, Don, *Mao II* (New York: Penguin, 1991).

Dickens, Charles, *The Old Curiosity Shop* (Ware, Hertfordshire: Wordsworth Editions, 1998).

Dickinson, Emily. Johnson, Thomas H. (ed.), *The Complete Poems of Emily Dickinson* (Boston: Little, Brown 1960).

Dinesen, Isak, "Tempests," *Anecdotes of Destiny* (London: Penguin, 1958).

"A Consolatory Tale" and "The Young Man With the Carnation," *Winter's Tales* (New York: Vintage, 1993).

Doctorow, E. L., *City of God* (New York: Random House, 2000).

Duras, Marguerite. Polizzotti, Mark (trans.), *Writing* (Cambridge, MA: Lumen Editions, 1993).

Eliot, George, *Daniel Deronda* (Oxford University Press, 1988).

Ellmann, Richard and O'Clair, Robert (eds.), *The Norton Anthology of Modern Poetry*, Second Edition (New York: Norton, 1988).

Emerson, Ralph Waldo. Cook, Reginald L. (ed.), "The Rhodora," *Ralph Waldo Emerson: Selected Prose and Poetry* (New York: Rinehart, 1950).

Fielding, Henry, *Tom Jones* (New York: Signet, Penguin, 1963, 1979)

Gallant, Mavis, Preface and "A Painful Affair," *The Selected Short Stories of*

Mavis Gallant (Toronto: McClelland and Stewart, 1996).

Gautier, Théophile, Preface, *Mademoiselle de Maupin* (New York: Modern Library, 1920).

Gay, Peter, *The Pleasure Wars* (New York: Norton, 1998).

Gibson, Graeme, *Gentlemen Death* (Toronto: McClelland and Stewart, 1995).

Ginzburg, Carlo. Rosenthal, Raymond (trans.), *Ecstasies: Deciphering the Witches' Sabbath* (New York: Penguin, 1991).

　Tedeschi, Anne and Tedeschi, John (trans.), *The Night Battles: Witchcraft and Agrarian Cults in the Sixteenth and Seventeenth Centuries* (Baltimore, MD: Johns Hopkins University Press, 1992).

Gissing, George. Taylor, D. J. (ed.), *New Grub Street* (London: Everyman, 1997).

Glendinning, Victoria, *Edith Sitwell* (London: Phoenix, 1981).

Glück, Louise, *The House on Marshland* (Hopewell, NJ: Ecco Press, 1975).

Gordimer, Nadine, Introduction, *Selected Stories* (London: Bloomsbury, 2000).

Graves, Robert, *The White Goddess: A Historical Grammar of Poetic Myth* (London: Faber and Faber, 1952).

Greene, Graham, *The End of the Affair* (New York: Penguin, 1999).

Greer, Germaine, *Slip-Shod Sibyls: Recognition, Rejection and the Woman Poet* (London: Penguin, 1995).

Grimm, Brothers. Padraic Colum (intro.), "The Robber Bridegroom," "The Goose Girl," and "The Singing Bone," *The Complete Grimms' Fairy Tales* (New York: Pantheon, 1972).

Harvey, William Fryer, *The Beast with Five Fingers* (New York: Dutton, 1947).

Hébert, Anne. Scott, Frank (trans.), "The Tomb of Kings," *Dialogue sur la Traduction* (Montreal: Editions HMH, 1970).

Hewlett, Maurice, *The Forest Lovers* (London, Macmillan, 1899). *The Holy*

Bible

Homer. Rieu, E. V. (trans.), *The Odyssey* (London: Penguin, 1991).

Hrabal, Bohumile. Michael Henry Heim (trans.), *Too Loud a Solitude* (London: Abacus, 1990).

Hunt, Leigh. Jesson-Dibley, David (ed.), *Selected Writings* (Manchester: Fyfield Books, 1990).

Hyde, Lewis, *The Gift: Imagination and the Erotic Life of Property* (New York: Vintage, Random House, 1983).

Il Postino. Written by Troisi, Massimo et al., directed by Radford, Michael. Miramax Home Entertainment, 1995.

Ingelow, Jean, *Mopsa the Fairy* (London: J. M. Dent, no copyright date given).

Irving, John, *A Widow for One Year* (Toronto: Alfred A. Knopf, 1998).

James, Henry, "The Death of the Lion," and "The Lesson of the Master," *The Lesson of the Master and Other Stories* (London: John Lehmann, 1948).

"The Author of *Beltraffio*," *In the Cage and Other Tales* (London: Rupert Hart Davis, 1958).

The Sacred Fount (New York: New Directions, 1995).

Joyce, James, *A Portrait of the Artist As a Young Man* (New York: Penguin, 1993).

Kafka, Franz. Pasley, Malcolm (ed. and trans.), "A Fasting-Artist" and "In the Penal Colony," *The Transformation and Other Stories* (London: Penguin, 1992).

Keats, John. Bush, Douglas (ed.), *Selected Poems and Letters* (Cambridge, MA: Riverside Press, 1959).

King, Stephen, *Misery* (New York: Viking, Penguin, 1987).

Klein, A. M., *The Rocking Chair and Other Poems* (Toronto: Ryerson Press, 1966).

Lawrence, D. H., *Look We Have Come Through!* (New York: B. W. Huebsc, 1920).

Lawrence, D. H. Alberto Manguel (ed.), "The Rocking-Horse Winner," *Black Water: The Anthology of Fantastic Literature* (Toronto: Lester and Orpen Dennys, 1983).

Layton, Irving, Foreword, *A Red Carpet for the Sun* (Toronto: McClelland and Stewart, 1959).

Le Carré, John, *Smiley's People* (New York: Bantam, 1974).

LeGuin, Ursula K., *A Wizard of Earthsea* (New York: Bantam, 1984).
The Telling (New York: Harcourt, 2000).

Leonard, Elmore, *Get Shorty* (New York: Delta, Dell, 1990).

Leroux, Gaston, *The Phantom of the Opera* (New York: HarperCollins, 1988).

Levi, Primo, *The Periodic Table* (New York: Schocken Books, 1984).
Rosenthal, Raymond (trans.), *The Drowned and the Saved* (London: Abacus, 1999).

Lévi-Strauss, Claude and Doniger, Wendy, *Myth and Meaning* (New York: Schocken Books, 1995).

MacDonald, Ann-Marie, *Fall on Your Knees* (Toronto: Alfred A. Knopf, 1996).

MacEwen, Gwendolyn, *Julian the Magician* (Toronto: Macmillan, 1963).
The Rising Fire (Toronto: Contact Editions, 1963) .
Breakfast for Barbarians (Toronto: Ryerson Press, 1966).
Gwendolyn MacEwen: The Early Years (Toronto: Exile Editions, 1993).
Atwood, Margaret and Callaghan, Barry (eds.), Introduction by Rosemary Sullivan, *The Poetry of Gwendolyn MacEwen: The Later Years* (Toronto: Exile Editions, 1994).

MacLeish, Archibald, *Collected Poems 1917–1982* (Boston: Houghton Mifflin, 1985).

Macpherson, Jay, *Poems Twice Told: The Boatman and Welcoming Disaster* (Toronto: Oxford University Press, 1981).

McEwan, Ian, "Reflections of a Kept Ape," *In Between the Sheets* (London: Jonathan Cape, 1978).

McRobbie, Kenneth, *Eyes Without A Face* (Toronto: Gallery Editions, 1960).
　　Malleus Maleficarum or *Hexenhammer* (1484).

Mandelstam, Osip, *Selected Poems* (New York: Farrar, Straus, and Giroux, 1975).

Mann, Klaus, *Mephisto* (Hamburg: Rowohlt Taschenbuch Verlag, 1980).

Michaels, Anne, *Miner's Pond, The Weight of Oranges, Skin Divers* (London: Bloomsbury, 2000).

Milton, John, *Paradise Lost* (London: Penguin, 2000).

Mitford, Nancy, *Voltaire in Love* (London: Hamish Hamilton, 1957).

Moore, Brian, *An Answer from Limbo* (Boston: Atlantic, Little, Brown, 1992).

Mowat, Farley, *People of the Deer* (Toronto: Bantam, 1984).

Munro, Alice, "Material," *Something I've Been Meaning To Tell You* (Toronto: McGraw Hill Ryerson, 1974).
　　Who Do You Think You Are? (Agincourt, ONT.: Signet, 1978).
　　"Cortes Island," *The Love of a Good Woman* (Toronto: Penguin, 1999).

Ondaatje, Michael, *Anil's Ghost* (Toronto: McClelland and Stewart, 2000).

Orwell, George, *Nineteen Eighty-Four* (Harmondsworth, Middlesex: Penguin, 1949).
　　"Why I Write," *The Penguin Essays of George Orwell* (London: Penguin, 1968).

Ovid. Innes, Mary (trans.) *Metamorphoses* (London: Penguin, 1955).

Owen, Wilfred. Day-Lewis, Cecil (ed.), *Collected Poems of Wilfred Owen* (New York: New Directions, 1963).

Petiska, Eduard and Svábová, Jana (trans.), *Golem* (Prague: Martin, 1991).

Plath, Sylvia, *The Collected Poems* (New York: Harper and Row, 1981).

Poe, Edgar Allan, "The Purloined Letter," *Selected Writings of Edgar Allan Poe* (Boston: Houghton Mifflin Company, 1956).

Purdy, Al, *Beyond Remembering: The Collected Poems of Al Purdy* (Madeira Park, BC: Harbour Publishing, 2000).

Pushkin, Alexander. Yarmolinsky, Avraham (ed.), *The Poems, Prose and Plays of Alexander Pushkin* (New York: The Modern Library, 1936).

Reaney, James. A. J. M. Smith (ed.), "The Canadian Poet's Predicament," *Masks of Poetry: Canadian Critics on Canadian Verse* (Toronto: McClelland and Stewart, 1962).

Atwood, Margaret and Weaver, Robert (eds.), "The Bully," *The Oxford Book of Canadian Short Stories in English* (Toronto: Oxford University Press Canada, 1986).

Rich, Adrienne, *Diving Into the Wreck* (New York: Norton, 1973).

Rilke, Rainer Maria. Young, David (trans.), *Sonnets to Orpheus* (Hanover, NH: Wesleyan University Press, 1987).

Rostand, Edmond, *Cyrano de Bergerac* (New York: Bantam, 1954).

Sandars, N. K. (trans.), *Poems of Heaven and Hell from Ancient Mesopotamia* (London: Penguin Classics, 1971).

The Epic of Gilgamesh (London: Penguin, 1972).

Sebald, W. G. Hulse, Michael (trans.), *Vertigo* (New York: New Directions, 2000).

Shakespeare, William. Greenblatt, Stephen (ed.), *King Richard III, The Complete Works of William Shakespeare* (New York: Norton, 1997).

Macbeth, The Complete Works of William Shakespeare (New York: Norton, 1997).

The Tempest, The Complete Works of William Shakespeare (New York: Norton, 1997).

King Henry the Fifth, The Complete Works of William Shakespeare (New York: Norton, 1997).

Hamlet, The Complete Works of William Shakespeare (New York: Norton, 1997).

King Lear, The Complete Works of William Shakespeare (New York: Norton, 1997).

Shelley, Percy Bysshe. Reiman, Donald H. and Powers, Sharon B. (eds.), *Shelley's Poetry and Prose: Authoritative Texts, Criticism* (New York:

Norton, 1977).

Shields, Carol, *Swann: A Mystery* (Toronto: Stoddart, 1987).

Smith, A. J. M. (ed.), *The Book of Canadian Poetry: A Critical and Historical Anthology* (Toronto: W. J. Gage, 1957).

Söderberg, Hjalmar. Austin, Paul Britten (trans.), *Doctor Glas* (London: Tandem, 1963).

Stein, Gertrude, *Four Saints in Three Acts, Gertrude Stein: Writings 1903–1932* (New York: Library of America, 1998).

Tertz, Abram, "The Icicle," *The Icicle and Other Stories* (London: Collins and Harvill, 1963).

Thackeray, W. M., *Vanity Fair* (London: J. M. Dent and Sons, 1957).

Thomas, Elizabeth Marshall, *Reindeer Moon* (New York: Pocket Books, 1991).

Tierney, Patrick, *The Highest Altar* (New York: Viking, 1989).

Tymms, Ralph, *Doubles in Literary Psychology* (Oxford: Bowes and Bowes, 1949).

Villon, François. Kinnell, Galway (ed.), *The Poems of François Villon* (Boston: Houghton Mifflin, 1965,1977).

Von Chiamisso, Adelbert, *Peter Schlemihl* (London: Camden House, 1993).

Weaver, Robert and Toye, William (eds.), *The Oxford Anthology of Canadian Literature* (Toronto: Oxford University Press Canada, 1973).

Welty, Eudora; "The Petrified Man," *Selected Stories of Eudora Welty* (New York: The Modern Library, 1936, 1943).

Wiebe, Rudy. Atwood, Margaret and Weaver, Robert (eds.), "Where is the Voice Coming From?," *The Oxford Book of Canadian Short Stories in English* (Toronto: Oxford University Press, 1986).

Wilde, Oscar, *The Picture of Dorian Gray* (Ware, Hertfordshire: Wordsworth Editions, 1992).

Wilson, Milton. Smith, A. J. M. (ed.), "Other Canadians and After," *Masks of Fiction: Canadian Critics on Canadian Prose* (Toronto: McClelland and Stewart, 1961).

Woods, George Benjamin and Buckley, Jerome Hamilton (eds.), *Poetry of the Victorian Period* (Chicago: Scott, Foresman, 1955).

Wordsworth, William. Gill, Stephen and Wu, Duncan (eds.), *William Wordsworth: Selected Poetry* (Oxford University Press, 1998).

Yeats, William Butler, *The Collected Poems of W. B. Yeats: Last Poems* (London: Macmillan, 1961).

Young, Dudley, *Origins of the Sacred: The Ecstasies of Love and War* (New York: St. Martin's Press, 1991).

致謝

　　感謝以下機構／人士慨允本書引用相關作品段落。其餘文本我們也已竭盡全力聯繫版權所有者，若有不慎疏漏，在此謹表歉意。

Joan Acocella, *The New Yorker*.

Milton Acorn, *Dig Up My Heart: Selected Poems,* McClelland & Stewart Ltd.

Jorge Luis Borges, 'Everything and Nothing' from *Labyrinths,* copyright © 1962, 1964 by New Directions Publishing Corp. Reprinted by permission of New Directions Publishing Corp.; *The Total Library Non-Fiction, 1922–1986* edited Eliot Weinberger, trans. Esther Allen, Suzanne Jill Levine, and Eliot Weinberger, copyright © Esther Allen, © Suzanne Jill Levine, © Eliot Weinberger, 1999. Reprinted by permission of Allen Lane and The Penguin Press, 2000.

Ray Bradbury, *The Martian Chronicles*, copyright © 1950, renewed 1977 by Ray Bradbury. Reprinted by permission of Don Congdon Associates, Inc.

Elias Canetti, *Auto da fé.* Reprinted by permission of Jonathan Cape and The Random House Group Ltd.

Cyril Connolly, *Enemies of Promise.* Reprinted by permission of A. J. Monsey for Rogers, Coleridge & White Ltd. on behalf of the Estate of Cyril Connolly.

Robertson Davies, *The Merry Heart*. Reprinted by permission of McClelland & Stewart Ltd., and Pendragon Ink.

Isak Dinesen, *Winter's Tales,* copyright © 1942 by Random House, Inc., renewed 1970 by Johan Philip Thomas Ingerslev; *Anecdotes of Destiny*, copyright © 1958 by Isak Dinesen, renewed by the Rungstedlund Foundation. Reprinted by permission of Rungstedlund Foundation and Michael Joseph.

E. L. Doctorow, *City of God*. Reprinted by permission of the author.

Mavis Gallant, *Selected Stories*. Reprinted by permission of McClelland & Steward, Ltd. and Georges Borchardt, Inc. Literary Agency.

Peter Gay, *The Pleasure Wars*, W. W. Norton.

Carlo Ginzburg, *Ecstacies: Deciphering the Witches' Sabbath*. Reprinted by permission of Einaudi Editore and The Bobbe Siegel Literary Agency.

Nadine Gordimer, *Selected Stories*. Reprinted by permission of the author.

Graham Greene, *The End of the Affair*, copyright © 1951, renewed © 1979 by Graham Greene. Reprinted by permission of Viking Penguin, a division of Penguin Putnam and The Random House Group Ltd.

Daryl Hine, 'The Doppelgänger.' *The Oxford Book of Canadian Verse*. Reprinted by permission of the author.

Homer, *The Odyssey*, E.V. Rieu trans., revised translation D. C. H. Rieu, 1946, 1991, copyright © 1946 by E.V. Rieu, this revised translation copyright © the Estate of the late E.V. Rieu and D. C. H. Rieu, 1991. Reprinted by permission of Penguin Classics.

John Irving, *A Widow for One Year*. Reprinted by permission of the author.

Franz Kafka, *The Transformation and Other Stories*, Malcolm Pasley trans., copyright © Malcolm Pasley, 1992. Reprinted by permission of Penguin Classics.

Galway Kinnell, *The Collected Poems of François Villon*, copyright © 1965, 1977 by Galway Kinnell. Reprinted by permission of Houghton Mifflin and Company.

D. H . Lawrence, *The Complete Poems of D. H. Lawrence*. Reprinted by permission of Laurence Pollinger Ltd. and the Estate of Frieda Lawrence Ravagli.

Irving Layton, *A Red Carpet for the Sun*. Reprinted by permission of McClelland & Stewart Ltd. and M. Schwartz.

Primo Levi, *The Periodic Table*, English trans., copyright © 1984 Schocken Books, Italian text copyright © 1975 Einaudi. Reprinted by permission of Schocken Books.

C. Day Lewis, *The Aenid of Virgil*. Reprinted by permission of Random House Inc. and The Peters Fraser & Dunlop Group Ltd.

Ann-Marie MacDonald, *Fall on Your Knees*. Reprinted by permission of the author.

Gwendolyn MacEwen, 'The Left Hand and Hiroshima' from *Breakfast for Barbarian*; 'Dark Pines Under Water' from *Gwendolyn MacEwen: the Early Years; The Poetry of Gwendolyn MacEwen: the Later Years; Julian the Magician*. Reprinted by permission of Exile Editions.

Archibald MacLeish, *Collected Poems*, Houghton Mifflin Company.

Jay Macpherson, 'Book' and 'The Well,' *The Oxford Anthology of Canadian Literature*, Oxford University Press.

Nancy Mitford, *Voltaire in Love*. Reprinted by permission of The Peters Fraser & Dunlop Group.

Alice Munro, *The Love of a Good Woman, Something I've Been Meaning To Tell You, Who Do you Think You Are?* Reprinted by permission of the author.

George Orwell, *1984*, and *Why I Write*, A. M. Heath & Co. Ltd., on behalf of Bill Hamilton as the Literary Executor of the estate of the late Sonia Brownell Orwell and Martin Secker & Warburg Ltd.

Sylvia Plath, *Collected Poems*, Faber and Faber Ltd.

Al Purdy, *Beyond Remembering: the Collected Poems of Al Purdy,* Harbour Publishing.

Adrienne Rich, the lines from 'Diving into the Wreck,' the lines from 'From the Prison House,' from *Diving into the Wreck: Poems 1971–1972* by Adrienne Rich. Copyright © 1973 by W. W. Norton & Company, Inc.

Rainer Maria Rilke, *Sonnets to Orpheus*, David Young trans. Reprinted by permission of Wesleyan University Press.

N. K. Sandars trans., *The Epic of Gilgamesh*, third edition, copyright © N. K. Sandars, 1960, 1964, 1972; *Poems of Heaven and Hell from Ancient Mesopotamia*, copyright © N. K. Sandars, 1971. Reprinted by permission of Penguin Classics.

Danny Shanahan, 'The moving finger writes, and having writ moves on to a three-week, twenty-city book tour.' Reprinted by permission of *The New Yorker*.

Gertrude Stein, *The Collected Works*, Library of America.

Eudora Welty, *The Selected Stories of Eudora Welty*, Harcourt Brace and Co.

Milton Wilson, 'Other Canadians and After' from *Masks of Fiction: Canadian Critics on Canadian Verse*. Reprinted by permission of the author.

索引

1劃 ————————

《一九八四》，*Nineteen Eighty-Four*／85, 198, 199, 225, 228, 273

《一千零二夜的故事》，*The Tale of the Thousand and Second Night*／181

《一代毒蛇》，*Generation of Vipers*／146

〈一件痛苦的事〉，"A Painful Affair"／165, 191, 269

〈一個慰藉人心的故事〉，"A Consolatory Tale"／90, 111, 112, 269

〈一座印第安村莊的遺蹟〉，"Remains of an Indian Village"／233, 262

〈一隻圈養猿猴的思索〉，"Reflections of a Kept Ape"／34, 272

2劃 ————————

丁尼生，Tennyson, Alfred, Lord／129, 130, 152

〈九篇但丁式的文章〉，"Nine Dantesque Essays"／252, 264, 268

〈十二位跳舞的公主〉，"The Twelve Dancing Princesses"／249

3劃 ————————

《乞丐使女》，*The Beggar Maid*／76

《大亨小傳》，*The Great Gatsby*／187

《大師的課程》，*The Lesson of the Master*／151, 159, 225, 271

《大鼻子情聖》，*Cyrano de Bergerac*／204, 225, 274

《女巫之鎚》，*Malleus Maleficarum*／96, 111

《才華：想像力及財產的情色生命》，*The Gift: Imagination and the Erotic Life of Property*／125, 151, 271

4劃

《不寧靜的墳墓》，*The Unquiet Grave*／68

《丹尼爾‧德隆達》，*Daniel Deronda*／144, 153, 162, 191, 269

〈井〉，"The Well"／232, 262, 279

《內在聖堂》，*The Inner Sanctum*／59

〈化石人〉，"The Petrified Man"／125, 151, 275

《化身博士》，*Dr. Jekyll and Mr. Hyde*／81, 92

厄文（約翰），Irving, John／237, 262

厄哈特（艾美莉亞），Earhart, Amelia／58

《天主之城》，*City of God*／91, 111, 269, 278

《天路歷程》，*The Pilgrim's Progress*／154, 216, 217, 227, 268

《太陽的紅地毯》，*A Red Carpert for the Sun*／116, 146, 151, 154, 272, 279

《尤里西斯》，*Ulysses*／133

《尤金‧奧涅根》，*Eugene Onegin*／215, 227

尤涅斯柯，Ionesco, Eugene／67

尤瑞蒂絲，Euridice／251, 253

巴比塞（亨利），Barbusse, Henri／187

〈巴伐利亞龍膽〉，"Bavarian Gentians"／257

巴金斯（比爾博），Baggins, Bilbo／250

巴森（比利），Batson, Billy／83

《巴黎‧倫敦流浪記》，*Down and Out in Paris and London*／173

〈木馬的贏家〉，"The Rocking Horse Winner"／249, 272

〈比諾利的兩姊妹〉，"Twa Sisters of Binnorie"／242

《毛二世》，*Mao II*／164, 176, 192, 269

〈火星人〉，"The Martian"／209, 226, 268

《火星編年史》，*The Martian Chronicles*／209, 226, 268

王爾德（奧斯卡），Wilde, Oscar／111, 112, 134, 139, 145, 146, 152, 153, 187, 275

5劃 ───────

以掃，Esau／92

加蘭（梅維絲），Gallant, Mavis／29, 38, 40, 165, 191, 269, 270, 278

《包法利夫人》，*Madam Bovary*／132

《北回歸線》，*Tropic of Cancer*／133

卡力班，Caliban／182, 183

卡內提（伊利亞），Canetti, Elias／29, 40, 218, 227, 268, 277

卡夫卡（法蘭茲），Kafka, Franz／67, 139, 140, 212, 213, 153, 277, 271, 278

卡拉瓦喬，Caravaggio／101

卡普金斯基（里札），

Kapuscinski, Ryszard／185

卡繆（阿爾貝），Camus, Albert／67

《古騰堡星系》，*The Gutenberg Galaxy*／72

《另一人》，*The Other*／94

史文加利，Svengali／181

史卡佩塔（凱），Scarpetta, Kay／243

史考特（華特），Scott, Walter／67, 120

史坦貝克，Steinbeck, John／67

史坦茵（葛楚德），Stein, Gertrude／177, 192, 275, 280

史特勞斯（理查），Strauss, Richard／145, 146

史密斯（溫斯頓），Smith, Winston／85, 199, 201, 202, 203

史麥里（喬治），Smiley, George／197

史溫本，Swinburne, Algernon Charles／128

史蒂文生（羅伯·路易），Stevenson, Robert Louis／81, 92

《史戴福的主婦》，*The Stepford Wives*／94

《失樂園》，*Paradise Lost*／173, 273

左拉，Zola, Emile／67, 173

布朗，Brown, E. K.／49, 78, 111, 152, 226, 268

布萊希特，Brecht, Bertolt／67

布萊貝利（雷），Bradbury, Ray ／209, 210, 222, 226, 228, 268, 277

布麗森（凱倫），Blixen, Karen ／91

《永遠的安珀》，*Forever Amber* ／61

瓦特（阿勒山德），Wat, Aleksander／38

甘道夫，Gandalf／250

《生活》，*Life*／67

《白色女神》，*The White Goddess* ／144, 236, 153, 262, 270

〈白象般的群山〉，"Hills Like White Elephants"／133

《白鯨記》，*Moby Dick*／61

皮藍德婁，Pirandello, Luigi／67

6劃

伊凡斯（瑪莉·安），Evans, Mary Ann／102

伊尼亞斯，Aeneas／247, 249, 253

《伊尼德》，*Aeneid*／247, 253, 264

《伊里亞德》，*lliad*／177

伊拿娜，Inanna／251

伊許伍（克里斯多夫），Isherwood, Christopher／68, 187

伍爾芙（維吉妮亞），Woolf, Virginia／39, 67

伏爾泰，Voltaire, Francois Marie Arouet／124, 157, 191, 206, 273, 279

〈冰柱〉，"The Icicle"／221, 228, 275

《危險關係》，*Les Liasons dangereuses*／201

吉布森（格雷姆），Gibson, Graeme／45, 72, 262, 264, 270

吉爾伽美什，Gilgamesh／255, 256

《地獄》，*L'Enfer*／187

多倫多，Toronto／44, 57, 78, 123, 124

多特羅，Doctorow, E. L／91, 111, 269, 278

《她腳下的土地》，*The Ground Beneath Her Feet*／148

安奇度，Enkido／255, 256

安部公房，Abé, Kobo／51, 78, 267

托洛普，Trollope, Anthony／208

托爾金，Tolkien, J.R.R.／250

托爾斯泰，Tolstoy, Leo／67

〈有五根手指的野獸〉，"The Beast with Five Fingers"／96, 104

《有正當理由之罪人的告白》，*Confessions of a Justified Sinner*／94

〈死亡之船〉，"The Ship of Death"／231

江森，Jonson, Ben／180

米納德，Maenad／147, 149

米勒（亨利），Miller, Henry／67, 133

米爾凡（賈斯伯），Milvain, Jasper／141

《艾尼爾的鬼魂》，*Anil's Ghost*／243

艾米斯（馬丁），Amis, Martin／165

艾西絲，Isis／222, 250

艾空（米爾頓），Acorn, Milton／213

艾略特（T・S），Eliot, T. S.／88, 145

艾略特（喬治），Eliot, George／102, 144, 145, 153, 162, 164, 191, 269

艾森葛陰，Eisengrim／181

艾德華茲（佛斯霍），Edwards, Foxhall／151

艾德爾（里昂），Edel, Leon／186, 239, 262

《亨利五世》，*Henry V*／173

7劃 ————————

《佛洛斯河畔的磨坊》，*The Mill on the Floss*／61

佛萊（諾索），Frye, Northrop／71, 78, 197, 225

佛雷澤，Frazer, James／245

但丁，Dante／39, 111, 115, 252, 253, 254, 255

《作家市場》，*Writers' Markets*／65, 70

《你以為你是誰？》，*What Do You Think You Are?*／75

伯若斯（威廉），Burroughs,

William／106, 133, 112, 268

伯恩哈特（莎拉），Bernhardt, Sarah／143

《克拉莉莎・哈婁》，*Clarissa Harlowe*／201

《克拉普的最後一捲錄音帶》，*Krapp's Last Tape*／200

克藍，Klein, A. M.／5, 64, 78, 158, 166, 191, 271

《劫後英雄傳》，*Ivanhoe*／141

《呆瓜秀》，*The Goon Show*／68

《坎特伯雷故事》，*The Canterbury Tales*／5, 6, 101

孛爾（海利希），Ball, Heinrich ／67

《完蛋》，*Kaputt*／186

希修斯，Theseus／250

希偉（艾笛絲），Sitwell, Edith ／157, 191, 270

希羅多德，Herodotus／185

《我是攝影機》，*I am a Camera* ／187

《我控訴》，*J'accuse*／173

《李爾王》，*King Lear*／86, 93, 111, 274

李維（普利摩），Levi, Primo／108, 109, 215, 112, 227, 272

杜斯妥也夫斯基，Dostoevsky, Fyodor／67

杜穆茲，Dumuzi／251

《每個人》，*Everyman*／235

沙特（尚保羅），Sartre, Jean-Paul／67

《沒有臉的眼睛》，*Eyes Without A Face*／187, 192, 273

沃夫（湯瑪斯），Wolfe, Thomas ／151, 253

狄朵，Dido／253

狄孚（丹尼爾），Defoe, Daniel ／186

狄更斯（查爾斯），Dickens, Charles／91, 111, 125, 173, 186, 222, 269

狄瑾蓀（艾蜜莉），Dickinson, Emily／67, 147, 201, 204, 205, 225, 226, 269

《狂喜：解讀女巫安息日》，*Ecstasies: Deciphering the Witches' Sabbath*／260, 270

貝克特（山繆爾），Beckett, Samuel／38, 67, 200

貝奧武夫，Beowulf／250

貝爾（史提夫），Bell, Steve／106

〈《貝爾崔佛歐》的作者〉，
"The Author of *Beltraffio*"／152,
160, 191, 271

拿坡里，Naples／182

里連克隆（戴勒夫），Liliencron,
Detlev von／195

里爾克，Rilke, Rainer Maria／
116, 137, 151, 153, 242, 254,
257, 263, 264, 274, 280

8劃 —————————

亞伯，Abel／92, 168, 242

依許塔，Ishta／255

〈來自監獄〉，"From the Prison
House"／189, 192

《來自臨駁的答案》，*An Answer
from Limbo*／188, 192, 273

佩皮斯（山繆爾），Pepys,
Samuel／200

佩姬（佩蒂），Page, Patti／59

坡（艾德加・愛倫），Poe, Edgar
Allan／59, 94, 101

〈奇異的會面〉，"Strange
Meeting"／259, 264

奈斯比，Nesbit, E.／59

孟若（艾莉絲），Munro, Alice
／50, 72, 75, 78, 171, 186, 190,
191, 273, 279

《孤雛淚》，*Oliver Twist*／186

帕拉戴（尼爾），Paraday, Neil／
196

《承諾之敵》，*Enemies of Promise*
／122, 158, 207, 151, 191, 226,
269, 277

《拉夫卡迪歐》，*Lafcadio*／177

拉克羅，Laclos, Pierre Choderlos
de／201

〈拉帕齊尼的女兒〉，
"Rappacinni's Daughter"／180

〈拉撒路夫人〉，"Lady Lazarus"
／147

果戈里，Gogol, Nikolai／96, 173

《波希米亞人》，*La Bohème*／84

波希鳳，Persephone／233, 244,
251, 257

波特萊爾，Baudelaire, Charles／
67, 128, 205, 226, 267

波赫士（霍荷・路易斯），
Borges, Jorge Luis／97, 98, 108,
112, 132, 152, 221, 226, 228,
252, 264, 267, 277

〈波赫士與我〉，"Borges and T"
／97, 112, 221, 228, 267

法蘭克（安妮），Frank, Anne／

200

〈法蘭德斯的原野上〉，"In Flanders Fields"／245, 263

炎魔，Balrog／250

《爭取時間》，*Playing for Time*／185

肯特（克拉克），Kent, Clark／83

芬德利（提摩西），Findley, Timothy／72

金（史蒂芬），King, Stephen／203, 225

《金色筆記》，*Golden Notebook*／68

《金枝》，*The Golden Bough*／245

金茲堡（卡羅），Ginzburg, Carlo／260, 264, 265, 270, 278

阿波羅，Apollo／113, 149, 153, 173

阿特拉斯（查爾斯），Atlas, Charles／59

阿爾恭琴，Algonquin／106

阿赫瑪托娃（安娜），Akhmatova, Anna／115, 151, 267

阿諾德（馬修），Arnold, Matthew／131

雨果（維多），Hugo, Victor／173

《青年藝術家的畫像》，*Portrait of the Artist as a Young Man*／151, 152, 161, 191, 271

《青蜂俠》，*The Green Hornet*／59

9劃 ——————————

《信念之舉》，*Auto da Fé*／218, 227, 268, 277

前拉斐爾派，Pre-Raphaelite／235, 236

勃帝（艾爾），Purdy Al／233, 262, 273, 279

勃朗蒂（艾蜜莉），Brontë, Emily／125

勃朗寧（伊莉莎白・巴瑞），Browning, Elizabeth Barret／135, 138, 139, 148, 152, 212, 226

勃朗寧（羅伯），Browning, Robert／84, 85, 86, 111

品瓊（湯瑪斯），Pynchon, Thomas／63

《哈比人》，*The Hobbit*／250

《哈姆雷特》，*Hamlet*／262

垮掉的一代，Beat Generation／67, 133

契訶夫，Chekov, Anton／125, 178, 237, 262

奎勒考區（亞瑟），Quiller-Couch, Arthur／70

〈威廉‧威爾森〉，"William Wilson"／94

威廉斯（田納西），Williams, Tennessee／67

威爾森（米爾頓），Wilson, Milton／50, 78, 275, 280

威爾蒂（尤朵拉），Welty, Eudora／125, 151, 275, 280

恰特頓，Chatterton, Thomas／85

拜倫，Byron, George Gordon, Lord／105, 128

拜雅特，Byatt, A. S／148

施列米（彼得），Schelmihl, Peter／89

〈柯提斯島〉，"Cortes Island"／50, 78, 273

柯爾（露絲），Cole, Ruth／237

《查泰萊夫人的情人》，*Lady Chatterley's Lover*／133

《查爾斯‧葛蘭迪森爵士》，*Sir Charles Grandison*／201

柏拉圖，Plato／171

柏林（以撒），Berlin, Isaiah／68, 83, 111, 267

柏金斯（麥斯威爾），Perkins, Maxwell／121, 151

柏格曼，Bergman, Ingmar／181

〈流刑地〉，"In the Penal Colony"／212, 227, 271

《派頓園》，*Peyton Place*／61

《皇帝》，*The Emperor*／186

《砂丘之女》，*The Woman in the Dunes*／51, 77, 78, 267

《穿拖鞋的希蓓們》，*Slip-Shod Sibyls*／147, 154, 270

《紅字》，*Scarlet Letter*／142

紅花俠，Scarlet Pimpernel／83

《紅菱豔》，*The Red Shoes*／143, 181

紀辛（喬治），Gissing, George／140, 153, 270

紀德（安德烈），Gide, Andre／67, 169, 177

胡迪尼（哈利），Houdini, Harry／173

〈胎記〉，"The Birthmark"／180

范恩（希蓓），Vane, Sybil／142, 153

迪納森（以薩），Dinesen, Isak／
　90, 91, 107, 111, 112, 126, 127,
　142, 151, 153, 208, 224, 226,
　228, 269, 278

迪蜜特，Demeter／251

10劃────────

修列（莫利斯），Hewlett,
　Maurice／157, 191, 271

〈哥布林市場〉，"Goblin
　Market"／90

夏納罕，Shanahan／97

〈島嶼的維納斯〉，"Venus de
　l'Isle"／159

席瑞（茉伊拉），Shearer, Moira
　／143

席爾茲（卡蘿），Shields, Carol
　／148, 221, 228, 275

庫瑪，Cumae／247, 249, 261

恩格爾（瑪莉安），Engel,
　Marian／72

〈書〉，"Book"／220

朗（安德魯），Lang, Andrew／
　59

朗費羅，Longfellow／152

桑塔格（蘇珊），Sontag, Susan
　／170

格林兄弟，Grimm Brothers／5,
　90, 99, 249, 263, 270

格許提拿娜，Geshtinanna／251

格連斗，Grendel／250

格雷（多利安），Gray Dorian／
　95, 129

《格雷的畫像》，*The Picture of
　Dorian Gray*／106, 111, 112,
　131, 152, 153, 275

《浪漫主義的根源》，*The Roots
　of Romanticism*／83, 111, 112,
　267

海明威（恩尼斯特），
　Hemingway, Ernest／65, 67,
　100, 133, 151

海德（路易斯），Hyde, Lewis／
　79, 81, 94, 125, 126, 151, 271

《浮士德》，*Faust*／183

《浮華世界》，*Vanity Fair*／180,
　214, 275

烏納皮許廷，Utnapishtim／256

特拉分，Traven, B／63

特茲（阿布蘭），Tertz, Abram／
　221, 228, 275

班揚（約翰），Bunyan, John／
　154, 216, 217, 227, 268

班雅明（華特），Benjamin,

Walter／104, 112, 195, 225, 267

班德瑞斯（莫利斯），Bendrix, Maurice／207

《神曲》，*Divine Comedy*／39, 252

《神曲・天堂篇》，*Paradiso*／253, 255

《神曲・地獄篇》，*Inferno*／177, 255

《神曲・煉獄篇》，*Purgatorio*／255

驚奇隊長，Captain Marvel／83

《神聖的泉源》，*The Sacred Fount*／186, 192, 271

《神聖的起源》，*Origins of the Sacred*／228, 237, 262, 276

索連森，Soerenson／127, 142

索德柏（希加瑪），Söderberg, Hjalmar／198, 225, 275

納希瑟斯，Narcissus／93

翁達傑（麥可），Ondaatje, Michael／72, 243, 273

《荒野之狼》，*Steppenwolf*／67

〈馬里歐與魔術師〉，"Mario and the Magician"／181

馬拉帕德（庫吉歐），Malaparte, Curzio／186

馬婁，Marlowe, Christopher／180

高蒂耶（迪歐菲爾），Gautier, Théophile／115, 133, 151, 270

11劃————————

勒卡雷（約翰），Le Carré, John／197, 225, 272

曼（克勞斯），Mann, Klaus／178, 183, 192, 273

曼（湯瑪斯），Mann, Thomas／181

曼斯菲爾德（凱瑟琳），Mansfield, Katherine／65

曼德斯丹（歐西普），Mandelstam, Osip／233, 262, 273

〈唱歌的骨頭〉，"The Singing Bone"／242, 263, 270

《崔爾比》，*Trilby*／181

〈帶著康乃馨的年輕人〉，"The Young Man With the Carnation"／208, 224, 226, 228, 269

康納利（希瑞爾），Connolly, Cyril／68, 99, 122, 123, 151, 158, 191, 207, 226, 269, 277

康薇爾（派翠西亞），Cornwell, Patricia／243

〈從我雙手掌心接過喜樂〉，
"Take for joy from the palms of
my hands"／233, 262

《梵諦岡的地窖》，*Les Caves du
Vatican*／169

梭羅（亨利・大衛），Thoreau,
Henry David／54

梅里美，Mérimée, Prosper／159

《梅菲斯托》，*Mephisto*／178,
183, 192, 273

梅盧西納，Melusina／145

理查森，Richardson, Samuel／201

《理想國》，*Republic*／171

理爾登（艾德溫），Reardon,
Edwin／141

畢芬（哈洛），Biffen, Harold／
141

莎士比亞，Shakespeare, William
／53, 86, 93, 105, 125, 173,
178, 181, 182, 183, 225, 243,
262, 263, 274

莎樂美，Salomé／145, 146

莫丘理，Mercury／173

莫里哀（喬治），Maurier,
George du／181

莫里斯（威廉），Morris,
William／235

《莫莎仙子》，*Mopsa the Fairy*／
236, 271

《莫萍小姐》，*Mademoiselle de
Maupin*／115, 151, 270

莫鐸（艾瑞），Murdoch, Iris／
68

莒哈絲（瑪格莉特），Duras,
Marguerite／29, 40, 269

連納（艾爾摩），Leonard,
Elmore／74, 78, 118, 151, 272

透納，Turner, John Mallord
William／131

陶蒂，Dotty／172

雪萊，Shelley／33, 40, 164, 191,
274

麥卡錫（喬），McCarthy, Joseph
／58

麥可斯（安），Michaels, Anne／
196, 225, 273

麥佛森（傑），Macpherson, Jay
／232, 227, 262, 272, 279

麥克雷（約翰），McCrae, John
／245, 263

麥克魯漢（馬歇爾），McLuhan,
Marshall／72

麥李許（阿齊飽德），MacLeish,
Archibald／176, 177, 192, 272,
279

麥依文（關多琳），McEwen, Gwendolyn／81, 158, 178, 196, 257

麥克尤恩（伊恩），McEwan, Ian ／34, 40, 272

麥唐諾（安瑪莉），MacDonald, Ann-Marie／237, 262, 272, 279

12劃

《最高祭壇》，*The Highest Altar* ／93, 111, 275

凱魯亞克（傑克），Kerouac, Jack／67, 133

勞倫斯，Lawrence, D. H／137, 152, 231, 249, 257, 262, 264, 271, 272, 279

博尼（厄爾），Birney, Earle／45, 53, 267

喬伊斯，Joyce, James／67, 124, 133, 134, 151, 152, 161, 163, 191, 271

喬叟（傑弗瑞），Chaucer, Geoffrey／5, 7, 101, 105, 268

惠特曼，Whitman, Walt／67

〈愉快的角落〉，"The Jolly Corner"／95

提瑞西亞斯，Tiresias／249, 258

提爾尼（派雀克），Tierney, Patrick／93, 111, 275

《斯萬：一個推理故事》，*Swan: A Mystery*／221, 228, 275

普希金，Pushkin, Alexander／ 215, 227, 273

普拉斯（西薇亞），Plath, Sylvia ／147, 148, 154, 273, 279

普林（荷絲特），Prynne, Hester ／142

普契尼，Puccini／84

普魯佛勞（艾弗瑞），Prufrock, J. Alfred／145, 164

普魯斯特，Proust, Marcel／67

普羅提斯，Proteus／51

普羅斯斐洛，Prospero／142, 178, 180, 181, 182, 183

《森林情人》，*The Forest Lovers* ／157, 191, 271

渥太華，Ottawa／119

渥頓（亨利），Wotton, Henry, Lord／106, 187

《湯姆·瓊斯》，*Tom Jones*／ 195, 225, 227, 269

湯瑪斯（狄倫），Thomas, Dylan ／68

〈絕食藝術家〉，"A Fasting-

Artist"／139, 153, 271

《給奧菲斯的十四行詩》，
Sonnets to Orpheus／116, 151,
153, 242, 254, 263, 264, 274,
280

腓特烈大帝，Frederick the Great
／157

《華氏451度》，*Fahrenheit*／
209, 222, 228, 268

華茲華斯，Wordsworth, William
／139, 153, 276

華勒斯（大衛‧佛斯特），
Wallace, David Foster／166

《佔有》，*Possession*／148

萊辛（朵麗斯）。Lessing, Doris
／68

《萌芽》，*Germinal*／173

費茲傑羅（史考特），Fitzgerald,
F. Scott／67, 151

費滋傑羅（愛德華），Fitzgerald,
Edward／54

費爾丁（亨利），Fielding,
Henry／195, 227, 225, 269

賀里歐加巴盧斯，Heliogabalus／
195

《週期表》，*The Periodic Table*／
108, 109, 112, 272, 279

鄂柏（安），Hebert, Anne／258,
265, 270

《郵差》，*Il Postino*／212, 227,
271

雅各，Jacob／39, 51, 92, 220

《黃皮書》，*The Yellow Book*／
159

〈黃金孩童〉，"The Gold
Children"／90

黑地斯，Hades／251

《黑板叢林》，*The Blackboard
Jungle*／61

《黑道當家》，*Get Shorty*／74,
78, 118, 151, 272

黑澤明，Kurozawa／90

13劃————————

《傲慢與偏見》，*Pride and
Prejudice*／236, 267

奧狄修斯，Odysseus／83, 244,
247, 249

《奧狄賽》，*Odyssey*／244, 263,
271, 278

奧芬巴赫，Offenbach, Jacques／
181

奧茲巫師，Wizard of Oz／155,
178, 180, 267

奧斯汀（珍），Austen, Jane／61,
125, 222, 267

奧維德，Ovid／261

《愛情的盡頭》，*The End of the
Affair*／207, 226, 270, 278

愛瑞兒，Ariel／142, 182

愛默生，Emerson, Ralph Waldo／
134, 152, 269

《新文丐街》，*New Grub Street*
／140, 141, 153, 270

新斯科細亞，Nova Scotia／54

楊（杜德利），Young, Dudley／
222, 237, 255, 228, 262, 276

《煉金術士》，*The Alchemist*／
180

〈獅子之死〉，"The Death of the
Lion"／196, 225, 271

瑟特，Set／93

瑞尼（詹姆斯），Reaney, James
／34, 40, 49, 78, 274

瑞娜，Reena／35, 40

瑞勒（莫德查），Richler,
Mordecai／72

瑞莫斯，Remus／92, 93

瑞琪（艾竺恩），Rich, Adrienne
／189, 192, 257, 265, 274, 279,
280

聖西蒙，Saint-Simon／200

葉慈，Yeats. W.B／67, 83, 117,
188, 276

《葛拉斯醫師》，*Doctor Glas*／
198, 225, 275

葛林（格雷安），Greene,
Graham／68, 207, 226, 270, 278

葛瑞爾（潔曼），Greer,
Germaine／44, 147, 154, 270

葛蒂瑪（娜汀），Gordimer,
Nadine／82, 111, 270, 278

葛雷夫斯（羅伯），Graves,
Robert／144, 153, 236, 270

《解剖評論》，*The Anatomy of
Criticism*／71

該隱，Cain／92, 168, 169

〈詩人風景繪像〉，"Portrait of
the Poet as Landscape"／5, 64,
78, 158, 191, 271

〈詩之藝〉，"Ars Poetica"／176,
192

詹姆斯（亨利），James, Henry／
32, 95, 116, 129, 142, 151, 152,
159, 160, 161, 162, 186, 187,
191, 192, 196, 225, 239, 271

《資訊》，*The Information*／166

路易斯（溫漢），Lewis,
Wyndham／123

《跪下》，*Fall on Your Knee*／237, 262, 272, 279

雷頓（爾文），Layton, Irving／116, 146, 151, 154, 272, 279

葳柏（露比），Wiebe, Ruby／72, 264, 275

14劃———————

《嘉德橋市長》，*The Mayor of Casterbridge*／61

圖伯（詹姆斯），Thurber, James／152

夢露（瑪麗蓮），Monroe, Marilyn／206, 226

《寡居的一年》，*A Widow for One Year*／237, 262, 271, 278

〈歌唱情欲和歡樂的詩人〉，"Bards of Passion and of Mirth"／81

《歌劇魅影》，*The Phantom of the Opera*／203, 225, 249, 272

漢恩（達瑞），Hine, Daryl／90, 111, 278

〈瑪莎寄來的信〉，"Letters from Martha"／196, 225

《瑪德雷山的寶藏》，*The Treasure of Sierra Madre*／63

碧翠絲，Beatrice／252, 253

福克納，Faulkner, William／67

福婁拜，Flaubert, Gustave／67, 103, 132, 141, 145, 159, 160

福爾摩斯（夏洛克），Holmes, Sherlock／60, 187

〈精益求精〉，"Excelsior"／152

《綠野仙蹤》，*The Wizard of Oz*／178, 179, 267

綺色佳，Ithaca／83

維吉爾，Virgil／253, 254, 255

維庸（弗蘭索瓦），Villon, Francois／215, 227, 275, 278

《與極惡之人的短暫訪談》，*Brief Interviews with Heinous Men*／166

蒙提派松，Monty Python／69

蓋伊（彼得），Gay, Peter／195, 225, 270, 278

《蒼蠅的苦痛》，*The Agony of Flies*／29, 40, 268

〈說故事的人〉，"The Storyteller"／195, 225, 267

〈酷似活人的幽靈〉，"The Doppelgänger"／90, 111, 278

魁北克，Quebec／54, 258

〈鼻子〉，"The Nose"／96

齊克果，Kierkegaard, Soren／67

15劃

《影武者》，*The Shadow Warrior*
／90

德里洛（唐），De Lillo, Don／
164, 191, 192, 269

德露（南西），Drew, Nancy／60

《憤怒的葡萄》，*Grapes of Wrath*
／67

摩爾（布萊恩），Moore, Brian／
188, 192, 273

〈暴風雨〉，"Tempests"／126,
151, 153, 269

《暴風雨》，*The Tempest*／142,
178, 180, 182, 274

《多義七式》，*Seven Types of
Ambiguity*／31

《樂趣之戰》，*The Pleasure Wars*
／195, 225, 270, 278

〈樂器〉，"A Music Instrument"
／135

歐文（威佛瑞），Owen, Wilfred
／259, 265, 273

歐尼爾（尤金），O'Neill,
Eugene／67

歐布萊恩（弗蘭），O'Brien,
Flann／68, 203

歐汀，Odin／83

歐威爾（喬治），Orwell, George
／68, 85, 173, 185, 192, 198,
225, 228, 273, 279

歐菲莉雅，Ophelia／143

歐塞瑞斯，Osiris／92, 93, 222,
250

《歐瑪爾·海亞姆的魯拜集》，
The Rubáiyát of Omar Khayyám／
54

〈潛進殘骸〉，"Diving Into the
Wreck"／192, 257, 265, 274,
279, 280

《潘蜜拉》，*Pamela*／201

〈諸王之墓〉，"The Tomb of
Kings"／258, 270

鄧普斯特（保羅），Dempster,
Paul／181

魯西迪（薩爾曼），Rushdie,
Salman／148

16劃

《戰慄遊戲》，*Misery*／203,
204, 225, 271

〈機械複製時代的藝術作品〉，
"The Work of Art in the Age of

Mechanical Reproduction"／104, 112

燕卜蓀（威廉），Empson, William／3, 31

《貓眼》，*Cat's Eye*／223

《錯中錯》，*The Comedy of Errors*／93

霍夫根（亨利克），Höfgen, Henrik／178, 183, 184

霍夫曼，Hoffmann, E. T. A.／181

《霍夫曼的故事》，*Tales of Hoffmann*／181

霍桑（納桑尼爾），Hawthorne, Nathaniel／142, 180

霍格（詹姆斯），Hogg, James／94

霍格里耶，Robbe-Grillet, Alain／177

鮑姆（法蘭克），Baum, L. Frank／178, 192, 267

鮑德溫（詹姆斯），Baldwin, James／67

17劃────────

彌爾頓，Milton, John／173, 273

戴普福，Deptford／181

戴達勒斯（史蒂芬），Dedalus, Stephen／163

戴維斯（羅伯森），Davies, Robertson／99, 112, 181, 269, 277

濟慈（約翰），Keats, John／34, 81, 101, 129, 131, 152, 206, 211, 226, 271

繆伊（夏綠蒂），Mew, Charlotte／148

〈繆思女神〉，"The Muse"／115, 151

蕾格瑞芙（凡妮莎），Redgrave, Vanessa／185

謝勒斯（彼得），Sellers, Peter／69

賽倫，Salem／93

賽斯頓（安），Sexton, Anne／148

18劃────────

邁諾安（文明），Minoan／237

邁諾陶，Minotaur／250

韓波，Rimbaud, Arthur／128

《黛絲姑娘》，*Tess of the d'Urbervilles*／61

聶魯達（巴布羅），Neruda, Pablo／212

薩克萊，Thackeray, William Makepeace／180, 214, 275

《薩朗波》，*Salammbô*／159

藍鬍子，Bluebeard／249

《雜貨商貝里先生》，*Mr. Bailey, Grocer*／141

《雙生兄弟》，*Dead Ringers*／94

〈題材〉，"Material"／171, 191, 273

19劃

龐德，Pound, Ezra／67

懷利（菲力普），Wylie, Phillip／146

羅司（喬瑟夫），Roth, Joseph／181

《羅佛勒將軍》，*Il Generale Della Rovere*／90

羅倫斯（瑪格麗特），Laurence, Margaret／39, 72, 228

《羅密歐與茱麗葉》，*Romeo and Juliet*／61

羅斯金（約翰），Ruskin, John／131

《羅絲與芙洛》，*Rose and Flo*／76

羅塞里尼，Rossellini, Roberto／90

羅慕勒斯，Romulus／92, 93

羅賽提（但丁・加布里耶），Rossetti, Dante Gabriel／111, 235

羅賽提（克莉斯汀娜），Rossetti, Christina／90, 148

〈羅蘭騎士來到暗塔〉，"Childe Roland to the Dark Tower Came"／84, 85, 86, 111

〈藝術的宮殿〉，"The Palace of Art"／129, 152

《邊緣以外》，*Beyond the Fringe*／69

《鏡中奇遇》，*Through the Looking Glass*／86, 268

20劃及以上

蘭德（艾茵），Rand, Ayn／68

《魔戒》，*Lord of the Rings*／250

《魔術師》，*Magician*／181

《魔術師朱利安》，*Julian the Magician*／158, 191, 272, 279

與死者協商
瑪格麗特‧愛特伍談作家與寫作
Negotiating with the Dead: A Writer on Writing

作　　　者	瑪格麗特‧愛特伍 Margaret Atwood
譯　　　者	嚴韻
封 面 設 計	朱陳毅
內 頁 排 版	高巧怡
文 字 校 對	李鳳珠
行 銷 企 劃	林瑈、陳慧敏
行 銷 統 籌	駱漢琦
業 務 發 行	邱紹溢
營 運 顧 問	郭其彬
責 任 編 輯	柳淑惠
總 編 輯	李亞南
出　　　版	漫遊者文化事業股份有限公司
地　　　址	台北市松山區復興北路331號4樓
電　　　話	(02) 2715-2022
傳　　　真	(02) 2715-2021
服 務 信 箱	service@azothbooks.com
網 路 書 店	www.azothbooks.com
臉　　　書	www.facebook.com/azothbooks.read
營 運 統 籌	大雁文化事業股份有限公司
地　　　址	台北市松山區復興北路333號11樓之4
劃 撥 帳 號	50022001
戶　　　名	漫遊者文化事業股份有限公司
初 版 一 刷	2022年10月
定　　　價	台幣450元

NEGOTIATING WITH THE DEAD
Copyright © 2002 by O.W. Toad, Ltd.
This edition arranged with Curtis Brown Group Limited
through BIG APPLE AGENCY, INC., LABUAN, MALAYSIA.
Traditional Chinese edition copyright:
© 2022 Azoth Books Co., Ltd.
All rights reserved.

國家圖書館出版品預行編目 (CIP) 資料

與死者協商：瑪格麗特. 愛特伍談作家與寫作/ 瑪格麗
特. 愛特伍(Margaret Atwood) 著；嚴韻譯. -- 初版. --
臺北市：漫遊者文化事業股份有限公司出版：大雁文
化事業股份有限公司發行, 2022.10
　面；　公分
譯自：Negotiating with the dead : a writer on
writing
ISBN 978-986-489-709-4(平裝)
1.CST: 愛特伍(Atwood, Margaret, 1939-) 2.CST: 寫
作法
811.1　　　　　　　　　　　　　　　　111015746

ISBN　978-986-489-709-4

本書譯稿經由城邦文化事業股份有限公司麥田出版事業部授權出版，非經書面同意，
不得以任何形式重製轉載。
有著作權‧侵害必究（Printed in Taiwan）
本書如有缺頁、破損、裝訂錯誤，請寄回本公司更換。

漫遊，一種新的路上觀察學
www.azothbooks.com
漫遊者文化

大人的素養課，通往自由學習之路
www.ontheroad.today
遍路文化‧線上課程